新世纪东南亚华文生态散文精选

朱文斌　　[泰]曾心　主编

浙江工商大学出版社
ZHEJIANG GONGSHANG UNIVERSITY PRESS
·杭州·

图书在版编目(CIP)数据

新世纪东南亚华文生态散文精选 / 朱文斌,(泰)曾心主编. — 杭州:浙江工商大学出版社,2020.6
(新世纪东南亚华文文学精选)
ISBN 978-7-5178-3842-5

Ⅰ.①新… Ⅱ.①朱… ②曾… Ⅲ.①散文集－东南亚－现代 Ⅳ.①I330.65

中国版本图书馆 CIP 数据核字(2020)第 077455 号

新世纪东南亚华文生态散文精选
XIN SHIJI DONGNANYA HUAWEN SHENGTAI SANWEN JINGXUAN

朱文斌 [泰]曾心 主编

策划编辑	任晓燕	
责任编辑	沈明珠	
责任校对	李远东	
封面设计	林朦朦	
责任印制	包建辉	
出版发行	浙江工商大学出版社	
	(杭州市教工路 149 号 邮政编码 310012)	
	(E-mail:zjgsupress@163.com)	
	(网址:http://www.zjgsupress.com)	
	电话:0571-88904980,88831806(传真)	
排 版	杭州朝曦图文设计有限公司	
印 刷	杭州五象印务有限公司	
开 本	710mm×1000mm 1/16	
印 张	16.25	
字 数	256 千	
版 印 次	2020 年 6 月第 1 版 2020 年 6 月第 1 次印刷	
书 号	ISBN 978-7-5178-3842-5	
定 价	68.00 元	

本书编委会

序

要了解东南亚文学概貌,了解东南亚散文发展近况,知道东南亚作家的浮沉,光读《海外华文文学史》及其教材,是远远不够的。一则这类书的出版时间已久,材料显得陈旧;二则受教材体例限制,不可能把作家的作品全部呈献出来。由朱文斌、曾心主编的"新世纪东南亚华文文学精选"系列丛书包含了《新世纪东南亚华文文化散文精选》《新世纪东南亚华文生态散文精选》《新世纪东南亚华文幽默散文精选》,正好弥补了这一不足。该丛书除了有东南亚华文作家的代表作,还有作家小传和文章评点。这些作家小传比过去出版的同类书,多了许多新鲜的内容。如果将其汇集起来,就是一本可观的《东南亚华文作家小传》。这种书过去也出过一些,但受国别的限制,覆盖面不广。而这套丛书的覆盖面除新加坡、马来西亚、泰国、菲律宾外,还有缅甸、老挝、柬埔寨、越南,对我们扩大东南亚华文文学研究乃至世界华文文学研究的版图,无疑大有裨益。

在世界华文文学世界里,东南亚华文文学创作的成绩,常常引起一些人的质疑,认为其成就既比不上北美华文文学,也难与中国港台文学并肩:那里没有大家公认的经典作家,也无可以上大中华文学史的经典文本。这种看法虽然有一定道理,但也不完全真实。像马来西亚金枝芒的长篇小说《饥饿》,并不比张爱玲等人写的同类题材小说逊色。本书所收集的梦莉的散文《过白帝城》,亦不可小觑。作者用丰厚的中国古典文学知识记述了自己游览三峡的过程,展现了打上中华文明印痕的名胜古迹的优美,还用生动的文笔讲述了与丰都、白帝城相关联的历史故事。梦莉还常常引用一些中国古代诗词中的名句。在散文创作中,"诗化"——具体来说是引用诗词佳句,并不是一切散文创作样式的最佳选择。但对梦莉的散文来说,诗词的运用无疑有助于增强作品的韵味。

梦莉的散文比起卷帙浩繁的鸿篇巨制，其内容也许不够厚重，气势也欠恢宏，但在内心世界的展示、人生意蕴的探寻和作品所表现的柔美、淡雅的风格方面，却令人刮目相看。梦莉一直保持着自己题材的特色和凄婉悱恻、回肠千转的风格，她没有改弦易辙写刀光剑影的战斗，写时代的大变动，写她父亲抗日的故事，如写所谓重大题材，她就不可能以自己细腻的感情、委婉的文笔和虚幻的美感动读者。读者看好她的，正是她笔下常出现的温馨而又苦涩的爱情故事及其甜美而又凄婉的笔调。总之，梦莉的作品具有阴柔之美的女性文学的特色，而非如战鼓、如狂涛、如号角一般具有阳刚之美。读她的其他文化散文，就好似面对一位内心世界丰富的歌者，听她亲切讲述美好的故事和平凡而高尚的人物，听她娓娓动听地谈论人间的友情和对亲人的刻骨思念，你会觉得字字情真，句句意切。

作为泰国华文作家的林太深，他的作品也没有切断中国文化传统。中国文化传统，在某种意义上来说就是"田园诗文化"。中国的文人，大都有深厚的诗学修养。林太深也不例外。他的《湘子桥遐思》，有强烈的诗歌精神的渗透。具体来说，这篇作品注重酿造诗的气氛和意境的创造。在隐约朦胧的广东潮汕景色中发现自己、寄托自己。正是经过这种"静美"气氛的过滤，作者的心里也染上湖光山色的情趣，以至情绪低落时，作者会风雨无阻地徘徊、流连于桥边。借景抒情，熔铸诗的意境，就这样成了林太深散文一种重要的构思手段。

在文学发展史上，散文是一种特殊的文类。它一度成为文学分类的"冠军"，以后的小说、新诗、戏剧便是从它分离出来，而成为一种和散文"并肩"的文体。反过来说，除小说、新诗、戏剧之外，剩下来的便可统而言之为散文。而随着文学创作的发展，散文本身也孵化出不同的文类，如杂文、报告文学、游记、传记等。"新世纪东南亚华文文学精选"系列丛书的散文部分没有按照这种传统分类，而按新时期尤其是 20 世纪八九十年代散文创作出现的新情况，分为文化散文、生态散文、幽默散文三大类。

所谓文化散文，是指具有鲜明的文化意识，以及理性批判色彩的作品。它出现在中国改革开放以后的 20 世纪八九十年代，随之东南亚作家也写了不少这类作品。他们的创作有理性的干预，也有知性和感性的密切结合。收录在本丛书中的不少作家的散文，就将理性的凝重与激情的抒发紧密结合在一起。如余秀兰的《我与华大的情缘》，一而再，再而三地叙述了作者年轻时返国深造、工作和退休后到母校华侨大学驻泰国代表处工作的往事和经历，表达了对母校同时也是对中华文化的无限向往之情。

如果细分，"新世纪东南亚华文文学精选"系列丛书的文化散文还可以再分出一支历史散文，其内容聚焦中华文化传统的回望，从黄鹤楼或敦煌壁画，以及屈原、司马迁一类的文化名人故事里寻找灵感。像收在本书中一些作家的散文，在展示个体心灵和人格追求的同时，也蕴含家国民族的浓烈情怀。这些作家的作品，扮演的是站在传统与现代之间的使者，力图通过故事贯通古代与当下，让传统文化情结附上深刻的历史文化内涵。如墨子的《古筝情愫》中的古筝，是蕴含着中华文化的民族乐器。当柔美的女性弹起它时，便成了象征温婉恬静的艺术。墨子用古朴的笔调外加细腻深沉、委婉含蓄的意境，带我们领略了以古筝为代表的光辉灿烂的中华文化的魅力。再如博夫的《我从茶乡而来》，不仅写出作者与家乡茶的缘分，还写出作者在观茶、品茶中回忆往事、感悟人生的体验，写出茶与古代文化，以及现实生活的联系。这篇散文将茶文化科学研究的"理"与文学创作的"情"结合起来，既充满思考的智性，又不乏个人感受和文化情怀。

众所周知，农业时代结束后，生态紧接着成了要解决的问题，生态散文由此顺理成章产生。作为一种工业时代发生，同时又反过来批判工业时代的各种文化陋习的生态散文，我们不能用线性思维的方式将其理解为生态加散文。这种散文的本质是对诗意栖居的寻找、发现和重构，这可以从正面或反面借助语言重塑大自然与人的平行关系，由此敲响生态面临着污染的警钟。在东南亚华文作者笔下，无论写什么题材，其生态散文所运用的都是簇新的生态文明观念，并表现出作家的批判精神。在传统白话散文作家笔下，大自然本是用来表达人们内在思想的载体，表现人与天斗其乐无穷的昂扬情绪。生态散文把自然和人放在平等的位置作为表现主体，这相对于以人类为中心的作家，有着天南地北的文学观取向。以描写南丫岛的《海在呻吟》为例，作者不是为写生态而写生态，而是通过描写搜集海上漂流物的船只,呼吁人们要保护我们的海洋。王润华的《重返新加坡植物园三题》,主要围绕作者重返新加坡植物园展开,分别描述了"绿色地标""绿色围墙"及"登布树"三种事物,呼吁自然生态和环境保护的重要性,表露出不要再让植物哭泣及一草一木总关情的深厚情感,表达了人与自然和谐共存的愿望。周粲的作品则通过一天的见闻,追述了作者与知更鸟、鸡鸣、花香、黄金葛、老树、蕨等自然动植物之间所发生的故事。这里不乏闲情逸致,也有不少禅意之趣,表达出作者对山水花鸟的喜爱,以及对回归大自然的向往。

在中国新文学史上,幽默散文一直无法居主流地位。不过,在五四时期,幽默散文比现在受人青睐。周作人就指出,五四散文的一个来源是明人的性灵小品,另一个借鉴对象是英国的幽默随笔。20世纪50年代以后,受国内形势影响,幽默散文走向式微。到了20世纪90年代,中国的幽默散文再度复出,艺术上获得了丰收。从创作实践来说,东南亚幽默散文的成就比不上中国的幽默散文成就,但仍有幽默散文精品。不管是从社会批评还是文明探究来说,幽默都是这些作品鲜明的风格特征。像《新世纪东南亚华文幽默散文精选》中一些作家表现的自我调侃的冷幽默,另有一些尖锐讽刺的热幽默,都是卓尔不群的。此外,还有善良的挖苦、深刻的反讽、自我调侃,可谓百花齐放、风姿各异。以孙宽《我和精英有个约会》为例,语言幽默风趣,同时穿插了不少调侃讽刺的笔墨,把"精英"在咖啡厅貌似严肃其实是冷漠和害怕的形态,刻画得栩栩如生。许通元的《消解乡愁》,作者通过食物"砂朥越哥罗面"来缓解乡愁。其中有丰富的联想,外加片段刻画和白描,更有不少颇具幽默感的文句。蔡家梁的《壁虎止步》,写主人公和壁虎斗勇斗智,使人忍俊不禁,这是平淡无奇生活中的一剂胡椒粉,供人开胃和休息。

当然,东南亚华文作家所处的并非幽默的时代,也不是生在蕉风椰雨中的人都会幽默,而是因为这个时代的许多事很值得幽他一默。在淡莹、林锦、寒川、艾禺、希尼尔、董农政、伍木、南治国这些作家笔下,幽默不是带"荤"的段子,不是给读者带来的廉价的精神抚慰,而是意味深长的思考。用法国罗伯尔·埃斯卡皮特的话来说:"幽默通过讽刺来故意建立一种紧张感。"

东南亚华文文学研究,远非一蹴而就的工作。每个国家作家的表达方式和风格特征往往独辟蹊径，没有《散文概论》一类的理论框框可套。东南亚华文散文不忘表现中华文化的传统，更多的作品具有中华性的同时又有本土性，这本土性也就是南洋特色，需要慢工出细活地研究。当然，"新世纪东南亚华文文学精选"系列丛书不可能将东南亚各国优秀之作"一网打尽"，但这些资料足够我们书写《新世纪东南亚华文散文发展史》。朱文斌、曾心两位先生带领我们进入热带雨林的华文散文世界，可供我们进一步挖掘和确定东南亚华文文学在世界华文文学史上的地位。

　　是为序。

古远清[①]

2020 年 4 月 6 日于中国武汉

[①] 古远清，广东梅州人，武汉大学毕业，著名评论家，现为浙江越秀外国语学院特聘教授，出版有《世界华文文学研究年鉴》等六十多部著作。

目 录

新加坡卷

周 粲

周粲,原名周国灿,新加坡公民。1934 年生于中国广东澄海。1960 年南洋大学中国语言文学系毕业,1964 年获得新加坡政府的奖学金到新加坡大学深造,取得第一等文学学士学位,继续于 1969 年取得文学硕士学位。曾担任中学教师、教育部专科视学及教育学院中文系讲师,目前为新加坡课程发展署的华文专科顾问。用过林中月、周志翔、艾佳、江上云等笔名。已出版的著作近 90 种,包括诗集《孩子的梦》《青春》《云南园风景画》《捕萤人》《会飞的玻璃球》等,散文集《铁栏里的春天》《五色喷泉》《玲珑望月》《只因为那阳光》等,短篇小说集《最后一个女儿》《魔镜》《雨在门外》等,论文集《宋词赏析》《华文教学论文集》等,游记《踪迹》《江南江北》《摩登逃难记》。

就这么过一天

你怎么也不会相信:我的一天,是这样过去的。当然是不必上班的一天。我已记不清,把我从做不起梦的熟睡中弄醒过来的,是不是我那只知更鸟。

知更鸟的歌

要赞就应该赞(或者要怪就应该怪)诗人蔡欣了。是在他的游说之下,我才到实笼岗北那些鸟店群落去的。鸟店那么多,鸟儿的种类和数量自然也不少。有些鸟儿标价很高,比方说一只普普通通的斑鸠,就得八十块钱。我发觉笼子里有一种鸟,比麻雀大一些,身上的颜色却比麻雀要好看,站在旁边听了一会儿,它还叫得挺像样的呢!问了店主人,他说:"那是 Robin,大家也都叫它红嘴。最会叫了，又便宜。"定睛看时，倒真的有一个小小的红喙。说到便宜，也是实在的：价钱只有一只斑鸠的八分之一。于是在选定了一个笼子之后，便想要上一对。养一对，鸟儿才不寂寞嘛！但卖鸟的人立刻提出忠告："你如果希望它多叫，一个笼子便只能养一只。"专家的话，我能不听吗？

一只非常爱说话或者爱唱歌的知更鸟，便这样来到我们家。它的嘴非常非常地尽本分。每天，天一亮，只要妻把笼子往芒果树上一挂，它就跳跃叫喊了。也许它是因为寂寞才用声音来提出抗议的。但是，谁知道呢？听足了鸟鸣，我就去巡视那两只也是从鸟店买回来的小鸡。

鸡　声

这难道也是怀旧的一种方式吗？若干年前，住在椰林下，每一天都听见各种家禽的叫声。有时，"拉猪哥"的家禽，还大摇大摆从门前走过。鸭子在被蛙鸣浸了一夜的池塘里溜冰，鸡跳到水沟里吸食掉落的星尘。我真想在这样的环境里再生活一次。但是所谓城市化的巨轮，却推着我们往前走，而不告诉我们，最终究竟要走到什么地方。现在我住的地方，不能养猪了，连养鸭子都不适当。鸡嘛，是旱禽，还能养两只。前些日子也养过，浑身白羽，大了，才以红得差一点就烧起来的冠，告诉了我们它们"雄赳赳"的性别。更妙的是，像花蕾有一天忽然在阳光里爆开一样，它们也忽然先后向作为主人的我们证明：它们都不是哑巴。起先是壁上的木鸽子从钟的顶端出来喊七下那一刻，声音低沉而闭塞；过了几天，月亮还没回家，它们就试探着敲锣打鼓了。我们在惊喜之余，不觉有了隐忧：我们不想睡，邻居可想睡呢！得罪了芳邻，还谈什么守望相助？夫妻商量之后，立刻采取明智行动：把两只鸡都送进亲戚的厨房。亲戚来抓时，手还被顽抗的角质武器弄伤。亲戚相信：这么"雄姿英发"的鸡，肉里是有毒的；便忍痛把它们都放逐了，至今不知所终。

有了一次教训，到了再买时，我们再三向鸟店主人强调：一定要雌的。

"鸡声茅店月，人迹板桥霜"的时代，已经一去不复返了。

吃了午饭，小睡片刻，就出门去。不知不觉地，又走到一眼望去苍翠欲滴的地方。

香从花里来

走着走着,总是会走到这一棵大树下。

我没说它是什么树,是因为我压根儿就不知道它是什么树。古人告诉我们要"多识草木鸟兽之名"。兽一般没有大问题,鸟大体上也还可以,最叫人泄气汗颜的,要算草木了。有些人连椰树和棕榈都可能弄错,也不一定分得清何者为荷花,何者为睡莲。木麻黄被当作是松柏的,比比皆是。就说我眼前的这棵大树吧,某市场的卖花大嫂把它开的花叫作玉兰。我查了词典,知道玉兰的花是紫色的,跟开了黄色的花的这棵大树根本不一样。这种树,也有的开白色的花。共同的特点是香,非常的香。采一两朵,放在衣袋里,整个袋子都是香的。搁一两朵在书房里,书房立刻变成了"芝兰之室"。而且不管过了多久,我仍然能明显地闻到它的香味。

我愿意在大树下站立着,等着风来,等着香来。那边的另一棵,是什么在往上爬?还用说,一眼就看得出是黄金葛。

黄金葛的名字

你知道什么是"黄金葛"吧?不知道的话,我改一个名称,"万年青",你也许就"哦"了一声。不过我实在很不喜欢"万年青"这个名字。有些人,把凡是可以养在清水里而不死的植物都叫万年青,好端端的万年青被弄得"一名为物"。不过"黄金葛"这个名字也不见得无懈可击,它显然是从英文中的"Money Plant"翻译过来的。这种有爬藤的植物跟黄金又能扯得上什么关系?要说它的叶子是圆的,有些时候还渗出一些黄色来,所以才叫黄金,那么其他那些有共同特点的植物,为什么又不叫这个名字呢?想起了,要是有人问我:动物和植物有什么不同?那么,我除了能说出一般人常说的那些之外,还能补充一点:动物一般来说体积是固定的;它们跟生活的地方的不同不会有太大关系。

七尺之躯。放在任何一块土地上,基本上还是七尺之躯。但是同一种植物,却可以因活动空间的改变,而跟着发生巨大的改变。你可以使榕树顶天立地,你也可以叫它局促于一个盈寸的小盆里。

黄金葛也一样。把它插在杯子里,它服服帖帖的,不敢越雷池半步;把它种在大树下,它即使不是一匹脱缰的野马,也成了一只从笼中放出来的猴子,一跃爬到树上去了。而且一边爬着,一边把自己修炼成孙悟空,身体不断膨胀。到了最后,它爬到树顶上。这时,谁是主人,谁是客人,它既分不清,也无意分清了。

真奇怪! 另一棵大树的前面,怎么会有一座坟墓?

老树与古墓

树不只大,其实也应该说是很老很老了。我因而想:树与坟墓,哪一样先有呢?是不是墓中人的后人当时发觉坟地上有一棵树,会荫凉一些,就把棺木埋在树下;或者埋了棺木之后,树才长起来?这都不要紧,都成为过去了。要紧的是,到了今天,树与坟,居然成为最好的伴侣。这里不是墓地,这个坟,可是名副其实的孤坟哪!站了半天,人不累,腿倒酸了。坐在一张长凳上,举目四望,也还是树。觉得坐在这里,比到什么金碧辉煌的地方去都舒服,都自在。对了,是自在。在好多时候你所寻求的,还不只是这么两个字!在"大自然的怀抱"中,你总是觉得自在。难道这就是思想上回归的表现吗?

长凳旁边,又是一棵大树。我已懒得去研究它到底是什么树了。只注意到树上,特别是有分叉的地方,就有蕨类植物寄生着。

蕨的大杂院

蕨类植物真是一种很不寻常的植物,其中的一个原因是,当我们的祖先还在茹毛饮血时,它已经在这个地球上吞吐氧气和氮气了。虽然属于一个家族,外表却大有差异。就拿书带蕨来说吧,风来时,简直飘飘欲仙,潇洒得不得了。只要它不"掉书袋",我们是绝对可以忍受的。书带蕨和雀巢蕨,说它们"判若两蕨",恐怕谁也不会有异议吧。雀巢蕨的叶子有一个中心,然后向四周散开。麻雀能够以它为巢,别的鸟儿难道就不能以它为巢?只不过这样的巢是绿色的、新的、活的。至于鹿角蕨,的确像设了角的鹿。一堆鹿角蕨聚在一起,无异于一群鹿隐现于高高的草丛中。再说羊齿,中国台湾诗人洛夫不是写过一首叫《金龙禅寺》的诗吗?一开始的几行,是这样的:

晚钟
是游客下山的小路
羊齿植物

沿着白色的石阶

一路嚼了下去

再没有写羊齿植物能写得比这几行更出色更叫人感动的诗了。

还有不少其他大大小小的有孢子的植物在这棵树上寄居着。一时间，不知怎么的，竟想到北京的大杂院。这棵大树，不分明就是个大杂院吗？真希望各家各户，都能相安无事，好好地过日子。

回到家里，用过粗茶淡饭，觉得该读一点书了。拿起一本唐诗，翻了几页，发觉古人写诗，似乎很喜欢采用"疑"这一种方式。

多疑的古人

最先读的是张谓的《早梅》。看见梅花，便"疑是经冬雪未销"。再看李白的《望庐山瀑布》，看见瀑布，便"疑是银河落九天"。于是也想起他的那首白叟黄童都能背诵的《静夜思》，也在看见了月光之后，"疑是地上霜"。宋之问也写过一首叫《苑中遇雪应制》的诗，说什么"不知庭霰今朝落，疑是林花昨夜开"，对偶还蛮工整呢。掩卷遐思，宋元人物类似的话立刻浮上心头。欧阳修《采桑子》有"行云却在行舟下，空水澄鲜，俯仰留连，疑是湖中别有天"。王实甫《西厢记》中的"月移花影动，疑是玉人来"，则是大家都熟悉的名句。

一天，就这么平平淡淡地过去了。不在乎明天，如果不必工作，也这么度过。

评论

本文借"不用上班的一天"的见闻、感思等依次追述了"我"与知更鸟、鸡鸣、花香、黄金葛、老树与古墓、蕨等自然动植物之间的故事，展现了"我"与自然动植物间的闲情与趣事，表达出了"我"对这些自然动植物的喜爱以及对自然的趣味生活的渴慕与向往。

文章由七个短章组成，每个短章之间都相对独立而又贯串联系，使之艺术化地组成一个内容丰富的整体。这一内容丰富的整体自然也运用了多种表达方式：有的以记叙为主，有的则主要说明介绍；有的以描摹景状为主，有的则抒发情感，有时亦会加入一些议论；等等。

文章的语言比较风趣、亲切,有的地方像是和读者拉家常一般轻松、亲和、闲适,但有的地方却相对言语烦琐而不够精简。

　　随着现代社会的发展,人们的生活节奏越来越快,压力也似乎越来越大,对大自然的远离也越来越明显。正因此,我们都不免要燃起从前的自然轻松的生活情趣,向往能够再一次亲近大自然,亲近鸟语花香、古诗古韵,能够再一次从自然平凡的生活事物中获得一些精神的满足与思想的启迪。本文正是如此,它尝试远离当下的世俗纷扰,在充满智趣的娓娓述说中,为我们带来生活上的一丝禅意之趣。

(李仁叁)

骆　明

骆明，新加坡人，1935 年出生，祖籍福建厦门，退休前为新加坡著名公教中学校长。他在新加坡文艺协会担任了 30 余年的会长，2012 年创立了"新华文学馆"，是新华文学重要的资料库。此外，为了更好地推动与联络东南亚各国的华文文学的团体、作家，发起组成"亚细安华文文艺营"；为了推动区域与海外华文文学的联系，与中国加深互访与交流，并经常出席国际华文文学研讨会。他以写作为终生事业，从中学时代即开始写作，到今天还在文坛驰骋不息。在创作上有散文、杂文、小品随笔报道及文论等。至今出版的著作达 29 部之多。曾荣获新加坡政府颁发的"公共服务星章"（BBM）（2014），第 14 届亚细安华文文艺营颁发的"亚细安华文文学奖"（2014），新加坡南洋大学颁发给校友的最高荣誉"最佳卓越校友奖"（Nanyang Distinguished Alumni Award）（2012），新加坡孔子学院颁发的"南洋华文文学奖"（2011）。

海在呻吟

我又来到了那每天早晨都能见到鹰飞的海边，我在这儿住了将近 10 天了。

除了看见海边的海岛，还有对面远处的海岛，几乎是每天、每时每刻都是那个样子地树立着。如果要有些变化，除非是那移动的云，将它遮住了头，或者掩盖了身体。但是这种情况是很少的，因为风一来了，云就散了，走了。

有时云来不及走，还留下了一丝一线，像一根丝线，也像一块白布，遮盖了山的那一个部分。于是，诗人赶紧说："山抹微云。"好像说那很好看，很有诗意。海上的船川流不息，不论大船、小船，快船、慢船，载了许多货物、载满集装箱的货轮,还是那水翼船,还有那种快速的小舟。再来就是让一叶小舟在水上漂荡,有的在那儿垂钓,有的在那儿下网。

天上总有飞鸟,有老鹰,有海鸥,有一群群八哥。岸上的草地上、马路边上有麻雀、八哥、咕咕鸟,还有偶尔在那儿停息的海鸥。

那条从草丛中开辟出来的小道,似乎成了大人们练习晨跑的地方,一些家庭妇女,还有那菲佣也在那儿溜达晨练。有人见主人丢出一件物品,让狗儿衔回来,但更多时候见到主人自己跑去拣回。

海岸边垒上了石块,大大小小的都有,那应该是防风堤,更可能是防浪堤。堤上的那大石块上,有时可以见到人们在那儿钓鱼,也见到人们从石头缝隙拔出了长出来的草。这是个有人管理的地区,有人监视的海边。因为海边有堤,每当涨潮,就见有浪打在礁石上。那是浪打石,总会激起朵朵浪花,总会发出涛声。机场就在那山的那头,因此总可以见到飞机的起落,尤其是到了夜晚,见到天边有亮光,就可以见到飞机在那儿降落了。如果是起飞,大多会朝这个方向,除了见到飞机外,还会听到飞机在天空中因为启动发出的声响。

站在天台上望出去,海是平静的,也是无垠的。海的对面,山的另一头见的还是山。但是,也很可能是海,是山将海挡住了。后来,人们的肉眼见到的只有山,因为山是矗立的,不动的。

孩子们告诉我说,右手边那较近的有一整排灯光的是青马大桥。桥的不远处,灯光更为明亮的是迪士尼乐园。那更远的地方,有多座重叠在一块的山的那一边是机场。

极目一望,视野极为辽阔。只要有方向,只要知道地点,那么目标就一一出现了。他们还告诉我说:左手边的那些岛屿,有一个叫南丫岛。

他们跟我说起这个岛的理由是:南丫岛虽然是一个小岛,但近年做起旅游事业。有些人到那儿度假,吃海鲜,买一点当地的特产回去。因此,南丫岛就此慢慢地冒出头来,出名了。

当然,使南丫岛出名的另一个原因是南丫岛养育出了一个香港明星,同时也是国际明星。那个人叫周润发,而周润发在一些场合也不否认自己是南丫岛人。

周润发是好样儿的,是个汉子,不像一些明星,老是对他的出身躲躲闪闪,从没有正确的说法。有些明明是嫁了人,明明是家有娇妻,还是死不承认,明明有孩子,也矢口否认。

有人说他们是怕票房会受影响,就不知观众是来看他的演技,看他的表演,抑或是要知道"卿家嫁否"。有人很肯定地说:明星嫁与不嫁,娶与不娶,只是一种形式,也是一种宣传,因为有些说是不嫁不娶,其实早已成家了。

还是周润发有种,还是刘晓庆看得开,人只要是活得快乐、自在就好,千万不要矫揉造作,哗众取宠。

我不知这海叫什么名字,我也没有去深究。

但是,我感觉每天只要你在窗边站上个把小时,就可以见到那些装了大集装箱的货轮,一艘接着一艘,尤其是在上午 11 时之前,以及下午 5 时之后。大多数的货轮是装满货物而来,有的是空船而返,有的只是卸下一小部分的货物,就再回程。

这种船很怪,看它驮载那么多,那么重,那么满满一船的集装箱,船行的速度似乎是那样快。但即使它没有载货,空着船身,却也还是那样的速度。

就是在夜晚,海的远处也总停泊着十艘八艘那样的大船。在下午 6 时半以后,船上都开了灯,除了告知人们夜来了,也实在地告诉人们,我们在此,请关注,请留意。

起初,我只是闲看,后来每天早晨,就突然见到海面上,不论是近海的岸边,还是在稍远的海面,总有许多漂流物。那些黑色的看不清。那些白的,大块的、小块的,以及整个盒子,都是白色塑料泡沫制成品,漂满整个海面,漂浮在海面的四处。

我想这该怎么办,在多方注意之下,竟然就意外发现原来有两艘特别的船在收集、吸纳那些漂流物。

船收集、吸纳那些塑料是费时费劲的。有时为了一小块漂浮物,那艘船得来回两三次,搞了一两个小时,海面上才会干净。但是,你有没有想过,如果有人不是那么随意,有人不是那样不顾及大自然,有人能关怀一下环境,有人能关怀一下海洋,就不需要费这么多时间去打捞漂浮物。海洋应该是美丽清洁的,因为海洋维持着世界上每一个人的生命。随意地糟蹋海洋,破坏海洋,将使海洋蒙受痛苦。

实在应该请一些人自觉,实在应该请那些人认真,大家来共同为这个有容乃大、胸怀万物的海洋能再容纳万有做出努力。

有人在海上试爆,那也让海洋蒙羞、蒙难。福岛的辐射物倾倒入海,那不只是污染了海水,也毒害了好多生灵。

有人在呼吁不要再宰杀鲨鱼,不要吃鱼翅。但是,世界上还是有国家组织大帮的捕鲨队,到处捕杀鲨鱼。联合国为此也下了禁令,但是,不久还是出现了这种不负责任的举动。

寻找马航失联的飞机时,多国在澳洲深海不时探到疑似飞机残骸的物件,结果却都不是。可见在海洋中,不知藏有多少不为人知的东西、残存的物件。不然,就不可能有那样多的疑似物件了。人类在海洋中丢下了太多的废物。一些在陆地上无法掩盖的东西,都被丢到海洋中,丢到那只能容物不能说话的海洋。

海洋养育了人们,是人们赖以为生的根源。我们的世界,除了陆地作为我们的生存活命之地,海洋也是一个重要的场地。

见了这么多人不负责、无视海洋的举动,我深为我们赖以为生的海洋感到痛苦。因为人们的无知,人们的随意,人们的不负责任,海洋不再干净、纯洁。海在呻吟,海在哭泣,海在流泪,海在痛哭。

🌴 评论

《海在呻吟》一文是典型的生态散文,前面描写所见所闻,后面抒发所感所想,最后呼吁人们要保护我们的海洋。文章行文思路非常清晰,可以分为三个部分:首先是描写作者经常到的那个海边,通过孩子们知道了"南丫岛";然后穿插了出生于这座岛的国际明星周润发;最后通过描写打捞海上漂流物的船只,呼吁人类要关怀环境、关怀海洋,不要再捕杀,因为"海在呻吟"。

作者探讨的这一话题,其实是目前很深刻的一个事实。海洋中已经有五万亿个塑料碎片,每年还会再增加三亿个——数量大得不可思议。海洋塑料分解成微小的碎片,被鱼吃掉,接着鱼再被我们吃掉。它进入我们的水源、进入我们体内,让海洋生物和我们充满了毒素。每一天都有物种在消失,有些甚至还没有被我们发现便已消失。而我们失去的物种种类,则是一个大到我们无法接受的数字。这不是危言耸听,而是冰冷的事实。

所以作者实则也是在呼吁环保,呼吁保护好我们的海洋,不要因为人类的无知与破坏,伤害到更多的生命,不要让海洋再哭泣。

(张瑞坤)

白 荷

白荷,原名梁孟娴。新加坡公民,祖籍中国广东省新会县。出生于 1937 年 12 月,在马来西亚接受中小学教育,新加坡南洋大学中文系毕业。从事教育工作数十年,曾执教于新加坡中正中学和公教中学,现为新加坡文艺协会理事。曾获亚细安华文文学奖,受邀成为驻校作家。著有散文集《独上高楼》《风雨故人来》《白荷散文选》和散文小说集《白荷絮语》。

雨的故乡

在这儿,似乎每天都要下一阵雨,无论是大雨还是小雨。早晨朝霞满天,中午艳阳四射,白云浮空而过,但是到了下午天会阴暗,迟早都要沙沙沙、沙沙沙地下起雨来。这时候烟雨蒙蒙、雨帘垂空,含黛的远山沐浴在雨丝中。沙沙沙,沙沙沙,雨洒在泥土上、小草上、湖水中、树梢头、花丛中,雨不洒花花不红。

沙沙沙,沙沙沙,淅淅沥沥的缠绵雨,或轻轻柔柔的毛毛细雨,或雷鸣电闪中的滂沱大雨,多样化是雨的形态,雨的不同面貌天天在这里展现。这是什么地方? 你问。告诉你吧,这就是雨的故乡,是雨最眷恋的地方。这座小山城坐落在马来西亚北部霹雳州,连名字都饱含着人们的希望——太平。

太平,像它的名字一样平静安宁,这个小山城三面为山所环绕,风从四方来,把雨云吹到山城上空。太平山(麦斯菲尔山)高高地阻挡了云的去路,云飞跃不过太平山,在山的怀抱中酝酿成雨,雨飘飘而至、纷纷而下。雨丝长年滋润着这个小山城,于是城里城外水盈盈、草青青,树木默默地在雨中伸展着枝丫,花儿在雨中争妍丽、吐芬芳。一切都是那么的平静,接受着雨的洗礼。

太平的好山好水，自然构成好风景了。山有太平山，湖有太平湖，湖光山色，秀色可餐，若浸在雨中也一片空蒙，看着看着，真令人"陶然共忘机"呢。

层峦叠嶂的太平山雄踞城外，连绵数十里，人一抬头就望得见这蓝郁郁、妩媚无比的青山，山环抱着人，保护、孕育着山下的人，人与山朝夕相对，谁也离不了谁。

太平山是度假避暑的绝佳去处，山路陡峻、坡度大，普通汽车不能行驶，故有吉普车出租，专门载客上山。半山腰有英国殖民时代建造给官员来避暑度假的单层小洋房。马来西亚独立之后，这些被称为"Resthouse"的小洋房便开放给普通游客休息进餐了。我曾站在度假屋里，四面落地长窗向外敞开，目睹云团亲切地从屋外飘进厅里来，徜徉片刻，才从另一边飘浮出窗外。我顿时只觉自己身在云深不知处，云在动，雾在动，我在梦幻中。山上气温低，天气冷，少男少女们结伴爬上山，下山后两颊红扑扑像苹果。

正因为天气寒冷，山上的杉树、松树之类的温带树木长得特别茂盛。非洲菊、金盏花、紫鸢花、玫瑰花、忘忧草等花在路旁或花圃中迎风招展，欢迎着上山的游客，令游人如置身欧陆郊外宁静的小村镇，远离了赤道烈日吐出的灼人火舌。异样的风景给人异样的心情，把暑气抛在山下，人畅快多了。

山下有道山泉，从山上流下来，泉水清澈见底，水冲过了大堆小堆的岩石，在半空激起了无数雪白的水花，像散开的珍珠，一颗颗溅落在水里，又溅落在岩石上。长年被水冲洗着的岩石，变成了一个个紧紧相依相偎的圆顶大蘑菇，光光滑滑，讨人喜欢又引人遐思。这不就是童话世界里小仙女们住的地方吗？

当地居民也好、外来游客也好，男女老幼来到这里都禁不住要脱下鞋袜，卷起裤腿或掀起裙子，斜倚在大蘑菇顶上，把赤裸的双脚浸在清凉如玉的涧水中，享受片刻回归自然、濯足涤心的快乐。小孩们更加不必有任何顾虑就脱下上衣，仅穿条短裤便跃下水去尽情戏水，发出欢乐的嬉笑声，不知身在何处。

杜甫说："在山泉水清，出山泉水浊。"这里的泉水刚流下山，仍未流入市区，故仍能保持清洁的水质，也希望流入城市之后，人们能珍惜它、爱护它，不要把它污染，让它保留澄清的容貌。然而在这个处处被人类破坏的地球上，一条可怜的小泉能掌握得住它不受糟蹋的命运吗？涧水如此，人又何独不然。

泉水不远处，我们来到一座坟场，并不大，这里整整齐齐地排列着大小一致、清一色是白色的十字架，这是在第二次世界大战中牺牲的英军军人的坟墓。据说这只是衣冠冢，所以白色的十字架与十字架之间的距离很近，排列得整齐美观。我们触目所至，是一片肃穆宁静。令人敬畏的同时，也使人思潮起伏，久久不能平静。自古战争都是残酷的，十字架下面的又是谁家少妇的深闺梦里人？人人生而为大地的儿女，为什么就不能和乐安详地生活在一起呢？

太平，是个名副其实的太平安静的小山城，和新加坡这样的世界级大都会相比，太平无疑算是地广人稀的。一切都是那么的平静，连那条笔直的主要大街哥打路也是悠闲自在地躺着，既没有拥挤的人群，也没有嘈杂的喧嚣，车辆行驶流畅。两旁各行各业的商店照常营业，客人络绎不绝，却不见争先恐后的现象。繁华之中仍见平静，这是大都市人梦寐以求的。

在横街窄巷里，小食肆处处可见。食客一面慢咀细嚼，享受着眼前的美食，一面与朋友闲话家常或评论时事，怡然自得，一派与世无争的样子。地方小，一见面似乎都是相识的，大家相见总不免打个招呼，寒暄几句，然后各忙各的。

太平人懂得生活的艺术，绝对珍惜上天赐予他们的一片山光水色。除了周末、假日上太平山游览之外，绕太平湖行走也是太平人每日不可缺少的功课。每天一大早，天蒙蒙亮的时候，太平湖就布满了游人：在湖边堤岸上、在小桥中、在花径里、在山坡上、在草丛中，人影双双的、踽踽独行的、三五成群的、慢行的、疾走的、打太极的、练香功的、耍拳舞剑的，都各事其事，各乐其乐。

太平湖由一群大小不一的湖群组织而成，本来是开锡矿留下的弗琊潭，既然不再有"锡米"可采，就索性把它美化成个大公园。经过长年累月的经营建造，于是乎太平湖就变成了今天这样一个风景宜人的名胜地了。

湖有互相连接的，也有独立天成的，每一个湖早晚风景各异，自成一格。环湖有柏油马路，路面平坦，汽车、脚踏车、行人都可自由穿行，毫无拘束。路旁有草坪直达湖边，草坪上设有一字排开的石椅供游人憩息。路的另一边，三步一棵五步一丛种植的一律都是雨树。太平人对雨树是情有独钟的。雨树又称马缨花，开粉红色穗状的花，有如古人帽顶上的红缨子，所以得名。高大的雨树，形同一把巨大的雨伞，繁盛的枝叶都一厢情愿地往湖水方向倾斜，形成了长达数里的天然屋檐般的拱形围廊，为湖畔树下行走的人遮阴挡雨,烈日与暴雨的威力在这里都无用武之地了。

晴天里湖水波平浪静,远处苍翠的青山,对岸的小桥流水、亭台小阁,一丛丛的修竹,一株株的芭蕉,还有水边徜徉的丽人都倒影在潮水中,颇不寂寞。有些湖里栽满了荷花,花谢了结成莲蓬,与田田荷叶挤挤挨挨,迎风起舞,花不醉人人自醉。

太平湖是歌是赋,是一声声秋韵,是一篇篇春诗。偷得浮生半日闲,到湖边来徜徉片刻,你在仙境里,你在图画中,你会获得真理,你会洞悉天机。

湖 边 的 乐 趣

一踏进校园,首先映入眼帘的就是那片耀目的湖光。此刻湖水平静无波,有如一面大明镜,把蓝天、白云、远树、近花及古色古香的图书馆,和矗立在它前面的一排旗杆都纳入湖心,幻化出了一个软玻璃的多彩世界。

已经许久没有在湖边绕一圈了,还有一点时间,当紧张的工作尚未开始之前,能在水边徜徉片刻真该是人生至高的享受了。尽管太阳热得像火,可是只要你的目光一接触到湖中粼粼的、绝细的绿波时,凉意就会沁入心脾,人就会顿感舒畅。

湖边少不了种着的各种树木。这儿有尖顶的矮松、高大的木麻黄、纤柔的柳条、雄姿英挺的棕榈、虬枝蔓延的雨树,芭蕉如孔雀开屏般地展示着它绿色的巨臂,细竹勾画出了中国画的高雅情调。那大罗帐似的,在风中轻摇细摆的青龙木,最能带来人人喜爱的浓密绿荫了,尤其在这大热天,更讨人喜爱。

从雨树和木麻黄下经过,沿湖绕过一个小凉亭,就踏上了以彩色花砖砌成的长堤了。这条长堤是几年前为了美化校园,学生课后亲自动手铺砌的,他们爱校的热诚,我们永远也不会淡忘。

花砖长堤的尽头,会直把你引上一道小拱桥。拱桥只跨过湖的一角,你若不愿过桥,桥边五步之内也有小径可以通行。拱桥的桥身是黄色的,而桥上的栏杆却漆着古典的朱红。每天早晨在湖边举行升旗礼的时候,这道拱桥在不很强烈的晨曦下,把自己的影子倒映在湖中。岸上黄色桥身的半圆和朱红栏杆的半圆恰恰与水里倒映的半圆汇合成了两个全圆,远看像极了初升的太阳:黄色的内圈是太阳炽热的心,红色的外圈是太阳火般四射的光芒啊!

拱桥之外,一箭之遥,是青龙木的天地。青龙木刚中带柔的枝叶,有好多垂向湖面,有的竟然在微风的授意之下拨弄着湖水,泛出了一个个的涟漪,扩展开去。在波光闪烁的照映中,青龙木的每一片叶子都散发了无限热带的风情。大约每年四、五月之交,是青龙木开花的季节。这几棵魁梧的大树往往会在你忙于工作,而没有注意它的时候,一夜之间就开满了一整树的黄花。一团团、一簇簇,密密集集,一望无际,简直是花海。美是美极了,可惜花的生命太短促,最多只能留在枝头两天的工夫,便纷纷脱枝而下。说这花太痴情也真不过分,看吧!落下来的花,都不能保持完整的一朵朵,而是粉身碎骨的一片片,能不使人感动吗?

碎瓣儿撒在树下,撒在石桌石椅上,撒在湖水里,一阵风把这些落花卷起,送到空中,更增加了几许花的飘零意味。这时,你若从树下经过,落花也会借着风力,扑到你脸上,扑到你怀中,惹你怜惜。

等到青龙木结子时,树上便又悬挂满了一大串一大串有如古代铜钱般,圆圆、扁扁、平平的果实。不过铜钱中心是孔,而青龙木的果实中间隆起的部分,十分扎实,保护着它的下一代。那十万八千贯的古钱在树叶间摆动着,也煞是夺目,你自然会记起秦少游写的"舞困榆钱自落"的词句。榆钱,虽没见过,想来青龙木的种子恐怕和榆钱相差不远吧。

树下的石桌石椅全是以前的毕业生赠送给母校作为纪念的,请你坐下来稍微憩息。你如果喜欢冷饮,餐厅就在湖的对面,从那儿带一瓶汽水过来也很方便的。在绿荫下,你可以读书、你可以改卷子、你可以画画、你也可以弹琴唱歌。或许你爱写诗、你爱写散文、你爱写小说,随你的心意去写吧!这儿虽然有几千个学生在上课,但绝没有人会来侵扰你。假如你置身在这绿的境界,什么都不想做,什么都不要想,那么你就静静地坐一坐。这儿静得连枝叶辞枝、蚯蚓翻土、游鱼的喋喋、蜜蜂的叮咛声都听得见,你绝不会感到寂寞的。

这个角度,你能够很清楚地看见前面一大片的湖水。更可喜的是你能欣赏到湖上浮着的田田的荷叶,一朵朵冰清玉洁的白莲在你面前热情地盛放。鹅黄的花蕊,纯白的瓣儿,在风中微微抖动着,表现出一派遗世独立的神气。你以为它真的在乎你将怜悯的泪洒在它的花瓣上吗?告诉你,这是睡莲,它只开半天就合拢起来。白瓣儿、青萼子紧紧地包着那颗炽热的心,任你怎样呼唤也不理不睬。

你若还想一睹它脱俗的芳颜，那么你得有耐性等待，等待到明天。明天必须早点起床，不要怕晨露沾湿你的鞋子，不要怕荆棘刺伤你的脚，早点到湖边来欣赏白莲的丰姿吧！在晓风中，你会发觉白莲比你更早醒来，它要与太阳比赛早起，它也跟你一样热爱光明。此刻，它不是静悄悄地在水面上，开得比昨日还要灿烂吗？

你的想象力是很丰富的，你必能想象出雨打莲叶的光景是多么令人销魂，何需等待秋深时才学李义山"留得残荷听雨声"。

坐了这么久，你该累了吧？在这大热天，口很容易渴。请喝一瓶可乐，或者冷酸梅汤吧！这儿没有酒，但你是会醉的，我知道。

（注：这是新加坡中正中学著名的月眠湖。）

🌴 评论

《湖边的乐趣》是一篇游览类的写景散文，文章以游览的视角移步换景地向读者依次介绍了校园湖边的风光和乐趣。首先是沁人心脾的湖光，其次是湖边的树木植被、长堤拱桥、青龙木、树下的石桌石椅等，最后写了湖中的睡莲。

文章对景物做了比较详尽的介绍和比较细致的描写，突出了景物的美好和环境的宜人，寄寓了"我"乐观闲适而又热爱自然的生活趣味。

文章主要以第二人称的口吻展开记叙和描写，使人读来犹如对话一般亲切自然，比如"坐了这么久，你该累了吧？……这儿没有酒，但你是会醉的，我知道"这样的句子，即属于此。不仅如此，文章中比喻、拟人等修辞手法的运用，增强了语言的表现力，使人们对所绘之景有了更为生动、直观的印象。

本文节奏上比较舒缓连贯。语言上，本文近于优美华丽，但有些地方却不够简洁，比如"在绿荫下，你可以读书、你可以改卷子、你可以画画、你也可以弹琴唱歌。或许你爱写诗、你爱写散文、你爱写小说"一段即是如此。

"世界上并不缺少美，只缺少发现美的眼睛。"本文既为我们描绘了校园湖边的美景，也同时传达出了"我"乐观积极的人生态度和对教育事业的热爱之情。通读全文，相信读者都能从中获得一丝心灵的沉静与陶醉，过滤掉很多现实生活中的烦琐与庸扰。

（李仁杰）

王润华

王润华,新加坡人,1941 年 8 月 13 日生于马来西亚,美国威斯康星大学博士,曾任新加坡国立大学人文与社会学院助理院长、中文系教授兼主任,中国台湾元智大学人文与社会学院院长与中文系主任,新加坡作协主席,现任南方大学学院资深副校长、讲座教授。获得新加坡文化奖(文学类)、亚细安文化奖(文学类)、泰国的东南亚文学奖与中国台湾元智大学杰出研究奖。目前已出版多部文学创作,包括《重返马来亚》《王润华南洋文学选集》《重返诗钞》《王润华诗精选集》《重返集》《榴莲滋味》等,学术著作有《越界跨国》《王维诗学》《司空图新论》《越界跨国文学解读》《鲁迅越界跨国新解读》《华文后殖民文学》等。

潮湿还魂记:太平湖的地形雨

潮湿爬上雨树

从童年开始,我常常去北马的太平湖(Taiping Lake Gardens)游玩,那是我家族在清朝第一代移民马来西亚时最早落脚的地方。我的叔公王水杨在这一带开采锡矿,所谓淘金,结果真的一夜之间致富,成为当地的侨领。他遗留下来的马来式的吃风楼大豪宅,成为我童年最向往的地方。但是慢慢地,太平令我最神往的变成了阳光、潮湿、雨树与地形雨。

太平湖占地 62 公顷,每天中午过后,艳阳高照,就如一个大火炉。当我站在几百棵雨树下躲避毒辣的炎阳,雨树高举青翠的雨伞,好像在诉说攀爬上树身、快速繁殖的、美丽的雀巢植物,原是潮湿的灵魂的故事。

太平湖是少数同时拥有湖光山色的湖滨公园。雨树是太平湖独特的奇景。由于十个湖泊的距离不远,每一棵树同时会有好几个树影落在不同的湖水里。清澈的湖水,使人一时难辨真假。

雨树原生地是热带雨林,如南美与亚洲的南亚与东南亚,都有大量的这种热带树木,是大英帝国在其殖民地(如印度南方、新加坡、马来西亚)的公园、政府办公大楼周围或豪宅后院最普遍种植的树木。雨树可高达十几米,宽阔的伞形树冠如一把巨大的阳伞,壮大的树干把茂密的树枝向四方伸延,树荫下可容纳百人纳凉,很有当年帝国的霸气,所以成为英国殖民官员最宠爱的风景树。

雨树高耸的树身,巨大的伞状树冠,让你想象不到它原是含羞草科的植物家族。当年达尔文提出进化论,从英国航海到澳洲,途经东南亚,曾考证出雨树是含羞草的突变。雨树的感情也像含羞草一样细致敏感,羽状对生的小叶,随着阳光的强弱而迅速做出反应,黄昏或阴天,它的叶子如含羞草般会合起来,所以在新马古代,当地人叫它作五点钟树木。因为赤道的太阳五点就开始下山,而雨树的叶子就开始闭合,曾被人当作报时的时钟,或下雨的预告。由于热带雨林夜晚潮湿度高,天亮时分,旭阳升起,雨树的叶子张开,夜晚累积的露水一滴一滴地掉在树干上,所以增加潮湿度,变成太平湖的潮湿寄生的最好的天堂。

雨树没有年龄的秘密,因为七八年到十年以上的树木,树干上就会生长羊齿寄生植物,其中以雀巢与看起来像羚羊挂角、无迹可寻的鹿角凤尾草最为普遍。这与含羞草一样的叶子的张开闭合有关。叶子张开闭合造成露水滴落至树干,而周围环境中的潮湿也喜欢逃往雨树上"避难"。

地形雨:潮湿还魂记

艳阳下太平湖的高温度是潮湿造成的。远方的宾登山脉南麓山、附近的太平山,苍郁的树林、青翠的草坪、清澈的湖水都是产生潮湿的天堂。当湿润的大自然被猛烈的阳光照耀时,大量水分会被蒸发,形成强烈的上升气流,而后面的太平山,海拔1034米,英国人殖民时期的度假高原天堂,来的正好是迎风面。大风从不远的西海岸吹来,潮湿空气在前进途中,遇到太平山迎风坡阻挡,被迫沿迎风坡爬升。空气中的水汽因冷却而凝结,云中小水滴增大为雨滴,从而形成降雨,这叫地形雨。这就是为什么太平每天都有一阵短暂的阵雨,而这一场地形雨就是制造绿色与潮湿的使者。

我曾经一个人静静地观察太平湖的潮湿成长成地形雨的过程,写成诗歌。一群幸运潮湿爬上雨树上,变成美丽的雀巢或羚羊挂角的羊齿植物。其他的潮湿,在毒辣的阳光的追赶下,像海啸驱赶的野兽,一群一群的潮湿在逃命中变成地形雨。这是每天的潮湿的行程:

> 毒辣的阳光
>
> 追捕一群一群的潮湿
>
> 像海啸驱赶的野兽
>
> 顺着风
>
> 奔向山脉
>
> 发现悬崖削壁阻挡住去路
>
> 发出凄惨的尖叫
>
>
> 潮湿
>
> 生命最后的气流
>
> 被迫缓慢上升
>
> 绝热被冷却
>
> 凝结成豆形的眼泪
>
> 一滴一滴落在殖民时代
>
> 遗留下的十个湖泊
>
> 白人的度假别墅

湖光山色:土地的伤口

因为典型性的地形雨,太平也被称为雨城。当地的雨量是马来西亚的其他地方的两倍,也是世界上最多雨的地方。殖民地的历史告诉我,太平的地形雨,象征土地受伤而流的泪水。因为太平湖的湖光山色,原是殖民主义时代锡矿被挖掘后,在我出生土地上留下的伤口。

根据太平的地方历史,华人移民最早在此发现地下蕴藏丰富的锡矿,引发早期华人帮派为争夺地盘而展开血腥争斗。后来英国殖民政府在平定这些纷争之后,将原来马来地名拉律(Larut)改为华文太平(Taiping),希望永远平安无事。锡矿物是工业时代钢铁产品重要的原料,它能防止生锈。太平是全马来西亚最早开采锡矿的地方,早在 1844 年就全面挖掘,由此英国殖民者发现马来西亚地下蕴藏的锡矿产量为世界第一。

开采锡矿的方法,是深入地壳挖掘,结束之后,自然形成巨大的湖泊。太平湖占地 62 公顷,1880 年被开辟成为湖滨公园。太平湖是马来西亚第一个,也是最古老的湖滨公园,由十个湖泊组成。原是英国殖民政府把锡矿采掘殆尽后遗留下来的废矿湖,后来发展成了今日融合自然美与人工美的名胜地。因为后面不远的麦士威尔山(Maxwell Hill,华人称其为拉律山 BukitLarut),海拔 1034 米,气温常年凉爽,介于 15 摄氏度至 25 摄氏度之间,也曾经是英国人种植咖啡和茶叶的园地,故也被当地华人称为咖啡山。英国人在 1884 年就将之开辟为英国殖民高官的高原度假胜地,山上至今还留存着许多欧洲建筑风格的别墅洋房、花草植物,至今还是热带的凉爽度假胜地。

现在马来西亚的人民,很多都忘了太平湖的湖光山色原是殖民主义时代锡矿被挖掘后土地的伤口。每天下午那一阵地形雨,是哀伤土地痛苦的泪水。我最近盼望有机会回去,每天下午在太平湖的雨树下,观看一场地形雨,一出潮湿死后的还魂记。

重返新加坡植物园三题

绿色地标

当世界各国都在竞相建筑世界最高的大楼作为城市地标,如吉隆坡的双峰塔、台北的 101,而新加坡却以生长在自己土地上的大树作为城市地标。

在新加坡植物园(Singapore Botanic Gardens)里,就有十一棵被法定为国家级文化遗产树(National Heritage Tree),是新加坡最引以为傲的地标。而这座占地 52 公顷的植物园,离市中心最繁华热闹的五星级饭店只有五分钟路程,园内还有一座 6 公顷的,被认为是地球上保留得最完整的原始热带雨林。

作为一个热带花园城市,这些本土雄伟高大的百年巨树,既是自然的文化遗产,也是新加坡花园城市最亮眼的城市地标。这些大树帮新加坡人为其生活的土地创造出永恒感与归属感。这些巨树经过一百年以上的时间成长，建构了新加坡优美的风景线。

当新加坡快速现代化时，全岛各地的百年大树面临砍伐的危险，这种考虑促使 2001 年的文化遗产树(Heritage Trees)计划的诞生，目的是要保护大树，并教育人们认识成年大树的重要性。群众可以推荐全国各地的树木，一旦入选为受保护的文化遗产树木，都会得到特别照顾，如装上避雷针、在树底下竖立介绍树木的告示板。

这些热带雨林树木都与本土人民的生活密切相关。在这十一棵树中，我个人比较熟悉的，有两棵登布树(Tembusu)、一棵雨书、一棵相思树(Saga Tree)。登布树是本地区最坚硬的树木，生长状态非常具有传奇色彩。前面十年，它生长得非常慢，矮小而枝丫很多，像一般的开花树，其黄色的小花，在黄昏时特别芬芳。您想不到它能活两百多年，也能长到二十五米高。树干是建造桥梁、房屋最好的木材，不仅经得起风吹雨打，也不容易被海水腐蚀，连白蚁都不敢侵蚀。在东南亚一般家庭的厨房，必有一块登步树木砧板。即使用菜刀切割，大刀乱砍，木板上都不会留下被砍割的痕迹，木质不易磨损。而且人们还相信，切鱼切肉之后，细菌无法在木质上存活。我新加坡的家里，从小到现在，只用这种砧板切鱼切肉。

雨树与登布树相反，可以快速成长。在新加坡的街道、公路、高速道路两旁或地面停车场，都普遍种植雨树。它们像一把一把张开的巨大的绿伞，给热带带来最需要的绿荫。所以在新加坡与马来西亚，雨树是最普遍的路边树。英国人非常喜爱这种树，所以从殖民时期就大量种植。同样地，英国人从殖民时代开始，便喜欢在校园医院种植相思树。也许鲜红的心形种子，正象征老师与医生所要奉献的爱心，病人与学生需要的爱心。

绿色围墙

今年农历新年期间返回新加坡度假，常常有时间重回新加坡植物园(Singapore Botanic Gardens)散步。

我最喜爱沿着热带原始森林形成的绿色围墙散步。尤其在夜幕低垂的时候，可以聆听到原始丛林深处各种原始昆虫、飞鸟与动物的鸣叫声，这使我产生重回地球远古的洪荒时代的感觉。

我从来没有走进这片热带雨林，一般的游客也不会知觉其存在。我觉得我们不应该为了好奇，而进去破坏那里的原始生态。新加坡已将它法定为人类的自然遗产(Nature Heritage)。

虽然这一片热带雨林只有 6 公顷，但这是新加坡唯一保护得最完整的原始热带雨林，也是目前地球上靠近国际大城市的唯一原始森林。新加坡的旅游手册常常骄傲地写上这句话："从新加坡最现代化、最繁华的商业旅游区(乌节路)五星级的饭店客房，步行 5 分钟，就可走进地球上最原始的热带雨林。"

整座新加坡植物园，占地 52 公顷，原先曾经是有老虎出没的山林。1859年，英国殖民统治者让当时的农业与园艺协会将其建植为植物园，后来交由政府管理，主要成为英国殖民政府试验经济植物的园林。大英帝国垄断天然橡胶市场致富，就是因为园长亨利·李立(Henry Ridley)在 1888 年到任后，从巴西引进橡胶树的种子，在这座植物园内试种成功，然后再通过殖民地政府的影响，在东南亚、南亚各地区广泛种植橡胶树。

每次沿着原始森林绿色围墙散步，仰首看见十几米高的绿色围墙，它似乎坚决顽强地在抗拒现代文明对大自然的侵略、掠夺与破坏，因为原始森林就只剩下 6 公顷了。在这小小的 6 公顷的空间，就如这片围墙的形成，共有314 种植物在争取生存的权力，草本植物、羊齿植物、灌木、爬藤植物，还有小、中、大的树木，形成复杂多层次的古老森林。巨大的本土树木有的高达四十多米，举起宽阔而巨大的绿伞，所以 6 公顷的森林形成一个密封的原始的神秘世界。其中不少树木如登步树、遮鹿洞(Jelutong)、米冉帝(Meranti)都是在本土才生长的世界上稀有的珍贵树木，而每一棵树，就是地球上已经不多的自然遗产。

当我背向这片热带雨林时，我看见生长在 52 公顷的新加坡植物园各个角落的十一棵自然遗产树。他们都是百年大树，殖民时期砍伐森林浩劫的残存者，虽然被政府评为自然遗产树，但它们感到孤独与失落，都想回返热带雨林。

登布树

登布树是我最喜爱的热带雨林大树，它也是热带树林中最坚硬、最高大的树木，又是最美丽的开花树。

在新加坡植物园里，有 11 棵被法定为国家级文化遗产树，其中有两棵百年大树就是登布树。其中一棵被印在新加坡的 5 元钞票与 1 元的邮票上，这是全国最美丽的绿色地标。

这种我最喜爱的热带雨林的大树，开始生长得非常缓慢。十年以内，树身矮小而枝丫丛生，叶子淡绿而茂密，像一般的开花树，形状优雅，性格温柔。想不到树龄到了 20 岁以后，突然猛长，摇身一变，成为巍峨刚强的擎天巨树，能活两百多年，一般能长到 25 米高，甚至三四十米，高入云霄。

在新马早期大洋房的后院，都会种几棵登布树。它们具有顽强的生命力，不需人工照顾。树木在低矮处开始长出粗大的枝丫，以水平的姿态向外伸展，成为小孩的最爱，因为可以安全地爬上去，坐在枝干上唱歌聊天。登布树更是热闹的开花树，往往是大户人家花园的守护神。每年五月与十月开花两次，黄色的小花，从黄昏开始发出异常香味，黑夜里更芬芳，吸引很多飞虫，尤其飞蛾。原来那是传播花粉，四处繁殖生命的时刻。一月与九月间小小的樱桃似的果实成熟时，白天众鸟、黑夜蝙蝠纷纷飞来啄吃，所以非常热闹。

东南亚的居住空间与生活中，处处都有登布树的存在。尤其在过去乡村时代，科技产品不发达的时候，登布树的树干是建造桥梁、码头、铁路、舟船、房屋最好的木材。今天东南亚海边公园的木头椅子、游艇码头的木柱、最好的建材，还是登布树。

今天新加坡植物园两棵百年的登布树，仍然以乡土的本性站立在热带的风雨中。它看见殖民时代结束了、国家独立了、城市化来了、气候暖化了。它还要继续瞭望土地的变化，因为这两棵登布树还可以再活上一两百年。

评论

《重返新加坡植物园三题》这篇生态散文主要围绕作者重返新加坡植物园展开，分别描述了"绿色地标""绿色围墙"及"登步树"三大主题内容，从而表达了对于自然生态和环境保护重要性的呼吁。文章开篇便点出了新加坡以大树作为城市地标的独特性、前瞻性、生态性和优美性等特点；并重点描述了新加坡植物园内的 11 棵被法定为国家级文化遗产树，指出这些热带雨林树木都与本土人民的生活密切结合。文章第二部分，主要描述了作者沿着热带原始森林形成的绿色围墙散步的场景，作者仰望着这仅剩的 6 公顷原始森林,感怀到这堵绿色围墙在抗拒现代文明对大自然的侵略、掠夺与破坏的坚决与顽强。文章的第三部分,重点描述了作者最喜爱的热带雨林大树——登布树,详细描述了其文化意义、生态形貌、历史渊源及其生活用途等,指出登步树见证了新马殖民时代的结束、国家的独立,以及现如今城市化的到来和全球气候变暖等历时性的进程和变化。

　　本篇散文,线索明确,结构清晰,三大主题内容看似独立却又一脉相承。作者在介绍雨树和相思树时,恰当地运用了比喻和象征的修辞手法,把雨树比喻为"一把一把张开的巨大的绿伞",把相思树鲜红的心形种子象征为"老师与医生所要奉献的爱心,以及病人与学生所需要的爱心"。而当我们随着作者的脚步走近新加坡植物园内的热带原始森林所形成的绿色围墙边时,耳畔会出现原始丛林深处各种原始昆虫、飞鸟与动物的鸣叫声,仿佛置身于地球远古的洪荒时代。作者在描述"绿色围墙"时,采用了拟人的修辞手法,这仅剩 6 公顷的绿色围墙正如守护者般坚决顽强地抗拒着现代文明对大自然的侵略、掠夺与破坏。作者在对这绿色植物的描述过程中,言语间不时流露出对于这一草一木的深厚情感,以及对于人与自然和谐共存的主张。

　　王润华的这篇生态散文,结构清晰、语言优美,作者主要以新加坡植物园的十一棵国家级文化遗产树和植物园内仅存的 6 公顷的热带原始森林为描述对象,由自然生态写到其历史与文化价值,着重表现了作者对于自然生态和环境的保护意识,以及人与自然和谐共生的博大情怀。

(刘世琴)

淡 莹

淡莹,原名刘宝珍,祖籍广东梅县,1943 年生于马来西亚霹雳州江沙,现为新加坡公民。中国台湾大学文学学士、美国威斯康星大学文学硕士。曾任教于加利福尼亚大学、南洋大学、新加坡国立大学,现已退休。曾获东南亚文学奖、新加坡文化奖、万宝龙国大艺术中心文学奖。现为新加坡五月诗社理事、新加坡作家协会会员。著有诗集《千万遍阳关》《单人道》《太极诗谱》《发上岁月》《也是人间事》和《诗路》,诗文合集《淡莹文集》,与艾禺合编《逍遥曲——新加坡华文女作家作品选集》。

把森林还给众鸟

有一天,当你从酣梦中醒来,窗外的呢喃不复闻,代之的是人为的噪音,你会感到失落了什么吗? 也许你的听觉对这些无关紧要的天籁不十分灵敏,你根本没察觉到任何不同。

我的窗外是一大片松林,高高的树身长得十分婀娜,轻风一过整棵树便多姿起来。有一次有位外地的朋友来访,讶然道:"啊! 新加坡也有松树,我还以为松树只长在寒带地区呢!"说完以不胜艳羡的眼光凝望着那一排排整齐的松林。

我是一个特别敏感的人,夜晚睡觉,稍微有一丁点声响,就会立刻惊醒过来。十一、十二月接近年底的时候,岛国经常刮着西北季候风。只要凌厉的季候风一窜入松林,便摇身变成千军万马似的滚滚涛声,一浪一浪,从黑黝黝的林间传递过来。我时常被松涛吵醒,朦朦胧胧中,总以为是置身在海上。有一晚在还醒犹睡的惺忪中,竟发觉自己化身为一座冷冷、孤傲的悬崖,天上挂着一弯楚楚眉月,而汹涌的浪涛尽往我身上奔腾,发出天崩地裂的轰隆轰隆的震耳声响,并溅起银灿灿的水花。也不知是潮汐越来越高,还是自己缓缓走进水里,只觉得我赤裸的双足冰冷冰冷的。这样混沌恍惚的情境持续了一段时间,在那段时间里,我一直深信自己是一座临海的危崖,待整个人完全清醒后,聆听着窗外有节奏的涛声,我仍然为梦见自己是峻崖而低回,喟叹不已。事过多年,那一次的经验一直萦绕在脑海中,我不禁想:当年庄周梦见自己变为蝴蝶,其感觉大概与我相似吧!

我就经常这样枕着松涛入梦,也经常在三更半夜被平地而起的涛声唤醒过来。虽然涛声干扰清梦,但对于窗外那一片永远翠绿葱郁的松林,我却始终眷恋有加。夏日小睡后,我爱倚窗而立,把眼光投注在松林上。亭亭的松树长得比椰树还高,袅娜秀气中隐含着一股直冲云霄的气概,细长的枝丫伞状般地斜斜往两边生长。枝丫看似十分纤柔,却不易折断,无论是刮狂风或是下倾盆大雨,很少看见枝断树倒的蹂躏景象。

松树的叶子不属于硕大繁茂的科类,它尖细如针,落在地上,堆积多了,踩在上面软软的,如同踩在富有弹性的地毯上,使人忍不住兴起卧躺其上的欲望。

林间是众鸟的天堂,八哥、布谷、翠鸟、黄莺、蜂鸟、猫头鹰,还有许多不知名字的飞禽,都喜欢在松林枝叶间觅一席之地,筑起巢来。卧房的窗朝东,清晨六点钟天边才出现一丝淡淡的曙光,啁啾之声便此起彼落传入耳际。婉转清脆的鸟啼轻叩着我的耳膜,任我前晚是多迟就寝,也一定会被百鸟的歌唱吵醒,真是又恼人又撩人。这些大自然的歌手最爱在一日之晨引吭高歌,展示自己美妙无比的歌声。它们总是唱到太阳高升,唱到兴尽,才甘愿暂时离巢觅食。

一天中另一次众鸟大合唱是在斜阳贴山的时候,那时百鸟归巢,吱喳之声不绝于耳。傍晚的鸟鸣不若清晨的婉转动听,也许是困倦了,嗓子嘶哑了,听起来嘈嘈切切,是走了调、离了谱的杂音;又好像是大家争先恐后抢着诉说在外一天所经历的风险,根本无法分辨哪是黄莺,哪是翠鸟的啼叫。岛上无四季之分,由于诸多悦耳的呢喃啁啾,我仿佛身处在一个四季如春的国度里。

蓦地有一天,来了一批手持电锯的工人,一个下午就把所有的松树锯倒,锯断了一声声的呢喃,也锯去了我心中的春天。我为此惆怅了很久。松树被锯倒后,整个天空显得十分亮丽,连带房间也光亮了许多,可是我的心却晦暗无比,犹如穿上了一袭黏黏搭搭濡湿的衣裳,开朗不起来。

过了些日子,打地桩的来了,一天十小时轰咚轰咚的,企图把我对松涛、对众鸟的那份微妙感情轰到九霄云外。才一两年工夫,栉比鳞次的高楼大厦代替了飒爽英姿的松树,收音机代替了啁啾。我心坎深处的春天呢?森林呢?众鸟呢?到哪儿去找寻?我也曾想到野外去探访春的足迹,到植物园去瞻望老迈苍劲的古树,到飞禽公园去谛听更多禽鸟的鸣唱,但是一离开那里,回到市区里来,春天便也远了,不像以前,春天就在窗外,早晚开窗关窗,它都驻足在伸手可及之处。

我深深知道,只有将森林还给众鸟,我子夜般晦暗的心才能如正午一样晴朗起来。

🌴 评论

作者用简短精练的语言,细致地描绘了深夜听窗外风入松林的天籁,发觉自己化身为一座冷冷、孤傲的悬崖的感觉,清醒后,仍然为梦见自己是峻崖而低回,而喟叹不已,而事过多年,那一次的经验一直萦绕在作者的脑海中,随后作者便写道:"我不禁想:当年庄周梦见自己变为蝴蝶,其感觉大概与我相似吧!"之后又写到自己对于松涛的喜爱,对白鸟的爱恨交加,等等。最后树木被砍倒,作者那将森林还给众鸟的意识变得更加强烈起来。

作者运用典故庄周化蝶,来表达庄周化身为蝴蝶,也许是人们最刻骨铭心的感觉,此时的人类,才会在理解万物中和谐相处于自然。当人类悠然醒来,竟发现自己原只是跟万物一样,人类才会真正善待万物。作者正是在有了那夜化身为断崖的真切感受后,她才真切理解了该把"深林还给众鸟"。作者也由此告诉人们:在人类日益异化的现实危机中,自然意识是最重要的自救之道了。运用对比手法,将树木被砍倒后,天空和房间都变得亮丽了和作者晦暗的内心做对比,更深层次地凸显了作者那强烈的想要把森林归还给众鸟的意识。

这是一篇生态散文,人类就算是为了自身的健全、净化和提升,也需要善待万物。正如末尾所写的那样,只有把自然还给自然,人类才能实现自救。

(张瑞坤)

冰 秀

冰秀,原名陈秀元。新加坡公民,祖籍海南文昌。1948 年
7 月 29 日出生于马来西亚柔佛州。1971 年加入教师行列,
2010 年退休。新加坡作家协会理事。曾担任中小学作文比赛
评审。创作体裁以散文为主。作品散见于报章副刊、选集和
文艺刊物。著作有《小河与一串记忆》(1994)、《心的呼唤 绿
的回响》(2015)。

雨树的世界很精彩

我喜欢在雨树(Rain Tree,学名 Samanea saman)下漫步,把所有杂乱无
章的思绪都放空,听听小鸟在树梢鸣唱,看看雨树如何包容那么多植物依附
在它身上茁长,心情是多么舒畅。

雨树很好客

大清早,雨树已从睡眼惺忪中苏醒过来,闭合的叶子都张开了,少许水
滴还遗留在叶子上。早起的八哥、珠颈斑鸠和斑马鸠都聚在树下觅食,不争
不吵不闹。

七八层楼高的雨树敞开胸怀,欢迎那些不请自来的住客。红瓜的藤蔓
高高兴兴地爬到主干上,越爬越高;美丽的山苏花(鸟巢蕨)和骨碎补绿绿
的、油油的,把雨树装扮得漂漂亮亮;苔藓和地衣如影随形,密密麻麻地铺盖
在雨树身上;一条条的南洋石韦从树干上很随性地悬垂下来;抱树莲紧紧地
依偎在大树的怀抱里。

榕树的幼苗在雨树粗大的主干分叉处成长,其气根附在主干上,向下延
伸,然后钻进泥土里。不知若干年以后,它那一条条气根会不会越长越壮,

最后把雨树团团围住绞杀了。

雨树落叶期

三月,适逢雨树的落叶期,部分叶子枯黄了,不时有落叶飘舞。那天早上,老天忽然黑着脸,刮起一阵强风,没等雨的脚步走近,树上的黄叶已跟着狂风起舞,簌簌地飘落满地,大风把满地的落叶吹得沙沙作响。

落叶后,嫩绿的叶子迫不及待地长出来,嫩叶丛中出现了许多含苞待放的小花蕾。密集成簇的小花蕾蓄势待发,优越斑粉蝶开始飞舞了。

当我看到雨树绽放第一簇花,红白两色的花蕊裸露在枝头时,心里异常兴奋,因为再过不久,家楼下的十八棵雨树将披上艳丽的新装。

白领翡翠的地盘

每天清晨,两只白领翡翠都会在雨树上纵情歌唱,即便是隔着两座楼房,都听得见那尖锐响亮的歌声。其中一只很念旧,老喜欢站在同一根横枝上凝望。也许是不久前它在横枝旁的树洞出生,对那里有深厚的感情吧!

两只白领翡翠偶尔会一起站在横枝上亮相。它们眼观四方,神情专注,有时在雨树的枝干上拍打着翅膀悬停啄食;有时一前一后飞到篱笆外,站在水沟旁的栏杆上大声斗歌。倏地,歌声戛然而止,蓝白色的身影快如闪电地扑向水沟边攫取猎物。

雨树开花时

转眼到了五月,雨树上成簇的小花苞陆续绽放。一簇簇像粉扑的花朵很特别,长长的、粉粉的、柔柔的花丝都挤出花冠之外抢风头,使花冠和花萼都黯然失色。

一个个"粉扑"装点着绿绿的树梢头,树梢头变成了美丽的舞台,许多小鸣禽叽叽喳喳地开露天演唱会。低音歌手珠颈斑鸠来凑热闹,肺活量大的黑枕黄鹂也赶来报到。小弄蝶、小灰蝶和钩翅眼蛱蝶在较矮的花丛间翩翩起舞。漂亮的优越斑粉蝶陶醉了,舞来舞去,一刻也不肯停下来。

三只松鼠在爬树,动作利索得像在溜滑梯,又像开着跑车在错综复杂的枝干上横冲直撞。其中一只跑累了,竟趴在树枝上不动,好像睡着了。另外一只跳到白领翡翠的地盘——横枝上。两只白领翡翠立马飞回来,发出可怕的怪叫声,把它赶走。

雨树下,一只松鼠在剥树皮,一边剥,一边看,仿佛想揭开树皮下的秘密。三三两两的麻雀快乐地跳来跳去,有些扑到雨树龟裂的主干上像要啄着什么似的。

一只变色树蜥在褐色的树干上静静地等待,等待猎物走近。一只刚出世的长尾缝叶莺在树下跳动,它的双亲在一旁不停地发出尖锐而又急促的叫声。

雨天赏树

今天漫步时,下起毛毛雨,我躲在停车场围栏旁观赏雨树。几只优越斑粉蝶还在树上跳舞,很多飞鸟行色匆匆地掠过。雨越下越大,雨树的二回羽状复叶像含羞草一样慢慢地闭合下垂。“叽叽叽叽……”那只念旧的白领翡翠叫着飞回来,站在“阳台”上淋雨。一只优越斑粉蝶敌不过风雨吹打,掉到混凝土地板上而香消玉殒,留下一袭残破但依旧艳丽的舞衣,让人惊叹。

大雨过后,阳光普照,雨树的叶子又张开来。走在雨树下,水滴从树上掉下来,有淋雨的感觉。鸟雀和蝴蝶又飞来了,它们又在雨树上打食、跳舞、唱歌……

雨树遍布岛国,在狮城的十大树木排行榜中位居榜首。它的树形优美,美得像诗一样。它不只美化了我们的家园,使街道和庭园郁郁葱葱;巨大的伞盖还为我们遮阴,使炎热的天气降温。

它呀,是人类的好朋友,也是许多动植物的天堂。

榕 树 之 死

2013年夏季旅欧时,人虽在一万公里之外,但科技与网际网络的发达,已无形中缩短了我们和家的距离。我们随时都可以轻易地获知岛国的消息。

噩讯传开

当一则噩讯——岛国烟霾情况恶化,空气污染指数为超过400点的危险水平——在互联网上传开时,全团的人都感觉惊悚。那是自从有烟霾以来,岛国所经历过的最高空气污染指数!

记得那几天,团友们一早见面就互传最新信息。得知烟霾指数已不再飙升后,大家才放下心来。

回家途中,的士在薄薄的烟雾中奔驰。路旁的行道树无精打采地迎接我们。触目所及的住宅区和市镇都好像被一层薄纱笼罩着。

打开家里的窗户,一股烧焦味迎面袭来。干旱加烟霾,使窗外花槽里的一排植物变得面目全非!

我闭关蜗居起来,不敢到户外晨练,担心呼吸道被感染,引起鼻窦炎发作。今早听到牛乳场自然公园里传来白腹海雕的叫声,睁开眼,望见窗框外的蓝天白云。啊!天气晴朗得叫人心花怒放!我立刻起身更衣到楼下的花园晨练去。

园景荒凉萧条

走过连接花园的走道,感觉不对劲,本来绿荫覆盖的走道怎么那么亮?抬头一看,啊!榕树上细细的叶子几乎全都掉光了,剩下零零星星的几片挂在树枝上。树下的落叶不知从什么时候开始已积了半尺高。

不远处一棵较小的榕树完全枯萎了,像一百巴仙①烧焦的模样!我趋前仔细观察,尝试将一些缠绕在主干上和悬垂着的气根拗一拗,想借此探知它们是否还有生命迹象。那些筷子般粗的气根都发出"嘎吱嘎吱"声,断成两截!

奇怪!十多年来,园子里的十多棵榕树都是郁郁葱葱,从来没见过它们如此这般大量落叶、荒凉萧条、满目疮痍的样子。

一只珠颈斑鸠停在一棵半枯的榕树上,小心翼翼地整理着身上的飞羽;一只白眉黄臀鹎也在它身旁停了下来,耐心地整理左右两边的翅羽;一对八哥则站在另一棵榕树上,迫不及待地整理着身上的羽毛。

它们都不约而同地用尖喙整理着身上的羽毛。它们的喙就像一把尖尖的梳子,只见那梳子利落地在翅膀上左梳梳、右梳梳。梳呀梳的,似乎还不够,再交替用左右脚的爪子挠脸部和颈项以上的羽毛,仿佛在抓痒一样,同时还使劲地转过头来整理一根根尾羽,好像非把那些多日来藏在羽毛里的

---

① 巴仙为东南亚地区华人用语,意为"百分之"。"一百巴仙"即"百分之百"。

尘埃微粒统统清理掉不可！

听不到太阳鸟嘀哩哩的歌声，也看不到白眼圈娇小玲珑的身影。不知道那些爱大声叫"的——的——的"的朱背啄花鸟几时会再来，也不知道爱唱歌的黑枕黄鹂飞到哪里去。我只能祈求上苍降下甘露，让那些半枯萎的榕树快点复活，好让那些美妙的大自然歌手，重回到我们身边。

霾害几时休

谁让烟霾一年一年上演？谁让自然生态如此凋零？多希望借神话中铁扇公主的芭蕉扇来用一用，把烟雾全都扇到没有人烟的地方去！新科技已能呼风唤雨，相信有朝一日，人类必能克服人为的霾害，让地球母亲好好地喘一口气！

评 论

《榕树之死》这篇文章属于生态散文，作者运用了三节小标题"噩讯传开""园景荒凉萧条""霾害几时休"来层层递进文章的结构。作者在第一段写到通过网络信息了解到自己的岛国遭遇的烟霾情况恶化，空气污染指数是历史新高，哪怕是在回家的旅途中，整个城市都被一层薄薄的烟雾所笼罩，打开家里的窗户甚至会传来烧焦的味道，情形之严重让作者在家闭关，足不出户，在好不容易放晴后的一天，作者兴奋地出门去花园准备晨运，却慢慢发现有些不对劲，从而引出了第二段"园景荒凉萧条"。作者在第二段详细描述了榕树的变化，榕树上的叶子几乎都掉光了，远处的小榕树也是一副被烧焦的样子，这也是令作者感到震惊的原因，一直都茂密生长的榕树却因为这烟霾而满目疮痍，实在令人心疼。最后一段作者愤慨又心疼地宣泄了自己的情绪，借用了连续的两个反问让人们静下心来好好思考这个问题，反省自己。

这篇生态散文的结构丰富，三段式描写让读者们如看故事般理解现在身边正发生的生态危害。作者利用榕树前后发生的变化，详细描写了由于生态环境恶劣而导致的疮痍景象，最后作者简短的几句话却饱含了满满的深情，作者希望修复生态环境的任务从现在开始，从身边开始，一切刻不容缓。

（王思佳）

林 锦

林锦,原名林文锦,祖籍福建安溪,1948年生。新加坡作家协会和锡山文艺中心理事,新加坡文艺协会受邀理事。已出版著作有散文集《鸡蛋花下》《乡间小路》,微型小说集《我不要胜利》《春是用眼睛看的》《搭车传奇》《零蛋老师》,学术论著《战前五年新马文学理论研究》《林锦文集》。曾获新加坡罗步歌散文创作赛首奖、新加坡《源》2017年度散文优秀奖、金鹰杯东南亚微型小说二等奖、世界华文微型小说双年奖(2012—2013)三等奖。

榕树下的阿公和童伴

坐在榕树下的阿公

记忆里有几棵难忘的榕树,还有榕树下的阿公和童年的玩伴。

我家左前方有一棵榕树,很高很大。它矗立在简陋的亚答屋旁,显得异常苍老。榕树的枝干上垂下许多长长的须根,还垂下两条粗粗的绳子,尾端绑了一块木板作为秋千。

我家屋后是一大片菜园。阿公白天在菜园里耕作,午餐后会在榕树下休息。他坐在条凳上,默默地吸着自己卷的红烟,忧伤地望着远处一个废弃的坑洞。阿公赤裸的肩头前倾,终日在烈日下曝晒的肌肤呈现古铜色,在榕树密密实实的枝叶的照护下休息。我没有见过阿公笑过,他额头的皱纹特别多,特别深,短短的灰发,在午后的风中不曾晃动。

一个下雨的夜晚,在煤油灯下,母亲告诉我,阿公坐在榕树下一直看着的那个坑洞,是日军打进村子前匆匆建成的防空洞。那时候父亲和村里的叔叔伯伯,为了保护家人的安全,到林子里砍树,到山丘上扛石头,合力建防空洞。父亲个子瘦小,过度使力,造成内伤。他虽然躲过日军的残杀,却躲不过伤病,在日军投降后不久便去世了。阿公非常伤心,父亲是他的独子。从此,他不出声了。只在别人提到战争时,他会破口大骂:"死了了的夭寿日本鬼。"

阿成躺在榕树下

我和三个同伴,阿成、阿财和阿发,一起上学,一起游玩。我们在榕树下荡秋千的时间不多,因为这个活动不够刺激。我们喜欢到池塘里捉打架鱼,到树丛里抓会打斗的蝇虎,到河里游水打水战,到菜园里设机关捉鸟,到果园偷采红毛丹。我们也在一起玩游戏,打弹珠,旋陀螺,踢毽子,跳飞机,踩牛奶罐,赛跑,打木棒球,放风筝……不管玩什么游戏,不管输赢,我们都会乐成一片。我们家里都很穷,有时米缸空了,吃不饱。饿了,我们采果子吃,烤野番薯吃,到池塘河里抓鱼,烤鱼吃。

欢乐的日子是短暂的,我的同伴,一个个离开了。他们依依不舍地跟童年道别,跟榕树道别。

阿成最先离开。

那年年底豪雨成灾,加冷河边的农村变成一片汪洋,数十农户受灾。雨不停地下着,加上涨潮,加冷河的水倒灌,水位瞬间升高。阿成的家最靠近河边,地势最低,大水淹到他家的窗口。我的家靠近水涵路,地势比较高,水淹到膝盖。阿成来找我们,说他家已快被大水淹没,他的阿嬷爬到堆放杂物的小阁楼上,水继续涨,非常危险。我们到轮胎店借了旧轮胎,抱着轮胎游水到阿成的家。水已淹了小阁楼的木板,我们要扶阿嬷下来,用轮胎把她送到安全的地方,但是阿嬷很害怕,不敢下水。这时已经黄昏,阿嬷叫我们赶快离开,找警察帮忙。我们很心急,阿成叫我们先离开,他跟着出来。我和阿财、阿发拼命游向路口,一片水茫茫,我们凭着露出水面的电线杆顶端和高耸的榕树辨认路口的方向。

这时候,风好大,雨已经小了。榕树下垂的根须泡在水中,枝叶在风雨中颤抖,粗壮的树干站在水里,顶着树冠。我以榕树为目标,它距离路口大概有40米。阿财和阿发游得很快,我抱着旧轮胎,拼命向前游。我终于游到路口,阿财和阿发已经在那里了。我们站在及膝的水里喘气,等着阿成。我慌了,难道他和阿嬷被水淹了?这时,军警出动橡皮筏、小木艇救人。阿公也来找我们。我们把阿成的阿嬷困在小阁楼的事告诉救援人员,他们马上驾着小木艇去阿成的家。我们等着,等着。小木艇终于把阿嬷救出来了。阿成没有在一起。他到底跑去哪里了呢?

阿嬷呼天抢地地哭着,救援人员在大水里搜寻阿成的下落。晚上,大水黑漆漆的,救援人员头上的探照灯在浊黄的水面扫动,找不到阿成。阿嬷跟着其他灾民被安置在临时收容所。我跟阿公回家,晚上水位稍退,我们家的水大概有半尺高。我很累,蜷缩在寒冷的木板床上睡去了。

第二天,水几乎全退了。拯救人员找到阿成了。他脸朝天躺在榕树下。双手向上握拳,脸部露出痛苦的表情,头发和浓浓的眉毛沾着泥水。警察用一张塑料布盖住阿成时,我和阿财、阿发,几乎同时飞奔回家。接下来几天,我都没有出门,那时候是学校的年终假期。

阿财到井底拾肥皂

农村没有自来水,我们吃的用的都靠井水和雨水。春林婶家有两口井,其中一口井在砂质土的地方,井旁有一棵高大的榕树,周围有随风起舞的竹丛。

这口井用砖石筑成,井的周围铺了结实的洋灰,非常干净。井很浅,井水非常清澈。

我们放学后,回家把书包一丢,便结伴在村子里游荡。下午四五点,太阳偏西,我们会到这里冲凉。只有一个水桶,用粗绳绑着,我们轮流打水,轮流冲凉。水打上来了,一小桶满满清澈的水,把桶举高,把水往头上身上一倒。那种舒服痛快的冰凉,我无法形容。

我们玩着,闹着,拿着肥皂涂抹同伴。肥皂从阿发的手中滑飞进井里。

黄色的肥皂躺在井底白色的沙粒上,阿发要下去拿肥皂,阿财说他游水最厉害,他下去。我们把水桶一端的绳子绑在井边的铁环上,把桶放进井内,我和阿发拉着绳子。阿财左脚站在桶里,一只手拉着绳子,另一只手抓住井内的砖石,我们拉住绳子,慢慢地让站在桶里的阿财下去。啊,好重好重,我使劲吃奶的力气拉住绳子。阿财终于下到井里了。水看起来很浅,阿财站在井底,水却高过头。阿财潜水捡肥皂的时候,井底扬起了污泥,本来清澈的井水脏了。阿财突然尖叫一声,双手抓住水桶和绳子,喊着我们拉他上来。我们吃了一惊,力气都没了,还好绳子绑在坚固的铁环上,阿财不知哪里来的力气,拉着绳子爬出井口,跌坐在地上喘气,湿淋淋的头发流下的水迹遮不住他苍白的脸,哆嗦的嘴唇。我们紧张地问他发生了什么事,他上气不接下气,结结巴巴地说他在井底旁边的洞里看见一个骷髅。

两天过去了,阿财没有上学,放学后也没到我们常去玩闹的地方。母亲告诉我,阿财病了,半夜去了四排坡(中央医院)。那是很远很恐怖的地方,我们不懂得如何去,家人也不可能带我们去。我们更不敢去问阿财的母亲。

阿财进了医院后,我和阿发除了和邻居的小孩玩游戏,没有到河边和林子里游荡。我们只是担心阿财,他到底生什么病?我们天天等着他回来。十一月,雨季又来了,雨整天淅淅沥沥地下着。去年淹大水后,政府挖深河床,增建了排水工程,加上没下倾盆大雨,没有淹水,但我还是想起了阿成。

年底的毕业考试后,学校放假前,班主任刘老师告诉我们,班上有九个同学可以升上中学,我是其中一个。接着刘老师告诉我们,阿财没有参加考试,不会留班,他去了很远很远的地方,不会来学校了。

我和阿发同时抬起头,看着对方。我感觉双眼好像碰到胡椒粉,眼球浸在滚烫的水里。阿发的眼睛,流下了两行泪水。

阿发时常梦见榕树

升上中学后,我读下午班,阿发重读六年级,在上午班。

有一天,阿发告诉我他做梦。梦见阿成躺在路口的那棵榕树下,树上吊着一颗人头。梦见阿财在榕树旁的井里挣扎,井边坐着一个男子,被炸弹的碎片击中颈项,倒在血泊里。梦见我的阿公站在榕树下,手里紧握着一把锄头……

我告诉阿发梦都是假的。我们在一起的时候,阿发还是不断地重复着他的梦。我劝他不要说梦话,他生气了,便不睬我,自己一个人爬到榕树上,待了很久才下来,眼神恍惚。我心里感到害怕,便告诉母亲这件事。母亲神色凝重,她说发生过这样的事。日本兵在村口的榕树上挂了一个人头,警告村里的人不要反抗。在井边遭日本战机投下的炸弹碎片打死的人是阿发的舅舅。这些事情,相信是大人告诉他的。

阿发突然搬家了。他说父亲要带他离开农村,到霹雳州当采锡工人,全家人一起去。我问阿发什么时候回来,他说不回来了。"我梦见榕树下……"他摇了摇头,没有继续说,默默地走了。阿发搬家后,断了音讯,从此我们没有了他的消息。

阿公、我三个最要好的童年玩伴都离开了,童年也跟着远去。那几棵无法忘怀的榕树,在梦中依然静静地守着加冷河畔的农村。

🌴 评论

本文主要通过榕树这一中心线索贯串讲述了"我"的阿公以及"我"与三位童年玩伴之间的故事,寄托了"我"对他们的无限怀念之情,也书写出"我"对美好童年生活的不尽追思。本文主要由四部分构成,分别以阿公、阿成、阿财、阿发四人作故事的主体对象。写阿公部分,主要表现出他的沉默和忧伤,反映出他对病去的"我"的父亲——即他的儿子——的深沉思念,揭示了当年日军战争带来的持久的伤痛。写阿成部分,主要记述了当年自然水灾时的残酷情形,表达了"我"对因水灾而离去的阿成的怀念。写阿财部分,主要记述了阿财因下井底捡肥皂看见井底骷髅后患病离去,表达了"我"对阿财离去的悲痛之殇。写阿发部分,主要讲述了见证和经历一系列不幸过往的阿发时常做噩梦,最后随父亲搬家离"我"而去的事情。

在记述事件和描绘人物的过程中,榕树这一物象在文中既作为贯串的线索,又作为故事的见证者,具有重要的作用和价值。以物写人这一写作手法的运用,不仅增强了文章的具体感和真实感,同时也在物是人非之中反衬出现实的残酷无情,并烘托出思念之情的绵长无尽。

同时,本文的选材比较新奇、吸引人,故事性强而且富有曲折,加之文章对具体事件的记述比较细致生动,所以往往能使人投入其中,并不禁为之感伤触恸。

整体而言,本文语言流畅、结构紧密、内容丰富、思想深沉、故事性强,是一篇很值一读的散文佳作。

(李仁叁)

林　高

林高,原名林汉精。1949年出生于新加坡静山村,祖籍广东揭阳。台湾大学文学学士,华中师范大学硕士。林高早期以写作散文、小小说为主,近年亦努力于评论和现代诗之耕耘。1992年与周粲等文友创刊《微型小说季刊》并任编辑。1993年召集青年作者创办《后来》四月刊。1997年创刊儿童文学半年刊《萤火虫》和《百灵鸟》并担任主编。上述出版物都由新加坡作家协会出版。林高曾任新加坡作家协会理事、副会长,现为受邀理事。2013年赴韩国TOJI文化馆参加为期三个月的驻馆作家计划。2014年《林高微型小说》获新加坡文学奖。2015年林高获颁新加坡文化奖。著作有《被追逐的滋味》、《林高卷:散文》、《笼子里的心》、《林高微型小说》、《倚窗阅读》、《品读》(与蔡欣合写)、《赏读》(与陈志锐合写)、《赏读2》、《遇见诗》、《框起人间事》、《记得》等,主编《新加坡微型小说精品》。

感觉法鼓山

任教于台北一所中学的凌性杰老师对我说,那你就上法鼓山吧。隔年我依约而来,挂单八天,源于一种心情的追寻。感谢凌老师,他指对了我的心情向往的方向。

法鼓寺在法鼓山上,法鼓山的气度不限于法鼓寺;佛教的氛围和人间的愿心在这里相呼应着,又蕴蓄着自然的润泽与精神的熏染,在台北靠海蓊蓊郁郁的金山北脉上。

自然要从法鼓寺说起。法鼓寺于1993年动土,2002年举行大殿上樑安宝典礼,之后工程逐步发展,2013年,法鼓大学预期可完工。也许会有人说:不就是一座寺庙吗?不一样。创建人圣严法师不喜欢清朝建筑,如北京雍和宫、故宫,对台湾的大寺庙也不以为然,觉得形式繁复,颜色浓艳,体现不了佛教的特色,更有悖于禅宗精神。圣严法师率领了一个团队,包括建筑师、摄影师、佛教学者、美术家,参观了敦煌、麦积山、云冈三大石窟,也观摩了唐宋辽金和明朝的佛教古寺。认为建筑应该仿唐,造型大气而朴素,线条简洁而流畅。

想当初,圣严法师攀缘跋涉,最后看上金山乡三界村。这里连绵起伏的是绿的生机,而视野宽广无垠。他研究了地理环境,更深信,唯仿唐建筑能够无间地融入大自然,相辅相成。终于,法鼓寺巍巍伫立于此。那么雄伟的一座建筑,静静地让一大片绿荫庇在和蔼的天地中。整体的感觉是刚毅而不失柔性,温暖又透着坚强。法鼓寺再次说明了,中国佛教建筑常用的建材,砖瓦、石头和木材,能很好地与大自然相契合。

来到法鼓寺的接待平台,走到廊道上,步入大殿礼拜,听法师开示,然后做义工,或者走走看看,用膳的时候到斋堂去,之后到卫生间漱口,之后到义工室休息片刻……感觉确实不一样。圣严法师的心愿一开始在法鼓寺的建筑外观中就落实下来。日常里,众法师、信徒、义工的一言一行,比如交谈的时候、用斋的时候、行走的时候、洗菜切菜扫地抹桌椅的时候、做早晚课的时候……把圣严法师的心愿再体现出来。哦,感觉到的不一样是,日常里,酝酿着的善念中一直有新的善念在酝酿着。

义工室玲华师姐对我说,去走走看看吧。她觉得我千里迢迢而来,应该好好夫发现潜藏于法鼓山的好处。那天下午,天仍嘀嗒嘀嗒下着雨,我撑起伞,沿接待平台的出口往前走,过曹源溪,上小坡,便进入环保生命园。先是看到药师古佛明朗的笑颜,向远方望着。古佛跏趺安坐于溪畔、桂树竹林中,神态自在。古佛祥和的样子提示了我,我的步子有点急。曹源溪就在我脚下哗啦哗啦响,泉水从那源头淙淙地经过我的身边流入曹源溪。我轻移脚步。雨收了,水珠从树梢滑落。嘀!打在叶脉上,嗒!打在伞上。泥路上的落叶打拍子数我的步子。嘀!嗒!我的步子和水滴像诗的节奏,匀称而整齐。我对园子说,明天我再来。园子应道,也许明天不下雨。可能明天我没来,明年也没来,后年才来。没关系,他会来,还有他和他。你看,园子里修筑了羊肠小径和台阶。对呀!园子里不一直像现在,只有我。蕨类与蔓藤和野山芋相隐蔽于树下，还有丛丛相克相生的荆棘，还有移植于此的樱花和杜鹃。是时候了，雨就停，虫就噪；是时候了，太阳就阴，月光就亮；是时候了，杜鹃和樱花就一起开。今天你悄悄地走了，明天他轻轻地来；而曹源溪照样哗啦哗啦响，山泉照样淙淙细水长流。

走到一个幽僻处，我静静站一会想一会。就在这里，有王文心的雕塑作品《生命无垠》。那是用花岗石、泥土凝制而成的一面墙，在照明灯的投射下，裂痕凸现斑驳。这一面在园子里的墙，将随着年代、季节、时刻呈现不同的面貌；它干净而简约的外观，同样能够告诉我和我们，万物不断变化生灭的道理。

圣严法师请来了艺术家，要把生命教育透过艺术品在园子里展示出来。从另一个方向绕，经曹源溪畔，又遇见两件雕塑作品，为魏永贤与向光华合著。我特别喜欢《愿愿相续》这一件。把黑、红、灰色的安山石和白色的大理石设置成回环的造型，再以钢条串联，隐喻生命的过程。最让人感动的是，艺术家在回环的生命边上，种一棵吉野樱。在生命的某个阶段，吉野樱将开满一树的灿烂。另一件作品叫《生生不息》，依然是以安山石为主体，四个大小不一的岩石以金属管连接，象征大自然中各种生命原是个共同体，有生必有死。个体生命的死，不是人生的终结，它是一个"点"的连续，许多"点"的延伸。

我坐在岩石上，听曹源溪。流得颇急湍，白花花乱溅。声很响，很清。当春天到，阳光送暖，沿着溪畔，杜鹃樱花都绽开，水与花相映，生趣又不同了。有茶花吗？也有吧。坐一会想一会。朱熹说："半亩方塘一鉴开，天光云影共徘徊。问渠那得清如许？为有源头活水来。"这园子，就是活水了。

🌴 评论

《感觉法鼓山》是一篇描写景物的生态散文，因法鼓寺在法鼓山上，法鼓山的气度不限于法鼓寺，所以作者先介绍了法鼓寺——刚毅而不失柔性，温暖又透着坚强。法鼓寺再次说明了，中国佛教建筑常用的建材，砖瓦、石头和木材，能很好地与大自然相契合。之后作者跟着朋友在一个雨天上了法鼓山，山泉、竹林、羊肠小径和台阶都通过作者的笔跃然纸上，给读者描绘出一幅山中清幽的佛教景色。

"是时候了，雨就停，虫就噪；是时候了，太阳就阴，月光就亮；是时候了，杜鹃和樱花就一起开。今天你悄悄地走了，明天他轻轻地来；而曹源溪照样哗啦哗啦响，山泉照样淙淙细水长流。"作者运用排比的修辞手法，描写法鼓山的美景，清幽却有生命力。

　　写景的文章往往都是纯描写景色，抒发美景。而作者笔下的法鼓山，带有浓浓的文化与哲学气息。作者实则写景，深则引发了万物不断变化生灭，大自然是个生命的共同体的哲思，也侧面呼吁我们要环保，顺应自然，保护自然。

（张瑞坤）

辛 白

辛白,本名黄兴中,1949年出生于新加坡,祖籍福建南安。北京师范大学文学学士。曾任中学与小学教师、新加坡教育部课程规划与发展署华文专科督学,现已退休。主要写诗、散文,近年来还致力于微型小说与闪小说之创作。曾获新加坡文化部主办全国诗歌创作比赛华文公开组首奖。现为新加坡作家协会受邀理事、推广华文学习委员会驻校作家。著有诗集《风筝季》《细雨燕子图》《看见》《童诗45》(五人合集)和散文集《音乐雨》等。

榴梿与我

砰!午夜,我做完了学校的功课,正想上床睡觉,屋后果园里传来了一声如鼓声的闷响,叫我怦然心动。

那是熟透的榴梿,结结实实坠落地上的声音。

榴梿曾经是我极难吃到的水果。榴梿贵,我们家又穷,又没种植,只能望梅止渴。小时候,有时父亲的朋友骑着脚踏车老远地来拜访他,偶尔也带来几个榴梿。我们兄弟姐妹几个就只能在那时才有榴梿吃,不过常吃得不满足,脸上一副意犹未尽的样子。后来父亲在屋后废置的农地上种了几棵榴梿树。我也没特别注意它们,直到有一天,我发现它们开满了芳香四溢的浅黄花朵,接着结果,接着果实长大、成熟、坠落。从此,榴梿季节来临时,我们便有了美好的期待。不过那已是我中学毕业以后的事了。

也许是品种优良,也许是土质好,我家那几棵榴梿树,果肉都香甜。有两棵,果肉还是呈黄色的上品。有些榴梿大而果肉多,掰开来,一整列,香喷喷,吃完一整个榴梿,就觉得饱了;有些却小得只长一两个果肉,吃完了马上要再打开另一个。像我一样,两个妹妹都爱吃(那时两个姐姐都已出嫁,哥哥另组家庭去了)。我现在想起榴梿,总有我们兄妹三人蹲在地上,围着掰榴梿、吃榴梿的画面。

有一回我特地邀请一位住在市区的老友到我家来吃榴梿。老友在我家住宿一晚,吃了不少榴梿,连声说好吃。现在我和他已很少联系,有时候想起他,总会想起吃榴梿的事。

两个妹妹都出嫁后,老家只剩父母和我。榴梿丰收的季节,竟有供过于求的现象。我搬离老家后,母亲不舍得吃榴梿,把它们卖给沿户收购榴梿的小贩。榴梿成了她的一项季节性收入,直到老家搬迁为止。

我有时在水果摊位买回一两个榴梿,总觉得又贵又比不上老家的,渐渐地也就少吃了。但跟榴梿的这一段"缘",却是难忘的,尤其是日里夜里,那一声声如鼓声的闷响,总在我回想的时候清晰响起。

河　口

一

走出家门,沿着椰林里那一条小径向它的尽头走去,五分钟左右就到了河口。

站在河口的最宽处,朝东,长长的河在我的右边,左边是柔佛海峡。海峡颇为辽阔,在天气晴朗的日子了,海峡彼岸那些绿绿的树,都清楚可见。

河口宽广,从此岸到彼岸,划着小舢板,大约需要十几分钟的时间。涨潮又刮风的时候,河口波涛汹涌,白色的浪头乍起乍灭。面对这样的一条河,又因没见过真正的大海,我有好长的一段日子误把它当海。上了中学后,有了一点儿地理知识,对照着地图看,我才知道那"海"原来是一条河——实里打河。我又从课本上获悉:它长约 15 公里,是岛国最长的一条河。

二

从八九岁起,我便常常到河口去游泳。河口最宽处有一间小木屋,由一家卓姓渔夫兄弟搭建,用来晒渔网和放置渔具。小木屋坐落的地点是在我们的椰园范围内,也许是经过父亲同意的吧。

小木屋是一栋"浮脚楼"似的建筑。它有一道向河口方向延伸过去的、窄窄的木架,它的一边是几根粗大的竹柱,系着三排粗大的竹梁,用来晒渔网。它的周围是一片沙地,是我们戏水和学游泳的好地点。无须约定,潮水大涨的时候,左邻右舍的孩子都来了:也没穿泳裤,就穿着身上那条短裤,纷纷跳入水里。年纪大些的,都往木架的尾端游去——那儿的水有两米多深,然后像一条鱼,在它的周围游来游去,累了,就攀着柱子休息。有时候,他们竞相爬上横梁,然后凌空一跃,跳入水里。年纪小一点儿的,像我,就在浅水处玩水和学游泳。

我们学游泳,开始时都是手脚胡乱地在水中使劲地摆动,使身体不下沉,过后,再向那些已经会游泳的孩子偷师,慢慢地学会了各种游泳的姿势。等到我们学会了游泳,我们也向木架的尾端游去了。

三

潮水退时,河最先袒露的是沙滩,接着是海草等植物生长的烂泥地带。常常,潮水退时,村民们便从四方八面来到了河口。他们手上提了一个小竹篮,有时还带了一把小锄头。沙滩上有蛤蜊等贝类,浅浅地埋在沙地里。村民们用锄头把沙移开,把贝类捡上来,拿回去煮了配饭吃。沙滩上还有梭子蟹,它们通常躲在泥里或沙子下,但微微隆起在沙上或泥上的那层壳,暴露了它们的藏身处,要了它们的命。

人们来河口还有一个主要的目的:捉海马。人们把海马捉回去,晒干了,拿到市区的中药店去卖。海马价钱好,一只值几毛钱。运气好的话,一个月可有几十块钱的收入,可以用来帮忙养家活口。我从十岁左右起,就加入这个"挣钱"的行列。海马在潮退时常栖息在海草叶上,一动也不动,偶尔才看到在它们水里悠游地游动着。我在海草间走着,锐利的目光不放过任何一只海马,像不放过任何一枚银币。每看见一只海马,我就觉得眼前一亮,怦然心动,那情景深深镌刻在脑海里。捉到的海马交给父亲,让他亲自拿到市区去卖,也算是帮忙家计。作为穷人家的子弟,我从小就学会了向大自然讨生活。

四

大约从中四时开始,因为要集中精力读书,我很少到河口去"干活"了。到河口去,多是为了放松精神。我总是喜欢在黄昏时分,爬上小木屋,到木架的尾端坐下来,看海看河。喜欢极目远眺,看柔佛海岸那些绿色的树,看海峡的尽头是不是又有一艘巨轮吐着烟,缓缓地驶出来。也喜欢看河向我右方蜿蜒而去的姿态,看它两岸连绵不绝的绿。

我总会向河口对岸那个英国空军基地张望。对于我,从小,它就是一个神秘的地方。常见飞机在那儿起落,也常听见震耳欲聋的飞机引擎声传来。在岸边那一排树的后面可见巨型的仓库似的白色建筑降起的顶端,我猜想那是供飞机停放的地方。一个哨站似的亭子,立在河口最宽处——我纳闷为什么不见有英军站岗。

夜来了,空军基地里红、黄等彩色灯光倒映在水面上,长长的,随着水波摇曳。感觉上,河口的夜竟然有些浪漫。河口中央那座奎笼的汽灯也亮起了,白晃晃的灯光把汽灯下的水面全照亮了。

白天,得空又有兴致时,我会划着父亲捕鱼用的小舢板,到河口中央的奎笼去钓鱼。我把船系在柱子上,把鱼钩丢进海中,坐在船头,等鱼儿上钩。我生性胆小,看到深深的海水、浑厚的绿,心里总有一点不安,觉得水里仿佛藏着水鬼或什么神秘的异类似的。我就是带着这种微微矛盾的心情垂钓。记忆里,除了一些小小的"昆令"鱼,我什么也没钓到。

五

我念高中的时候,因为和母亲合不来,父亲决定搬到河口的小木屋去住。我有时在傍晚到小木屋去,看到父亲坐在小凳上,手握烟斗,默默地抽着烟。父亲赤着上身(除了天气很冷的日子,父亲会穿上一件衬衫,其他的日子总是赤着上身),黝黑的皮肤越发使满头凌乱的白发显得更白了。父亲虽然疼我,却不苟言笑,很少跟我闲聊。我常常只是喊了声"爸"就走到木架尾端坐下,默默地望着河口。

我有时在夜晚前去,看到父亲侧着身子躺在草席上,挨着煤油灯,戴着一副黑边的老花眼镜,读着一本发黄的、不知读了多少遍的线装书。暗淡的灯光下,父亲越发显得苍老了。我走向木架,静静地看着夜的河口、水上的彩色灯光,让凉得带点寒意的晚风向我肆意吹拂。

简陋的小木屋,暗淡的灯光,单调的潮声,父亲在河口的日子是寂寞悲苦的,而我除了到小木屋去看看他,再无他法可以为他分忧。

六

我终于要离开生活了二三十年的故居,到宏茂桥新镇去除筑新巢。河口,再也不是我生活的一部分了。等到老家也搬迁,我有一段日子,似乎把河口给忘了。

也只是似乎。后来河口的记忆常无端端浮现脑海。大儿子六七岁时,我决定带他回乡下去,看看老屋,看看河口。一天,我开着车,带着他,沿着荒芜了的小路行驶,到达故居处,但见老屋没有了,只剩一片废墟;通往河口的小路也不通了。我们没有下车就折返了。

然而我依然想去看看河口。几个月后我再度前往,带着妻子和儿子。那时整个村落的人都搬走了。乱草荒林,行驶其间,觉得似乎不太安全——万一车子抛锚了怎么办?万一乱草中冲出几个匪徒怎么办?然而我仍然执意向前。终于车行到某处,几株东歪西倒的高大竹子堵住了去路。河口真的回不去了。

我坐在车里,看着挡风境外的乱竹,无端端觉得若有所失。

七

一位同事告诉我通往实里达蓄水池(下半段)的路,我喜出望外。一个周末的下午,我独自驱车前往。车子转入蓄水池的范围时我竟有些激动,因为我就要看到多年不见的河口了。我沿着蓄水池旁边的一条柏油路行驶,右边就是我年少时觉得神秘的那个英国空军基地的所在地,现在是实里达机场——英军早撤回老家去了。

我终于来到路的尽头。我迫不及待地把车开到水池堤上。我在堤的中段下车,站着张望。向北而立,我的前方是一个小海湾,我一眼就认出那是当年河口的所在地——我渴望见到的河口不见了!原来,我脚下的这道堤已经把河切成两段:河口的一段成了小海湾,另一端成了我背后的蓄水池。当年河口中央的那座奎笼还在,只是仅剩破败的奎笼头,奎笼尾不见了。远处的柔佛海岸,绿树不见了,只见工厂林立。我的脚下,就是当年河的中央,印象里总是波涛汹涌。此刻我感觉我站在水中央。

我朝左望，远远的，小木屋还在。是的，我熟悉的小木屋还在！不过，毕竟不同了，屋子破败了，木架不见了，萧条地立在一丛蓊郁的树旁。而我无法前去看看，因为它的所在处已经变成保护区了。我望着小木屋，像望着一个多年不见、苍老而落魄的老友。我想起去世了多年的父亲，一股愁绪倏然涌了上来。

🌴 评 论

《河口》以"河口"为主要写作线索和对象，围绕"河口"首先讲述了"我"曾经的主要经历与记忆，包括学游泳、捉河马、钓鱼和看望父亲等，而后讲述了"我"多年后再寻"河口"之事，抒发了变幻、物去人非的沧桑之感，表达了"我"对曾经的难忘生活的几多怀念和对离世多年的父亲的无限感怀之情，同时也寄寓了"我"对曾经美好的生态现已变迁不再的无奈与感伤。

文章前半部分既有优美的景物、景象描写，写出了"河口"曾经的美丽宜人，也有生动细致的事件叙述，诉出了曾经的生活的趣味与艰辛。而后半部分主要叙述"我"重寻"河口"的经历，写出了重寻的艰难不易以及"河口"的变化与变迁之大，反映出"我"对儿时的怀念、对父亲的惦记以及对现在世事多变无常的无奈与感伤。

文章内容较为丰富，故事性较强。语言上也较为流畅，并且长短句相结合，显得灵动自然，活泼有韵。在结构上，本文前后部分之间大体能形成对照，很好地深化和突出了文章的主题，增强了作品的艺术性与表现力。

（李仁叁）

郭永秀

郭永秀，生于 1951 年，新加坡工艺教育学院电子信息科讲师。本地知名诗人、音乐家。现任新加坡五月诗社社长、作家协会理事、作曲家协会会长、东艺合唱团音乐总监兼指挥，历任新加坡及外地文艺创作、音乐创作、器乐及声乐比赛评审。擅长作词、写诗、作曲、摄影。出版了 5 本诗集、1 本散文集、1 本音乐评论集及 1 本创作歌曲集。诗集《筷子的故事》曾获新加坡书籍节诗歌组高度表扬奖，许多诗作被选入各国的诗选、诗歌词典及中学和大学教科书中。

非用塑料餐具不可吗？

环保这个名词，在现今的世界里，似乎非常流行。有很多运动、特定作业，都围绕着环保的课题而定。但经常运动一过，人们就忘记了什么是环保。许多高呼环保口号的演说者，一下了台，就忘了他在台上振振有词、激励人心的台词。

在我们日常生活中，经常会用到许多塑料产品。假如我们能尽量少用这些塑料产品，就能减少对环境的破坏。在学校里、在小贩中心、在许多会议或社交的场合里，即用即丢的塑料餐具比比皆是。试想一次的餐会，用掉了多少塑料餐具。

环保的概念，应该从小培养起来。学校无疑是最好的地方。许多学校的餐厅，都采用塑料餐具。这对学生发出了怎么样错误的信息呢？真不明白为何教育部不规定学校不准用塑料餐具。或许你可以说，不用塑料餐具，就要多用水来洗碗碟，那不是也不环保吗？但两害取其轻，我们宁可少用塑料的产品。去年孩子国民服役，入伍受训，邀请家长到军营中观礼。中午用餐时,全都是用塑料碗碟。试想军营中有多少兵士,假如每天吃饭都用塑料餐具,一年下来数量是多么可怕!。

到小贩中心去,许多熟食摊位也都用塑料碗碟,为的是方便。但这样一来便给我们居住的环境带来许多塑料垃圾。

塑料的使用,的确是一个严重的问题,我们都知道塑料是不环保的。有些塑料瓶子其实可以再循环。我们应该教育下一代,好好保护我们的地球,因为以后的地球是属于他们的。

少年时代的新加坡气温怡人

还记得在我少年的时代,新加坡的气温怡人,很少有这么热的天气。现今的地球,温度已经升高许多了。一些迹象已经显示出地球的环境遭受人们的破坏。到处出现的严重的风灾、水患,南北极冰山的融化,大海的水位升高,臭氧层的破洞越来越大,厄尔尼诺现象,等等,已经渐渐威胁到人类的生存空间。

我们可以从小事做起,例如,尽量少用塑料用具。若真的需要,塑料袋、塑料用具等也尽量再循环,电器用完即关电,购物时尽量以环保袋来装东西。不过,现在的环保袋已经到了泛滥的地步,几乎到处可见。而制造过多的环保袋,是否也是不环保的呢?

在我们的政府组屋楼下,有专门让人丢弃废物的分类垃圾箱,分为塑料、金属、纸张等,但很少看到人们利用。

总之,能够节省的就节省,有钱与否,与环保无关。我常告诉学生,以前小时候,我们非常节省,很多物品都循环使用,那是因为穷;现代人付得起丢弃的塑料用品,但还是需要节省。简单地说,以前的人节省,是为了自己;现在我们节省,是为了地球!

手巾与纸巾

几十年来,我一直习惯用手巾,偶尔见过一两位朋友也用,但也属极少数。一些朋友看到我用手巾,不以为然地揶揄道:"什么时代了呀,还用手巾?"我总是笑而不语,懒得回答。

的确,现代绝大多数人都用纸巾,少有人的口袋里还带着手巾。

把手巾整齐地折叠起来放在口袋中,需要的时候拿出来可以抹汗、擦嘴巴、擦眼镜……我经常拍照,有时也用手巾揩抹镜头。手巾拿在手中有种厚实的感觉,又因为放在口袋中,沾染了体温和生活的气息,拿在手中自有一种人气,感觉温馨又亲切,似乎也是自己身体的一部分,带有贴身的温柔。不像纸巾,冷冷的,与自身无关,用了之后巴不得赶快把它丢掉。

手巾的用途

手巾还可以折成许多不同的动物:人、大象、天鹅、青蛙……那是我们小时候的玩具。记得小时候在外玩耍,碰到下雨的时候,我们在手巾的四个角打了四个结,套在头上,就是一顶临时的帽子。手巾也可以当成袋子,收藏各种东西。小时候在乡区,常到野外采撷野果,如桑葚、山葡萄、红毛丹等,把各种物品放在手巾上面,再将手巾的四个角对折打结、收紧,便是最好的袋子了。

手巾也让我想起一些旧时戏剧或电影里浪漫的情节:女主角刻意掉了手巾或丝巾,男主角乘机拾起,借归还之名与女主角亲近。在谋杀案中,带血的手巾也成了线索或证据。现在可好,有谁拾起女朋友用过的纸巾,肯定被骂神经病。

手巾和纸巾不同之处也让我想到情书与手机短信的不同:写情书的人要慢慢想、慢慢写,斟字酌句,充满了浪漫情怀,收到情书的那一位,则满心欢喜,可以拿出来看了又看,缅怀又缅怀,享受着优美的文字所带来的欣喜和悸动;短信则是看了一下,虽有惊喜,却即看即忘,即忘即逝,缺乏咀嚼的乐趣和情书的人文气息。

反对滥用纸巾的行为

然而这却是一个纸巾的时代,即用即丢,像许多塑料的用具一样,人们习惯性地丢弃,眼睛都不眨一下,不管对环境造成多大的伤害,都无动于衷。纸巾的盛行,也象征着一种文化和生活观。就像现在的爱情,也是即用即丢,很少天长地久,所以离婚率飙升。

虽然我习惯用手巾，但也不反对别人用纸巾，毕竟用纸巾方便多了。我反对的是那些滥用纸巾的行为。我看过许多滥用纸巾和厕纸的例子：用餐后抹嘴，一下拉了十几张纸巾，而其实只需要用到一两张；进入厕所时发觉地上满满是没用过的、被丢弃的厕纸，完全无视于热带雨林的消失。这也显示了现代人的傲慢、焦躁和冷感，对这世界缺乏爱，只把万物当成可以利用的东西。用了就丢还不打紧，而毫无节制的浪费，这绝对是自私自利的反社会行为。

扯得远了，若有得罪看官们，还请多多包涵。

节省，是为了地球

每年年底，在组屋楼下，可以看到许多被丢弃的物品。仔细观察，其中有许多是完好无缺，完全可以再循环利用的，例如家私、电器、书本、衣服、一般用具等。在许多餐馆的餐桌上，往往也可以看到许多剩余的食物。这种现象越来越普遍。人们丢弃物品或食物，似乎已到了视若无睹的境地。也许是因为生活越来越富裕，人们都忘了节省的美德。

早年受邀访问，接待单位总是叫了一大桌的菜肴，赴宴的人通常吃了一半，其他一半吃剩的，就这么倒掉。这让我们这一代贫苦出身的人，感到非常不习惯和心痛，因为这是暴殄天物啊！

因打包食物而遭人鄙视

我有一位同事，我经常看他在学院的一些典礼或大型会议过后的餐点出现。他等到大家用完自助餐后，便忙着打包剩余的食物。有些同事看了很不以为然，有些甚至嗤之以鼻。我却对他的举动感到非常敬佩：原来他打包并非为了自己，而是给学院中一些负责打扫的工人，或是经济上不富裕的邻居、朋友。如此具有善心和环保意识，却遭人鄙视，真不公平！

许多日常的用品，其实都可以再循环利用的。用过但完好无缺的家具、电器、用具和衣物等，都可捐赠给一些专收旧货的慈善机构。例如救世军(Salvation Army)，他们收了旧货以后，重新清洗及包装，可以赠送给经济能力较低的家庭或运去给第三世界的贫苦人家。打个电话请他们来取，不过是举手之劳，但大多数的人都不愿为之。

捐赠或"现金转换"有利环保

现在市面上还有一种商店叫"现金转换"（Cash Converter），专以低价收购旧货，然后以二手价转手卖给需要的人。虽然他们是在做生意，但这样的生意有益环保，值得我们的支持。我呼吁大家若有可用的旧物品，不要随便丢弃，应该带到现金转换的商店，卖给他们或送给他们都可以。虽然有点麻烦，但有利于环保，何乐而不为呢？

至于餐桌上吃不完的食物，随便丢弃，更不应该。我认为在餐馆点菜时，不应该为了面子，点了过多吃不完的菜。宁愿少点，吃不够还可再叫，吃不完就应该打包。很多人却为了面子，或故作潇洒而不愿这么做。一些机构包括政府机关，经常有开会或举行研讨会，过后就有餐点供应。而这些餐点往往多有剩余，主办方应该想想如何处理这些还可食用的食物，不让它成为垃圾桶中的残羹。

为了我们的下一代

科学家已经告诉过我们，地球的资源是会用尽的，人类若不懂得爱护地球的资源，随意地浪费，有一天资源用尽，那便是人类毁灭之日！

以前的人，因为穷，不得不节省，那是为了自己；现代人物资丰富，不缺钱用，对一切拥有的，带着理所当然的态度，缺乏感恩的心态，往往浪费食物及物品而不自觉。

比起上一代，我们也许比较富裕，却仍然必须节省，那不是为了自己，而是为了地球、为了我们的下一代！

从 城 市 到 大 草 原

2018 年 9 月 27 日，耀天和王晶的马头琴、吉他组合——吉马乐团在国家图书馆观景阁发布了他们的 4 首新歌。我也受邀上台朗诵我的一首诗《梦境的所在》。所谓的梦境，指的是内蒙古的大草原。生活在城市中的我们，每天在人群中熙熙攘攘、庸庸碌碌地过活，很难想象有一天到了大草原，会是什么样的光景？

有如飞鸟翱翔天地间

2008 年,承蒙周新华先生的邀请,我到了内蒙古的草原,过了几天优哉游哉的草原生活,那种情景至今仍然历历在目,无法忘怀。

记得其中一个早上,我们在草原上骑马驰骋,前前后后几个钟头,不像参加一些旅游团,只让你在马背上绕了一两个小圈圈就下来。在马背上的那一刻,感觉一切的束缚都没有了,人就像翱翔于天地间的飞鸟,自由自在地在蓝与绿之间享受着没有污染的空气,以及一望无涯的大草原……湛蓝的天空飘着皎洁无比的白云(歌:蓝蓝的天空白云飞,白云下面马儿跑……),苍鹰在遥远的天边向我招手,而我似乎拥有了整个世界,那种感觉真的是太美妙了。

最难忘的是,半夜里向天瞭望,整个天空密密麻麻都是星星,简直没有一处空隙!居住在都市里的我们,好像都忘了星星的存在,很难想象这样的情景。

长调、短调、呼麦和敖包

蒙古族的音乐,自成一格,他们的旋律喜欢加三度颤音,还有一种特别的歌唱方式,被称为呼麦。呼麦能使唱者同时发出两个声音:一个是持续低音,另一个是高音的旋律。在全世界的歌唱方式里,也只有内蒙古人有这种特别的能力——一张嘴,能同时唱出两个声音!

歌曲方面有长调和短调。长调的篇幅较长,短调多由四句组成,例如著名的《敖包相会》。提起敖包,它是草原上重要的标志:既是草原人民祭拜大地之处,是草原中的"灯塔",也是青年男女约会的地方。

匆忙的生活中,我们是否应该走出日常生活的框框,体验一下另一种全然不同的生活方式?

评论

这是一篇讲述内蒙古大草原美好自然风光和独异人文生活的散文。文章开头以作者自己的一首诗《梦境的所在》将写作视角指向了内蒙古大草原,虽然标题是"从城市到大草原",但"城市"部分几乎是一笔带过,通篇都是对于"大草原"的书写。

"有如飞鸟翱翔天地间"部分是本文的重心,它描绘出一份人与自然自由相拥的、轻松舒畅的美妙情境,这份远离尘嚣而拥抱自然的心愿,代表了大多数奔波劳碌于现代城市中的人们的心声,具有洗涤心灵、沉静浮华的慰藉力量。

"长调、短调、呼麦和敖包"部分则着重讲述了内蒙古人特别的歌唱方式"呼麦",以及他们的歌曲与生活等方面相关内容。与前一部分主讲自然风貌不同,该部分主讲的是蒙古族乐曲文化,虽读来较有特色,但实与本文主题较为偏离,总体使作品显得过于松散和割裂,不够浑然一体。

即便如此,我们还是能够体味到作者对大草原的生活、风光的喜爱及赞美。通读全文,也能够给人一种春风迎面、畅然翱翔的自在体验。虽然全文并未有太多着墨于"城市"方面的书写,但相信每一位久居城市的人们都能够从中获得一份舒松的、美的享受。

本文在有形无形中将城市与大草原进行对照,突出了草原风光与草原生活文化的美妙与独特,总体具有一定的异域风情之美。

(李仁奎)

辛 羽

辛羽，原名洪添发。1953 年出生，新加坡公民，祖籍中国福建南安。著有散文集《倾听·回眸》《瞬间·侧影》《抖擞》，小说集《芳林余韵》等。也以海凡为笔名，出版《雨林告诉你》《可口的饥饿》，后者入选《亚洲周刊》2017 中文十大小说。2013 年获金笔奖小说组优秀奖，2014 年获首届世界华文微型小说双年奖优秀奖，2016 年获第二届方修文学奖散文组优秀奖、微型和短篇小说组优秀奖，2018 年获第三届方修文学奖短篇小说组特优奖、散文组优秀奖。

犀鸟传奇

我们正赶上榕树果子成熟的季节。榕树果实是鸟儿们的美食，尤其是一种比小孩子玩的弹珠还小一点的颗粒，更是各类鸟儿的恩物。榕树身上长着许多气根，有的沿着树干交错延伸，有的悬空垂地。气根着地后，往往滋长成柱子状，甚至长得像另一株树干。因此，一棵榕树会竖立几十株树干，撑起一片覆盖数十平方米的树荫，形成独树成林的奇观。在它的荫庇下，成百成千的鸟儿在这里聚集、盘旋、流连，而榕树果熟了之时，这里更是名副其实的鸟的天堂！

我们选好一棵长在向阳陡坡、果实累累的大榕树，事先辟出一片较开阔的视野，黎明前就潜伏着守候。

虽说已有心理准备，但驮着雾色的晨曦，翩然而至的群鸟那振翅破空的声响，还是令人瞠目屏息。不知从哪个角落现身，一瞬间，挟着暗影的千百双羽翼，挥展闪动，穿梭盘桓，像一面巨大的罗网，当头罩下；又像突然涌起的波涛，前仆后继，拍向这榕树枝叶簇拥成的"岩岸"。空气中浮泛着一股无以名状的臊味。

满耳的聒噪！

头顶的天空，仿佛被这涌动的波涛拂拭过，倏地明亮起来！

这才搞明白什么叫不计其数！各种体型、各种色彩、各种嗓音的鸟，都欢快地扑向它们的美食。榕树的枝叶，无风自动，叶片似起落的琴键，琤琤作响。

我注意到一种体形特大的鸟，是普通鸟的几倍，长相也怪：有个特大的头，头上端的三分一是个盔，头前端另外三分一是个喙。身上羽毛上黑下白，飞行灵巧而强健，双翅和尾羽展开时，闪现一道耀眼的白斑纹，掠过头顶，像阳光在向你眨眼。

这也是早起的食客中数量最多的一群，它们在枝叶间腾跳，压得榕树一阵乱颤。熟透的果子星雨般坠地。有的鸟则叼着果子飞到邻近的树枝上，一仰颈，果子咕噜落肚。

然后，我听到悠长的"嘎——"，是果足腹饱之后，惬意的一声长吁！接着："嘎嘎呱，嘎嘎哈，哈哈哈哈……"

正是它，这头戴盔冠，大嘴巴如两把弯刀，威严如武士的巨鸟——犀鸟，代表雨林在向我们打着诡异的招呼。

犀鸟，因嘴呈象牙色，形似犀角而得名。

犀鸟最显著的特征是它头上的盔突，也是它英文名字 Hornbill 的由来，看似笨重，其实里面是疏松的骨质纤维，像泡沫塑料一样轻，结构却十分坚固。颜色有灰白、米黄，还有鲜艳耀眼的橙黄色，乍一看，教人联想起豪华酒店门口，挺立着的做奇特武士装扮的门卫，既不合时宜地突兀碍眼，却又是一道不可或缺的街景。

怪趣、粗豪的外貌，吓唬人的叫声，犀鸟有意远离人群，把灰黑色裹卷的身影投向蛮荒，也难怪连居住在雨林边缘的山民，听到这"嘎嘎呱，嘎嘎哈，嘎嘎，哈哈哈哈哈"的怪叫声，都要关门避讳，把它叫作"鬼鸟"。

然而它却有着独属于自己的传奇。

全世界共有五十余种犀鸟，大多分布在亚洲、澳洲和非洲的热带或亚热带地区。根据记录，我国曾经有过三种犀鸟：马来犀鸟、盔状犀鸟和斑纹犀鸟，但都相继在本土消失，直到近几年，才又在乌敏岛发现斑纹犀鸟的踪影。两年前，国家公园局甚至还在武吉智马地带一处隐蔽的山谷，为犀鸟筑巢，协助它们繁衍后代,留下一段佳话。

一年伊始,犀鸟开始成双成对活动。产卵前夕,它们会在高大的树上选定一个树洞,把树洞挖大,让待产的雌鸟住进去。在洞里,雌鸟把自己的排泄物混合木屑堆在洞口。雄鸟则在外边衔回湿泥、干叶、枯枝等封闭洞口。把雌鸟牢牢封堵在洞里,中间只留一条垂直罅隙,让蛰居的雌鸟能伸出嘴来接取雄鸟采回的榕树果或昆虫等食物。

犀鸟每次产卵 2 至 4 枚,孵化期长达 30 天。在这期间,雌亲鸟伏守在坚如堡垒的巢中,为产卵、孵蛋、迎接新生命的降临,心甘情愿放弃林海碧空,放弃飞翔的自由,而在局促,密不透光的"黑牢"里,蹲上整百个昼夜,只为确保没有任何异类能破坏孵育,伤害幼雏。雄亲鸟则得在这期间,从开始时为两张嘴,后来为多至四五张嘴,连日奔波,源源不绝地采集、运送食物,不能有片刻的懈怠。这一动一静,阴阳相济,也许就是物种得以生生不息的写照。

幼雏孵出后,雌犀鸟由于长时间蛰伏,身上的羽毛残破脱落,于是干脆来一次彻底的脱换旧羽。再过几多昼夜,几经周折新羽丰满,一家数口这才合力破牢而出!

当消瘦的雌雄犀鸟,领着活蹦乱跳的小犀鸟,迎着飒飒山风,往峭壁般的巨树的横枝一站,那"嘎嘎呱,嘎嘎哈"情不自禁地脱口而出,袒露的是一种叫语言也顿显苍白的豪情!

根据专家介绍,犀鸟吃林中野果,帮助散播种子,比种子自然剥落的速度还快,距离更远。犀鸟也是林中友善的巡回大使,捕食老鼠昆虫的过程,平衡了树林的生态。一个森林是否有犀鸟活动,可以作为测知这个林子是否健康的一个标准!

对大自然或有误解的人们,从这怪叫声中,又能听出些什么呢?

千蝉鸣雨

深入雨林,竟被它的喧闹吓一跳。

在想象中,这里是没有人迹、没有市嚣、亘古蛮荒的处女地,幽深、寂寥,哪里来这粗野的令人窒息的嘶叫?

四五月间,正是南国的旱季,也是雨林一年里最干爽的时节。陈年的叶子相继坠落,今年的新绿还长得参差,在多重的树冠之间,在交错的枝丫之间,蓝天咬出许多不规则的罅隙。细筛过的阳光金子般撒落,雨林一扫阴郁,好像新生命张开透亮的眼。但难得腾出来的空间,眼下却被喧嚣塞满。声音震耳欲聋,不辨南北东西!仿佛每一棵树,每一丛矮青,每一张叶片都在大奏鸣;或者,那聒噪就来自四周淡草色的空气,绵密、高亢、铺天盖地……

　　噪音的张力,为午后的雨林浇注了浓稠而透明的黏液。草木偶尔微微颤动,是不堪惊扰而喘息,还是想抖落什么?在瞬间的恍惚里不禁让人置疑感觉的可信,这是真实的雨林?

　　我向有经验的同伴打了个手势,示意他来解密。他却不搭腔,只抬手一指树上——百尺高梢,不停有黄叶被声浪裹卷着,款款飘落。

　　接着,我发现下雨了。雨林有雨也特别,就算豆大的骤雨,也要三、五分钟先打湿层层叠叠的叶片,才能落地。这小雨却如丝似绒,从斑驳的叶缝间飘落,那么轻,那么柔,纷纷扬扬,飘飘袅袅,洒落在脸颊,在颈背就像岚霭的轻抚。放眼望去,肃穆的大树的躯干都笼罩在密密匝匝的雨幕当中,一片淡绿色的氤氲,在山风中摇曳。

　　倏地,我恍然大悟——这噪音不就是雨丝的雷,这不就是传闻中的自然奇观:千蝉鸣雨!

　　不计其数的蝉在树叶间,一边刺吸着树汁,一边尽情地高歌,一边把消化后的水分排射出来,就形成这蔚然壮观的千蝉鸣雨!

　　我身子一缩,该找个地方躲一躲,这可是如假包换的蝉尿呢!

　　蝉,又叫知了,是一种既平常,又特别的小昆虫。在城市里少见,在树木茂密之处,偶尔能听到稀疏的鸣叫。谁能想到,在中华文化里,它却有着多元的面貌,丰富的含义,有褒"居高声自远,非是藉秋风"(虞世南);有贬"只凭风作使,全仰柳为都"(陆龟蒙);有讽喻"螳螂捕蝉,黄雀在后";有奇术"金蝉脱壳";有魔幻"蝉藏身的叶片能让人隐身";等等。

　　更耐人寻味的是自商周以来,直至秦汉间,蝉渗透着灵异、神秘,象征绵延不已,生生不息。有一种玉器"琀",刻的就是蝉的形状。它是一种葬玉,古人相信,将它含在死者嘴里下葬,死者将会再生!

　　信不信由你。

问题是，为什么不是别的什么，偏偏是这不起眼的小虫，背负如此繁复而沉重的担子？

也许是它独特的生活习性，特别是它经过多次蜕脱而延续生命，点燃了古人对于"永生"的热望，使"羽化升仙"在寻常日子里，找到实际的佐证。

蝉的生命，开始自雌蝉交配后，用有锯齿的产卵器刺入树木嫩枝的皮层产卵，再依靠太阳的照射发育孵化。幼虫孵出后，遗留下来的卵外皮形成一条细丝，将幼虫垂下，钻入树根周围的泥土中，以嫩根为食。经过两三年，甚至更长的时间（最长可达十七年），蜕皮七次，变成拟蛹。拟蛹出土后爬上树干，经最后一次蜕皮才变成蝉。蝉终生以刺吸植物汁液为生，简直就是林木果树的大害虫。庆幸的是，它出土后只能活一周左右，最长也只有一个月。

成百成千个昼夜，蛰伏在阴潮、漆黑的地底，一朝得见天日，也难怪它要在有生之期，尽情讴歌，把生命化为呼号，化为雨露，挥洒得淋漓尽致！"千蝉鸣雨"，不正是生命力集体爆发的神迹吗！

我曾经多次捡过蝉衣，即蝉最后一次蜕皮留下的外壳，大多附在约人头高的树枝上，外表往往还沾着鲜润的黄泥。那真是令人脱口赞叹的造化的神奇——一寸来长薄薄的皮，茶褐色，半透明，精致细腻，躯干、复眼、刺吸式口器、弯曲而有弹性的细腿、腿上尖利的小弯钩，一应俱全。

《本草纲目·虫三·蚱蝉》记载："蝉乃土木余气所化，饮风吸露，其气清虚，故其主疗皆一切风热之症。古人用身。后人用蜕。大抵治脏腑经络，当用蝉身；治皮肤疮伤风热，当用蝉蜕。"

蝉蜕就是蝉衣。原来这精致的虫壳竟是一些疾病的对症良药，万事万物，换一个场合，换一个角度，皆有可取。

🌴 评论

本文是一篇描写自然现象中不太常见的景象的生态散文。本文主要有三大段描写，第一段作者主要阐述自己的亲身经历，在进入雨林后经历了难得一见的奇观：千蝉鸣雨。并对这一名词进行了解释。其次，作者对"蝉"这一生物进行补充解释，之后引出"蝉"是如何经历它们那漫长而又短暂的一生。最后，作者通过一个问句巧妙地引出生态环境中每个个体都拥有自己的两面性。

作者的语言功底非常深厚,文字简单而不失力度。在描写生态环境时,用词十分考究。尤其文章的第三段,作者使用了大量的写作手法来对文章进行文字色彩上的升华,比如"塞满喧嚣""阳光洒落""蓝天咬出缝隙",这些用词、用语无不使读者身临其境。作者在风趣的文笔之间,也将文章进行自然的过渡,并添加历史的阐述,对"蝉"这一生物进行了多元化的补充解释。随后,作者通过一个巧妙的发问向读者们提出"蝉"这一生物在自然环境中所扮演的角色和履行的义务,让人们不禁产生思考。作者细致描写了"蝉"的一生,从交配到死亡,并且提出"蝉"因为终生靠吸食树汁存活而是自然界的大害虫,但短暂的生命周期以及文章结尾提及的中药记载,引发了作者的深思,对万事万物生态个体的思考,即事物都具有两面性,我们不能将某个个体一概而论,也不能轻易评价其好与坏。而是应当放慢脚步,通过自身对自然界的观察以及对事实的考证从而拥有自己的思考与答案。

　　作者笔风幽默不失典雅,文章结构清晰,层次分明,用词考究。容易让读者有代入感并且生态类散文也不仅仅是简单的描写生态,而是从中引发读者的思考与共鸣。

(王思佳)

董农政

董农政,1958 年生于中国福建福州。中学时期开始创作,获多项全国诗歌创作比赛大奖。书写各类文体。曾任新加坡南洋商报、联合晚报副刊编辑,为晚报文艺版《晚风》《文艺》创刊主编、《跨世纪微型小说选》主编。现为新加坡作家协会受邀理事、五月诗社会员、世界华文微型小说研究会总务。著有诗集、微型小说与散文合集、微型小说集、摄影诗集《两漾》等。

人间毒雾

大家一起迷迷蒙蒙

由于邻国的森林大火,导致我国的空气状况恶化,电视台为此做了一些街头访问。其中一位受访的年轻人说了这样的一句话:人祸,都是人做的。

是,是人做的。不是天灾,是人祸。

在毒雾迷漫的日子里,这句话并不能驱散围绕在我们身外的茫茫毒素,却轻轻拨亮我们心内那盏迷茫了好久的将熄的灯。

我们活在这个共同拥有的娑婆世界上,不管你当它是净土,或是浊世,在这一段特定的期限里,你我已经失去了选择的权利,我们仅有的权利是活着,或者说是更好地活着,然后凭个人的修为与意愿,去选择未知的来生来世。

可是在这一段特定的期限里,有人为了行使更好地活着的权利而迷失了作为人的道义。他们不但自己亲手捻熄心中的灯,更为别人的身心制造烟雾毒素,结果大家一起迷迷蒙蒙,大家的眼前,你我的未来,只能是怨叹只能是哀号。

而我们从来不曾为你我的恶行负责,因为多数的恶行,表面上看来,都只是向外侵害,都只是向别人腐蚀。一把怒火燃起,烧着的是邻村的瓦,最多也不过是隔壁的窗,离自家的亭台楼榭门户床凳还有十万八千里呢!聪明的人们总是忘了,只要火势加大风速加强,或者风向转换火苗错种,管你十万里还是百万里,甚至从今世到来世,都总要烧到你家床上,看你如何躲怎样藏?

况且他人村在哪里?自家店又在哪方?邻家在何处?自身又在何地?算算计计量量测测,不都在一颗小小而又悬空的脆弱地球上?

家是大家的家,烧了隔壁的一棵树,不就等于烧了你家的一棵树吗?杀了对岸一位少年,不就等于杀了你家的一名小弟?

这是宏观的视野,这是宽广的角度,这是坦荡的胸襟,这是厚重的慈悲。如果少了这些,就等于黑暗的房间少了一盏灯,房里的人永远只能靠自己的感官感觉单一的存在,永远无法在光明中察觉群体的存在,更永远无法认知"自身即群体,群体即自身"的唇齿关系。

地球只有一个,生命也只有一次,人生更是肯定只有一出(如果它是一场演出)。那我们为何不共进共退、互扶互持地让地球转得更轻快,让生命活得更有光彩,让今生赢得更多喝彩呢?

更可悲的是,我们努力忘掉一切的为与不为,原都只是人为,这就是我们努力灭掉心中那盏灯的明证。心灯一灭,内外毒素、毒雾必弥漫身外心内,你我迟早玩完,地球迟早玩完。

如今年轻人一句"人祸,都是人做的"真是一个火种,逼我们面对自己的所作所为,迫使你我再次点亮自己,点亮别人。

而这样的亮度能维持多久,我不知道,因为邻国的火势实在过大,你我心中的烟雾确实太浓。

树木落叶如落泪

烟雾继续浓郁,空气污染指数继续升高,政府呼吁身体状况差一点的人,尽量减少外出,尽量留在家中,并关紧门窗。

在这样的呼吁声中,我听到在我们头上飞来飞去,在我们窗外叫来叫去的鸟儿,似乎也在呼吁一些什么。

我想如果我是飞禽族类,在雾害为患的季节,我应该躲在哪个室内,应该留在哪个家中？

天！我本来就以天地为家，我的室内就在天地之内，如今家里着了火，室内生了烟，看来只能搬家。可是哪里还有一片像样的天地？

人类捏塑出来的灾害，不只伤了自己，还伤了万物。

鸟类无屋可躲，只好将羽翼交给断折的命运。街头野外的猫狗无屋可藏，只好将毛色献给污化的运途。其他一切以天为瓦地为床的万物又如何？那一棵棵站着动不了移不开的大小花草、粗幼树木又如何？

我似乎听到树木在落叶如落泪。

心亭微雨

所以然的黑

好几个晚上了，冲凉房那一道打不开的玻璃窗外，总静静地栖息着一对八哥。在那样一个说不上来的空间，它俩用单脚撑着一身倦意（也许只是单纯的睡意），把头深深地埋在胸羽里。个别的单脚，形成彼此的双脚，这构图很妙。黑暗中看它俩享受着一片无风无雨的睡意，感觉得出它俩完全相信，那刚够立足的夜色，是绝对安全的。所以我不敢开灯，怕灯一开，它俩的安全就幻灭了，就完全黑暗了。但是要冲凉呀！只好轻轻开灯。噢！它俩似乎没什么反应，还沉浸在安全的夜色中。要开花洒了，你俩别慌呀！洒——它俩醒了，头探离睡意，但没飞走。噢！我还有几首烂歌要唱，怎么办？轻轻哼吧！它俩也没飞走。越唱越烂，越烂越得意，越得意越大声，终于把他俩惊走。好啦好啦！不唱总行了吧！两双羽翼悄悄又将夜色靠拢在窗外。无歌的沐浴，维持了几晚，我与它俩也相安了几晚。却在那一晚，窗外依然黑着，一时忘了，大力推开睡房的窗，竟惊起安详了好几晚的羽翼，怕怕拍拍怕怕拍拍。之后，黑暗吞没恐惧，吞没一些莫名，就再也看不到它俩了。

相见是那么意外。相聚也那么意外。想维持一段黑暗中摸索出来的所以然，更是那么意外。惊醒的时候，比梦醒的意外还意外。

笼中庭院笼外云

在旧居，我养了一只善鸣又活泼的绿绣眼（俗称白眼圈），雄的。有一晚，一雌绿绣眼，在阳台外横冲直撞到我家绿绣眼的笼顶，死命想把身体挤入笼里，嘴里重复着急促而轻柔的"啾！啾！啾！"仿佛在呼唤我家绣眼的名字。笼里的他，也兴奋地叫，动情地跳，仿佛见着失落多年的魂魄。我拿了另一个笼，里面放了水与小片苹果，打开笼门，挂在我家绣眼隔邻。雌绣眼很快就被水及苹果诱入笼。将笼门轻轻一拉，雌雄二绣从此在各自的天地互诉心曲，再也不理外面的云雨。

心想，雌绣眼是为了要与雄绣眼厮守，才愿意走入敞开的陷阱？或者根本只是清水苹果诱发的假象？我无法得到答案，因为我不懂鸟语。只深深体会到，异性的相吸，有时候是非常莫名的，也许之前早已相知，也许在混混沌沌的前世曾有过什么约定。而人与鸟又为了哪一截因缘，被系绊在饲养与被饲养的两端？

雌绣眼在我家一段时日后，慢慢地不再鸣叫。也许她厌倦了笼中无风无雨的乏味，也许养与被养的无形绳索已断。在一个很美丽的早晨，我把她带到一棵树下，打开笼门要还她自由。她站在门口，探头探脑地搅动犹疑的空气，似乎面临一个重大的抉择。终于，她"啾"的一声，飞入那一丛能招风惹雨亦能挡风避雨的枝枝叶叶里。用口哨唤了她几声，她回应着，我肯定她是快乐了才转身而去。

到家，还没放下鸟笼，又听见她的声音自阳台外响起。只见她在雄绣眼的笼边又钻又叫的，一副不愿离去的样子。用怪叫和欲扑的姿势来吓她，她也只是飞走一会儿又飞回来。只好把原先她栖息其中的笼子放到雄绣眼的笼边，但让笼门一直开着。她真的钻入笼里，吃点鸟食喝点水，好一会儿后，又飞走了。

我不是很懂，这"女人"究竟是为了自由，为了爱情，还是为了面包？竟然就这样，在外逍遥一阵子，回来喝水进食与雄绣眼聊一阵子，再投入笼外的苍茫。望着笼中庭院与笼外浮云，明白了，这"女人"，爱情面包自由，全要了。

也许不是这样，也许她只要爱情，也许让雄绣眼和她一起飞出去后，她可以忘记面包。

我没有让他们证实这一点。

奇怪的是，为何我不曾问主角之一的雄绣眼有什么看法？

人间闲暇

我很喜欢飞禽，没来由地喜欢，特别是毛色悦目鸣声悦耳的观赏鸟与鸣禽。好友曾观察过我，说我一见鸟类，神色就与平时两样。所以我喜欢拣有树的地方走，期望听一听传自众叶背后或喜或忧或无喜无忧的鸣叫，盼望瞥一瞥隐入千丫万丛或静或动或非静非动或又静又动的羽影。早年在外旅行，更会因为半声陌生一身熟悉的身影，清晨四五点就丢弃床上体温而入山入林，为的是完成一次又一次的完美守候。

我也喜欢看养在笼中的玩赏鸟，早年也喜欢养鸟，也养过好多种鸟。老人家常说玩物丧志，认为爱鸟玩鸟也是玩物之一种，都劝我快快改掉这要不得的恶习。玩物是不是一定丧志，我不知道，只因为老一辈人都如此慎重地说，心里也确实害怕的。但是随随便便地再想一想，如果生来原本就无志，又何来的志能丧？

这么的随便一想，却让我更爱上山林树木，还培养了一个奇志：认识所有的禽鸟。自此，鸟图鸟鉴翻过不少，可惜不能翻遍每座山每棵树，飞禽的结交还有待岁月的成全。然而，投身草木花林间，左一声似曾相识，右一声何必相知，让尘世中小小胸怀，隐隐约约接收到一座山一片林的冥思冥语。那时，满头俗世的乌发共华发，才懂得如何与风妥协地舞一曲云烟潇洒。此时，满身庸俗的红尘共灰尘，才知晓如何与露紧密地写一首人间闲暇。

此时，天地宇宙玄黄，都忘了有志与无志，都忘了丧志与得志。

评论

本文由三篇小短文组成，写出了人与鸟、人与自然的相容与共，表达了作者对鸟类和自然的喜爱，寄托了作者对自然宇宙万物的体悟和思考。

具体而言，"所以然的黑"部分写出了"我"在晚间与恬然于暗夜之中的一对八哥间的心灵"对话"，这部分一对八哥夜间的安闲依傍，以及人与鸟儿间意外的相见和相遇，都让人觉得恬静美好，瞬间的和谐与安详之美，美得让"我"不忍打搅和破坏，而"我"最终还是无心地破坏了这份自然的和谐与美好。"笼中庭院笼外云"部分通过一只雌绿绣眼不知是出于自由、爱情还是面包竟多次投入笼中的故事，写出了鸟儿富有人性的可爱与有趣一面，传递出鸟儿与人类的某种共同性与交流性。"人间闲暇"部分则主要讲述了"我"对鸟类和自然的喜爱，展露出"我"的洒脱不羁之情和浪漫脱俗之性。

　　文章写得清新自然、富有诗意，情感细腻而敏锐，常能在司空见惯的微小之处发现生活与自然的和谐、恬静与玄妙一面，使人享受也给人启发。

　　当然，本文的语言除了比较优美、凝练、畅达之外，有的地方却不免过于艰涩难懂。或许这也与文章所具有的较强的哲思意蕴有关。

　　总体而言，本文比较清新脱俗、富有诗意、充满趣味，能在灵动自然的描述中给人以深沉的陶醉和遥远的遐思。

（李仁岑）

伍 木

伍木,原名张森林,祖籍中国福建晋江,1961年生于新加坡。北京师范大学文学学士、新加坡国立大学文学硕士、南洋理工大学哲学博士、新跃社科大学客座讲师。曾获金狮奖、全国宗乡奖、亚细安青年微型小说奖、国际华文散文创作奖、畅游神州征文奖。著有诗集《十灭》和《等待西安》,散文集《无弦月》,文学评论集《至性的移情》等;编有《新华文学大系·短篇小说集》《新华文学大系·诗歌集》《五月诗选三十家》《情系狮城:五十年新华诗文选》《新国风:新加坡华文现代诗选》。

发展环保文学以强化环保意识

2005年11月上旬,我出席了中国台湾羽白国际管理顾问公司在台北市举办的第九届学习型组织年会,主办方邀请前沃尔沃(Volvo)轿车及宜家(Ikea)集团总裁 Goran Carstedt 博士在会上发表专题演讲。在他以企业改革理念为主题的二小时演讲中,令我感触最深的是一句语重心长的话:"环境破坏的威胁更甚于恐怖分子的威胁。"可见无论是在科学界、文学界或企业界,环保始终是人类共同关心的课题。回国后,我在主编第92期的《新加坡文艺》时,便毅然开辟一个环保文学特辑,希望更多的新华作家,能执笔写出他们精彩的环保篇章。

"环保"(环境保护,Environment Protection and Conservation)一词源自西方国家,环保意识是肇端于工业文明对人类自身生活环境所造成的破坏。环保的一个母题是针对地球上物种迅速消失所导致的严重生态失衡。中国《济南日报》在2001年4月23日报道:据科学家们估计,由于人类活动的强烈干扰,近代物种的丧失速度比自然灭绝速度快一千倍,比形成速度快百万倍,物种丧失由每天一种发展到每小时一种。世界上已有 539 种鸟类、400 多种兽类、209 种两栖爬行动物,以及 20000 多种高等植物濒临灭绝,人类的活动是这些生物灭绝的主要原因。

环保文学是一个关乎人与自然生态平衡发展的文学类别,出于对环境生态的关心与爱护,环保文学在 20 世纪中叶应运而生。中国环境文学研究会的余超然指出:20 世纪 50 年代,西方国家的环境公害问题日益严重,许多记者、作家、评论家在这个基础上投入到以追踪纪实为主导、以环境问题为主题的公害文学创作,后来人们把这类文学称为"生态文学""环境文学"或"环保文学"。受当代文化发展的影响,自 20 世纪 60 年代开始,美国、日本、苏联及欧洲的一些国家也出现了环保文学。目前,欧美国家的环保文学已经发展成一种大众文学,它们所探讨的是全人类所面临的问题,远远超出了国家和民族的范围,而亚洲区域的中文作家在这方面所做的努力还有待进一步提升。在东亚华文文学界中,20 世纪 80 年代著有《伐木者,醒来!》一书的中国作家徐刚是环保文学的代表人物之一,他对环保文学所抱持的信念是,文学不仅要写人与社会,还要写人与自然;文学忽略天地的时间太长了,在失去源头之后,文学的萎缩是无可避免的。

随着 1965 年新加坡的独立,一方面,马来西亚和新加坡人民的国家意识高涨,马华新文学也一分为二——即"马来西亚华文文学"和"新加坡华文文学",彼此在各自的国土上高扬爱国主义的旗帜;另一方面,两国的华文文学也不约而同地反映了国家建设的轴心转向经济领域的态势。然而,伴随着国家现代化并取得巨大成就而来的却是环境被破坏的事实。由于全球性工业化的发展,造成环境被污染、大自然生态遭破坏,位于东南亚一隅的马来西亚和新加坡亦不能幸免。20 世纪 80 年代初至 21 世纪初的 20 余年间,马华和新华作家亲历了现代化建设,在享受先进物质文明之余,开始热情洋溢地以各种不同形式的创作来反映经济繁荣胜景下环保的重要性。

在马华文坛上,环保文学这种新兴题材崛起于 20 世纪 80 年代初期,并在 20 世纪 90 年代于创作数量与艺术技巧上达到一个高峰,成为马华文学最受重视的题材之一。据马华作家田思在《马华文学中的环保意识(1989—1999)》一书中考察,马来西亚人民的环保意识是在一些突发事件如居民抗议甲板埋毒、邻国印尼森林大火导致烟霾笼罩、气候反常所带来的祸害(如厄尔尼诺气候造成长期干旱、拉尼娜气候造成淫雨成灾)等的激发下,得到了较大的觉醒;其他与环保有关的重大课题包括由于土地与资源的大量开发带来的森林砍伐、原住民文化面临存亡考验,兴建水坝所引发的争议,工厂林立、车辆数量剧增导致的工厂废料与废气充斥弥漫,卫生条件恶劣所造成的传染病猖獗等问题。环保是人类文明进程中一个难以规避的课题,就如马来西亚资深作家潘雨桐在其散文《东谷纪事》中无奈地写道:"要一个发展中的国家保存广袤的森林并非易事。"环保领域中丰富的本土素材,显示出马华文学作者强烈诉求的本土意识的建构。

相对于马华环保文学中强烈的本土意识,新华环保文学中的本土诉求并没有那么强烈,这或许是因为新加坡幅员不大,没有广袤的热带雨林能够被砍伐,没有绵延的河流可供兴建水坝,没有原住民的文化存亡问题,新加坡政府能够有效抑制空气和河流污染与其他性质的环境污染。新加坡人民对环保问题的诉求与马来西亚人民在主观上有着显著的不同。新华环保文学中的本土意识主要反映在建国后城市化与工业化对土地和传统文化的冲击上;反过来说,包容在新华环保文学作品中的,更多是打破国界樊篱的世界性(Worldness)感性投射,包括王润华教授在其散文集《把黑夜带回家》中站在北美大陆上所展现的全球视野、淡莹不以国界为限的散文《把森林还给众鸟》、流苏寄托于四川九寨沟山水的散文《飞鸟和鱼的梦土》等。

《联合早报》记者吴启基在《以身护树》一文中问得好:"森林的消失,牵一发而动全身,可以造成众多生物和植物的灭绝,那么,长期的环境及生态肆意破坏与强取豪夺,作为宇宙一分子,坏事干尽的人类会安然无事吗?"如是的自我拷问是值得我们深思的。胜宝旺小学不久前所举办的"西北绿化节",也触发了我对新加坡环保问题的进一步思考。如果教育部能在小学至高中的学校课本中,加入不同篇章的国内外优秀环保文学作品,让学生们在潜移默化的教育与身体力行的实践中,逐渐形成高度的环保意识,那将能落实举国环保的长远目标。

在世界文学思潮的大趋势中,发展环保文学以提高大家的环保意识,肯定是有其积极意义的。希望透过文学的方式,我们能唤起自身对这片土地的生态环境的关注;希望透过对环保文学的重视,我们能增强本土的文学力度;希望有识之士继续以笔杆捍卫我们支离破碎的河山,以文学召唤我们渐行渐远的灵魂,从而造福后代的子子孙孙。

作者在出席中国台湾羽白国际管理顾问公司在台北市举办的第九届学习型组织年会时,当听到以企业改革理念为主题的三小时演讲时,作者感触最深的是一句语重心长的话:"环境破坏的威胁更甚于恐怖分子的威胁。"在这样的背景下作者意识到无论是在科学界、文学界或企业界,环保始终是人类共同关心的课题。于是作者毅然开辟一个环保文学特辑,希望更多的新华作家能执笔写出他们精彩的环保篇章。作者首先介绍了什么是环保以及环保文学的起源,紧接着作者主要介绍了环保文学的发展以及希望通过环保文学的发展来强化人们的环保意识。

在介绍环保文学的发展过程中,作者利用权威性数据来说明环保问题已经成为全球性问题,如"中国《济南日报》在 2001 年 4 月 23 日报道:据科学家们估计,由于人类活动的强烈干扰,近代物种的丧失速度比自然灭绝速度快一千倍,比形成速度快百万倍,物种丧失由每天一种发展到每小时一种。世界上已有 539 种鸟类、400 多种兽类、209 种两栖爬行动物,以及 20000 多种高等植物濒临灭绝,人类的活动是这些生物灭绝的主要原因"。用权威的数据及报刊内容使读者信服。作者在文中用了很长的篇幅来介绍环保文学的发展历史、环保文学史上比较有代表性的作家以及马华文学和新华文学中环保文学的发展及不同。在文章的最后作者发出呼吁:"在世界文学思潮的大趋势中,发展环保文学以提高大家的环保意识,肯定是有其积极意义的。希望透过文学的方式,我们能唤起自身对这片土地的生态环境的关注;希望透过对环保文学的重视,我们能增强本土的文学力度;希望有识之士继续以笔杆捍卫我们支离破碎的河山,以文学召唤我们渐行渐远的灵魂,从而造福后代的子子孙孙。"突出作者作此文的目的,作者希望通过环保文学的蓬勃发展能让更多的人意识到环境保护的迫切性与重要性,呼吁人们保护我们赖以生存的环境。

通过环保文学的发展来呼吁人们增强环保意识,作者关注社会现实问题,以独特的角度入手,利用真实的数据说明,让人信服。形成了作者独特的风格。

(李翠翠)

齐亚蓉

齐亚蓉,女,新加坡作家。1966年3月生于陕西省洛南县,1989年毕业于陕西师范大学历史系,1997年移居新加坡。2015年5月起专事写作,2015—2018年获首届莲花杯世界华文诗歌大赛优秀奖、首届盟大杯爱鸟周全国征文大赛三等奖、册亨杯世界华文诗歌大赛铜奖、第二届"莲花杯"铜奖、中山杯世界华文诗歌大赛铜奖、凤凰山杯世界华文诗歌大赛优秀奖、第五届禾泽都林杯诗歌类优秀奖、泰国国际诗歌大赛优秀奖、《源》杂志2017年度优秀文学作品奖、第六届禾泽都林杯散文类三等奖、第八届冰心文学奖首奖、云岩阳明文化杯世界华文诗歌大赛铜奖等奖项。著有散文集《他乡故乡》《爱上一座城》。

加冷河畔听鸟鸣

如果有人问我,世界上最动听的声音是什么,我会毫不犹豫地告诉他是鸟鸣,尤其伴着流水的鸟鸣。

对鸟鸣的喜爱可追溯到很小很小的时候,那时最常听到的是院子里小麻雀的叽叽喳喳,总觉得那叽喳中充满了喜悦,令人百听不厌;而驻足引颈聆听老槐树梢喜鹊喳喳"报喜"(老人们都这么说)无疑也是终生难忘的童年记忆,虽然那叫声并不怎么动听;至于春来秋去的小燕子,它们在屋檐下的呢喃总能令人心生莫名的感动,觉得那跟自己的梦呓没有任何分别;而屋顶鸽子们的咕咕咕咕则像极了奶奶的唠唠叨叨,悠远绵长且充满慈爱;最最难忘的当属仅仅有一面之缘的一只黄鹂鸟,那婉转悠扬的啼鸣跟那色彩艳丽的身影令人瞬间心生神往,恨不能变成另一只鸟儿紧紧跟随在它的身后。

那时对巧嘴八哥则仅仅停留在"只知其名不闻其声"的阶段,不知是因为我们的村子太过偏僻还是因为那八哥太过挑剔,总之连它的影子都没见过,更别说听它的鸣唱了。直至多年后移居狮城有了真正属于自己的屋子,那巧嘴鸟儿突然不知从哪里冒了出来,整天在窗外嘀哩嘀哩没完没了。

但初次听闻那黑不溜秋的鸟儿就是八哥的时候着实失望了一阵子,因为对八哥的既定印象应该是有着缤纷羽毛的漂亮鸟儿,觉得只有那样的鸟儿才配得上"巧嘴"的美名,才配拥有如此动听的歌喉。但其实这完全是自己的一厢情愿或者说孤陋寡闻罢了,既然"人不可貌相",鸟儿亦该如此才说得过去啊!

但无论如何,那清脆悦耳的鸣唱从此成了生活中不可或缺的内容:天还未亮它们就拉开了歌喉,不由你不早早起身,而且满心欢喜;有时午休一下子,它们也会不定时把你叫醒,那种感觉跟被人吵醒完全不同,睁开眼的同时笑容也挂在了脸上,但想要拉开窗帘与那鸟儿对视一番,它们却即刻逃得无影无踪。

大概五六年前,当楼下的钢骨水泥沟渠被改造成自然河道之后,河畔树荫下、草丛里便成了鸟雀们的天堂。成群成群的鸟儿呼啦啦飞过去,又呼啦啦飞过来,主要也就是麻雀、八哥还有鸽子,时不时会碰到啄木鸟、翠鸟还有小蜂鸟,偶尔也会看到几只珍禽,比如天鹅、鹭鸶、大雁、老鹰之类。还有一种不知名的水鸟,几乎每天早上都会在河边看到它们的身影,也就那么一两只,似乎不怎么会飞,总是在河中的列石上快速地跑来跑去,一看到有人走近,即刻飞奔进草丛里不见了踪影。

但那鸟鸣似乎无处不在,无时不有,最为热闹的时段大概是太阳出来前后各半个小时内。这段时间除非狂风暴雨,除非电闪雷鸣,不然一定现身河畔,或者边舒展筋骨边洗耳恭听,或者干脆静静地坐在那块大石头上什么也不做,什么也不想,任由长长短短高高低低的鸣唱自四面八方涌来,加上叮叮咚咚的流水,浑然天成的天籁之音让人彻底忘却了岁月的无情,忘却了年岁的递增,忘却了世事的变幻,忘却了俗世的不堪,忘却了身在何处,忘却了今夕何夕……似乎童年从来未曾离开,似乎童真从来未曾改变。内心的欢愉就像天边的彩霞,绚烂多姿,变幻莫测;就像初升的太阳,热情奔放,光芒四射。

无边的幸福感和满足感自眼角溢出,滴进了河里,闪着熠熠的光彩,但内心平和依旧，宁静依旧，这种感觉奇美无比，妙不可言。

流水伴着鸟鸣，鸟鸣和着流水——世界上最最动听的声音，不矫揉，不做作，不煽情，不滥情，更不自作多情。每天清晨，天籁之音打破黎明的寂静，直击心坎，但又让心灵回归平和，回归宁静，这种人与自然的和谐统一当属人生的理想境界。

每天清晨，置身加冷河畔，听流水伴着鸟鸣，或婉转悠扬，或高亢激昂，或全神贯注，或漫不经心……让流水洗涤心灵，让鸟鸣留住纯真，然后在缕缕晨曦中写下动人的诗行，让每一个字符随着鸟儿的啼鸣跳跃，跟着流水的节奏奔腾，跳去云彩之上，奔去太阳升起的地方。

看流水，听鸟鸣，简单、自然、愉快、轻松。所有的贪念，所有的负担，都让行云带走吧，都让清风吹散吧。轻轻地闭上眼，静静地聆听。回到从前，回到小时候，回到人之初，回到性本善。

加冷河畔，流水伴着鸟鸣，世界上最为动听的声音……

🌴 评 论

作者通过描写各种各样的鸟鸣，表达"我"对于鸟鸣的喜爱，文章从"我"从小喜爱鸟鸣开始，从各种各样不同的鸟鸣，到因环境而改变的鸟鸣，再到河水边听到的鸟鸣，各不相同却也独具魅力，从而在表达出鸟鸣的动听及自己对鸟鸣的喜爱的同时，呼吁人们关注自然环境，体会自然的美好。

文章开篇点题，直接表达自己对于鸟鸣的喜爱，对于"世界上最动听的声音"，"我""毫不犹豫"地选择了"鸟鸣，尤其是伴着流水的鸟鸣"，这直接表达出了"我"对鸟鸣的喜爱。之后作者又从自己小时候，对于各种鸟的鸟鸣充满的喜爱讲起，而麻雀的"叽喳"和喜鹊的"喳喳"，再到拟人化的燕子的"呢喃"，鸽子的"咕咕"，到最后听到黄鹂鸟的声音，"恨不得变成一只鸟"，体现了"我"对鸟鸣爱到极致。"我"对鸟鸣的喜爱，也体现在，每天早上听到鸟鸣"带着笑"醒来，与"被人吵醒"进行了对比，体现出在"我"心里鸟鸣的美妙，让清晨被叫醒都变得很美丽。而写到我家楼下的河道改造后，语言更加生动，自然环境的改变，也让"我"听到的声音由鸟鸣加上了流水，而这种"叮叮咚咚"仿若乐器，几个"忘却"排比，将生活中诸多的繁杂事情抛诸脑后，体现"我"在这个环境中忘却世俗烦恼，沉浸于环境营造的美景之中。而"眼角溢出"没有直接写眼泪，但是却将这份感动的心情绵绵不绝地表现出来。而四个"回到"的排比，表达了对过去、对童年的怀念，也是对过去童年的环境以及听到的鸟鸣的怀念。最后一段，与首段首尾呼应，再次体现流水伴着鸟鸣的动听，和我对这种自然声音的喜爱。

《加冷河畔听鸟鸣》通过对"鸟鸣"的描写，以及表达"我"对"鸟鸣"的喜爱，表现出自然环境的美妙与生动。尤其是"我"家楼下的河流改造，使得生态环境变好，鸟也多了起来，鸟鸣声伴着流水声这样的来自自然的声音也更多了。作者通过这样一篇文章，让我们看到自然的美好，也让我们懂得珍惜自然环境的可贵。

（于悦）

邹　璐

邹璐,1970年生,满族,祖籍中国辽宁,现定居新加坡。主要从事文学创作和文史研究,创作题材包括现代诗、散文、随笔、纪实文学等,此外也有口述历史、人物专访等。2006年开始写作,后陆续在新加坡以及海内外报纸杂志发表文章,参与编撰及主编刊物、杂志多本。新加坡首个华文文化网站随笔南洋网联合创办人。新加坡教育部受邀"驻校作家"。2012年代表新加坡应邀赴法国巴黎参加"国际诗歌节",已出版著作及作品包括诗集、文集、访谈录、纪录片等。

寻访那棵名叫"淡滨尼"的树

在新加坡生活了10多年,一直住在东部,有相当长时间住在淡滨尼,后来搬家了,也隔得不远。淡滨尼是个热闹的地方,还是常去。

早就听说"淡滨尼"(Tampines)是一种树的名字,可是一直不求甚解,不知道要如何去追究探寻一番,要如何才能知道到底这种树长得什么样子。所以,当杨老师发简讯说要组织大家去淡滨尼生态公园(TampinesEco Green Park),探访那棵名叫"淡滨尼"的树的时候,我立刻就响应了。

其实对"淡滨尼"树感兴趣的人还不少呢!我们约好了在一个星期六的下午,在淡滨尼北民众俱乐部集合,粗略统计一下,大人、小孩竟有10多名。

杨老师曾在政府学校任职,是一位很有耐心、亲和力的人。令我惊讶的是,为了这个周末远足,其实也是朋友聚会,他竟然准备了十多页的幻灯讲义并打印出来。由衷叹服身边的这些朋友,他们常常把职场上的专业能力,以同样专业的态度,运用到闲暇时间的公益活动中来,热心组织历史文化之旅、田园自然之旅等,借由这类活动让我们对岛国、对这片土地有更多认识,更多亲近和热爱。很感激他们的热诚奉献。

我们集合的时间在下午四点,经验上这个时候太阳没有那么炙热,接近傍晚的时候常常会有凉爽的风吹来,感觉很舒服,适合散步远足。可是,就在大家陆续抵达之际,眼看着天就阴沉下来,是要下雨了吗?看来是!那还要不要走生态公园?走一步看一步吧!其实,不少朋友是从中部、西部或北部特意赶过来的,如果真的下起雨来,不能成行,还是蛮失望的。

天空开始飘起雨丝,我们一行十多人还是兴致勃勃地出发了。生态公园位于淡滨尼与巴西立的中间地带,如果搭乘地铁,你可以快速领略这片原始沼泽丛林地带,据说这是政府新近耗资300多万打造而成的原生态公园。

我们沿着地铁线,先来到太阳广场公园(Sun Plaza Park),这段路是在地铁下面,一路走,一路雨就大了起来,幸好地铁下面还勉强可以避雨。可是,当公园步道结束,我们来到淡滨尼九道(Tampines Ave9)的路口,公路对面就是生态公园,但那里完全不能遮风避雨。于是我们一行人就不尴不尬地卡在了公路边,这时雨越下越大,不能前行,也不能后退,我们只好原地打转,妙的是这帮朋友既不着急,也不恼,大家还是继续有说有笑。看来只要心情好,多么糟糕的天气也没什么大不了。

雨会停吗?还是会继续下?我们是要等雨停?还是冒雨原路返回?大家居然一致同意再等等,我只好无所事事地拿出手机,学习如何拍摄雨景,拍出令人惊艳的风雨如注。

相信一定是我们的坚持感动了老天爷,不久,雨就停了,而且太阳出来了,雨后的太阳光线如此明媚,富有变化。因为亮丽的夕阳光线的指引,让我辨认出进入生态公园的走向是东北方向。

“大家快过来看,这就是淡滨尼树!”杨老师在前面热情招呼大家。原来淡滨尼树(长叶鹊肾树)是早期这一地区普遍生长的树种,也是马来半岛最优质的木材之一,由于被大量砍伐使用,20世纪60年代后渐渐消失。淡滨尼树植物学名称为“Strebuluselongate”,早期华人居民称之为“Teng Puay Ni”,福建话,用以形容树皮非常粗糙、坚硬,马来人称之为“Tempinis”,后转化为“Tampines”,从前有条河也以“Tampines”命名,Tampines(淡滨尼)的路名、市镇名一直沿用至今。为了科普和追根溯源,当局在公园的路边种下几棵淡滨尼树,还挂上附有文字说明的树牌,方便人们从中学习,增广见闻。

我是很有兴趣去学习认识一些植物的名称的,以及它们的生活习性、栽培历史种种,让我因此确认自己与这片土地有着某种贴近的亲密关系。我想起在故乡的土地上,有很多我能叫出名字的植物,蒲公英、紫云英、灯芯草、马兰头,它们以最卑微朴素的姿态匍匐伸展在春天的土地上,不一样的物种,一样的美丽,大地温柔,草木含笑。

雨过天晴,空气十分清新,天空蓝得纯净,令人神往。原生态公园,密布野草、藤蔓、灌木、丛林,草叶上沾满雨水,草径泥泞,有深深浅浅的小水洼,让我们体验到真正的野趣。一抬眼,视线越过一片沼泽地带,看到远处组屋区的楼宇,形成线条极富现代感的城市天际线,耳际又听到池塘的蛙鸣,那种感觉很是奇妙。

继续前行,发现这里居然有一个池塘,大家都驻足往池塘里探望,因为听说发现了小乌龟。我则是被池塘边一大块岩石上的雨树所吸引,雨树舒展的枝丫伸向天空,枝叶映在蓝天里,让人想起"高枝倒挽行云住"的诗句。我们走走停停,我就不停地用手机拍照,自从迷上手机拍照,我也时常着迷于手机所带给我的另一片风景。

淡滨尼生态公园的草径据说有3公里长,因为天色渐渐暗淡,我们其实没有走完,但这一路走来也足以让我们心满意足,不虚此行。鸟儿并不因为我们的突然到访而飞走,草丛里的虫鸣没有因为我们的脚步声而停歇,头顶树叶间有水珠滑落,恰巧滴在头发上,我不感到惊讶,还感到一丝惊喜,那时候的心情是如此放松惬意,甚至感觉到空气中某种不易察觉的馨香。

自然之美,其实很难用语言来描述、用文字来形容,可是那种感觉,又是如此强烈,热爱自然的最好表达方式就是换上一套舒适的衣服、鞋袜,以平和恬静的心走进自然,探访那个名叫"淡滨尼"的树,它在那里,你在哪里?

🌴 评论

本文主要讲述的是"我"和大家一起寻访那棵名叫"淡滨尼"的树的故事。文章开头写出了"我"对此树的好奇,也激起了读者想要一探究竟的阅读兴趣。而后主要介绍了"杨老师"的热心组织与大家寻访途中遇雨避雨时的情态,凸显出大家对于此次寻访的轻松与坚定心态。最后,文章主要介绍了"淡滨尼"树的名字起源、淡滨尼生态公园的种种野趣与惬意的自然之美,呼唤人们以平和恬静的心去走进自然、拥抱自然。

文章围绕寻访"淡滨尼"树展开,但寻访"淡滨尼"树只是行文的主要线索,文章的重心其实是在于表现大家对走进自然的非常向往之情,展示出自然生态公园的美丽及其带给人们的惬意美好之感。

当然,本文有很多优点,比如立意美好、详略得当、结构匀称等,但其实也有一些瑕疵,比如语言不够精简、重心不够突出、主题不够集中等。

整体而言,文章从现实生活中取材,记写生活中的美好一面,呼唤人们以轻松恬淡的心面对现实与拥抱自然,具有较强的现实启鉴意义,也诉出了部分身处纷扰的现代生活中的人们的心愿和心声。

(李仁叁)

刘瑞金

刘瑞金,1971年10月生于新加坡,祖籍福建厦门同安。新加坡作家协会副会长,《新华文学》总编辑,五月诗社理事。著有诗集《若是有情》(1994年)、《用一种回忆拼凑叫神话》(1996年)、《寻找诗》(2018年)及散文集《众山围绕》(2001年)、《说散就散》(2018年),主编《新加坡的99幅文学风景》(2004年)、《新马文学高铁之微型小说》(2017年)等,1999年获国家艺术理事会颁发的青年艺术奖(文学)。

树何以堪?

今天想要说几个关于树的故事。

下午在文学班上戏剧课的时候,谈的是郭宝崑剧本中那棵将要被铲掉的怪老树。正好晚上要带戏剧学会的学生到新加坡艺术学院去进行青年节戏剧表演的排练,遂想起艺术学院前面原本也有一棵树。那是一棵青龙木,33.6米高,已经大约40岁了,不久前因为内部枯腐必须将其砍伐,以免对经过的师生和公众构成安全威胁。

这棵青龙木是城市里难得见到的风景,也是艺术学院的重要地标。据说当年在建艺术学院的时候,校园的设计都尽量配合树的保留。就这样,在班上,话题就转到了这棵树身上。晚上,来到了艺术学院,在排练前特地带同学们到了校门口那棵青龙木原本应该在的地方,问一下同学们这个地方是不是少了些什么。

我当下用手机上网找到了关于这棵青龙木被砍伐的新闻,原来这棵树被艺术学院的同学叫作"知识之树",也叫作"新加坡艺术学院树"。其实我认为也可以叫作"艺术之树",象征着艺术的成长和萌芽。树是生命的象征,艺术之树意味着艺术也是一种生命，它需要灌溉和栽培来成长，直到它有一天开花结果。艺术也是一样。

树是在两个多月前被砍掉的。在砍树的前一天，艺术学院的200名师生和职员集合在树面前，对即将失去生命的青龙木表达浓烈的依依不舍之情。我也找到了这棵树在艺术学院前的照片。

我即刻把这则新闻传给了戏剧学会的同学们，让他们读一读这棵树的故事。不仅如此，隔天在文学班里，我也把两张照片给了同学们看，一张是有树的照片，一张是我昨晚拍的没有树的照片。原来树是可以和发展共存的，人们不一定有足够的理由为了建设去砍伐一棵树。讲到这里，我想到了郭宝崑剧里的故事，那个小女孩爬上树来阻止老树被铲掉的故事。

然后，我又想到几天前报上也有另一个关于树的故事。国家公园局最近设置了一个树的网站，里面详细地记录了新加坡各个地方的树木。从地图上看，每个地方都有好几万棵树。新加坡最近几年的绿化是真的做得不错，小小的岛国竟然有大约200万棵树。几个眼尖的同学发现机场周围的树很少。我临场反应，想那可能是与飞机的飞行安全有关，因为有树就会有鸟，而鸟会危害飞机飞行的安全。尤其是机场的跑道上不可能有树。

可是也不尽然。在场的同学有不少是外籍学生，我接着就和他们谈到，从机场出来之后，一条笔直的东海岸公园大道就呈现了一抹森林般的绿意，这是许多旅客对于新加坡这个"城市花园"的第一印象。从路名看就知道了，这条大道不是一条普通的高速公路，而是一条建在公园旁的大道。这个名字本身就很有绿意和诗意。

隔天晚上，用手机浏览新闻，赫然从报纸的封面看到了一个"小姐妹肉身护树"的大标题。翻开报纸的内页，这是发生在一周前的事，经由当天的晚间报纸报道了出来。

以肉身护树的小姐妹分别只有11岁和8岁。新闻是这样报道的："黄埔通道残障人士福利协会上周六雇工人砍树，住附近的小姐妹因热爱树木，冲下楼哭喊不要砍，情急下，竟用小小身躯护树，令人动容……"

这不就是郭宝崑剧本中傻姑娘的翻版，其实也是真实版吗？我原来想郭宝崑写的是一则成人童话和寓言，尤其是以肉身护树的举动，不太可能在现实中发生。没想到就真的发生了，而且和剧本里面写的几乎一模一样，只差没爬到树上去。以肉身护树的同样是小女孩，而且还是一对小姐妹。

写到这里，不免要对剧作家感到钦佩起来。因为这则新闻证明了所谓的寓言很多时候也有可能是预言。艺术作品是真实生活的反映。我们往往以为的文学家的天马行空和"无中生有"，其实都有许多真实生活的事例作为支柱。

小姐妹没能成功地守住树，树最后还是被砍了，而且还被砍了六棵。从报上的照片上看，留下一地的枯枝和残叶。至于为什么要砍树，得到的回复是树木老化了，不砍的话会影响公众的安全。这和艺术学院的情况一样。砍树的行动无可厚非，可是在场的人反映，被砍的树也有包括树龄不大的小树。

不禁要想到的是，为什么连小小年纪的女孩都会对树产生这么大的感情？而作为成人的我们，很多时候都对我们身边看到的许多树的存在都当作是理所当然的。

试想想，要是没有树，马路上会不会显得光秃秃？要是没有树，我们本来就已经炎热的气候可能要更加炎热。要是没有树，阳光就会直接照射在大地上，我们哪来的荫可以遮？要是没有树，我们要靠什么来进行光合作用，吸收马路上的二氧化碳，并提供新鲜的氧气？要是没有树，鸟儿要去哪里找家？

我想起自己开始写诗的年代，那时候树是最好的题材。因为树的存在是这个地球存在的必然。你无法想象你的周围没有了树，环绕你四周的都是冰冷的钢骨水泥的景象，就好像《星球大战》里面的未来世界一样。

新加坡没有很多自然的山水景物。假如有一种情感，要你用最炽热的情怀去拥抱自然，应该没有比遍目所及的树更适合的了。否则的话，树何以堪？

林 怀 民 与 橄 榄 树

想到橄榄树，自然会想到三毛，可是这和林怀民有什么关系？

在一次机缘巧合的情况下，我在滨海艺术中心的剧院听了林怀民的一次讲座。林怀民的"云门舞集"在华人的世界几乎无人不知，甚至还多次远赴欧美演出过。林怀民本着艺术家的感性，在演讲中道出了很多"云门舞集"在过去发展中所不为人知的事情。我一直以为林怀民只是一个编舞家，从他的演讲中才知道他其实是作家出身。讲着讲着，他忽然提到几天前去过的滨海湾花园，意想不到地在那里看到在热带国家很少看到的橄榄树。而且，他还强调，不止一棵，而是好几棵，并借此赞扬新加坡政府的远见。这些从地中海移植到新加坡的橄榄树，最老的大约有上百年的树龄。

我虽然一向对花草树木不太熟悉，但是橄榄树我是知道的。我第一次认识橄榄树，是从三毛的词，还有齐豫的歌声中。随着动人的旋律，你的脑子里或许会浮现这样的画面——三毛骑着骆驼跟着荷西走在一望无际的撒哈拉沙漠上，然后告诉我们，不要问她从哪里来，因为她的故乡在远方。那她又为什么要流浪？她说，是为了梦中的橄榄树。橄榄树在这里象征的可说是一种遥远、浪漫的追求。

再一次接触橄榄树是从《圣经》里，知道以色列有一个地方名字叫作橄榄山，就在耶路撒冷旧城的东面，是耶稣在被钉十字架以前进入耶路撒冷之处，也是耶稣曾经布道的地方。这座山后来成了基督教和犹太教的圣山。橄榄山丘下有一个客西马尼园，园内绿荫环抱，是耶稣用完了"最后的晚餐"后祷告的地方。"客西马尼"是希伯来语，意为"压榨橄榄"。橄榄山之所以叫作橄榄山，自然是山上遍植橄榄树之故。

再后来，读鲁迅的小说，他的《药》中便有一处提到"橄榄"："华大妈也黑着眼眶，笑嘻嘻地送出茶碗茶叶来，加上一个橄榄……"之所以加上一个"橄榄"，是用来招呼对她特别有恩惠的人吧。康大叔因为"信息灵"，透露给华家一个买药救儿子的信息，自然是对华家有恩了。尽管华家的儿子最后还是死了，但那是题外话了，跟"橄榄"无关。

滨海湾花园我是去过的，而且去过不止一次。我并没有注意到有橄榄树。因为对花草树木不太熟悉，加上有点走马看花的心态，就算是有也可能让我错过了。我想，如果下次再去滨海花园的话，一定要去看看林怀民所说的橄榄树。

这之后的大约一个多月后，终于在三月短假中的星期五下午，决定再次去滨海湾花园走一趟，尽管那是一个异常炎热的下午。我头上顶着日晒，在花圃和树丛中穿梭，可是，滨海湾花园的树木何其多，我仅记得林怀民说这里的橄榄树就种植在某一家餐厅附近，而餐厅的名字我一时也想不起来，好像当时也没有听清楚。幸好滨海湾花园的餐厅都聚集一处，我来过所以知道餐厅在哪里。于是,我一抵达后便走向餐厅的位置,然后在餐厅周围方圆百米左右的地方一棵一棵地找,由于我也不太清楚橄榄树究竟长得什么标准模样,只是从网上约略看过她们的几张玉照,于是只能看看树前写着树木名称的牌子。尽管我是一个能够自得其乐的人,尤其享受寻找事物的过程,因为一旦找到,那种满足感是无法用言语来形容的。但坦白说这样寻找确实是挺费劲的,而且成效似乎不大,因为那里的树也不是每一棵前面都有放牌子的。橄榄树不就是 Olive Tree 吗?怕她们还有什么奇怪的学名之类的,于是还用手机上网找呀找的。就在那几棵人造擎天大树下,我找了约一个小时,始终没有看到橄榄树。

心想,好不容易来了,不能就这样回去吧,去问人吧!可是别人会不会觉得很奇怪,你跑到这么远来找几棵橄榄树?我于是再次利用高科技,利用搜寻器在手机上寻找"Gardens by the Bay Olive Tree",终于,皇天不负苦心人,一番搜索之后最终给我找着了。原来她们不在户外,而是在其中的一个植物冷室——"花穹"中。其实我早就该想到了,橄榄树是亚热带植物,不太可能种植在大太阳底下曝晒,那就应该是在两个植物冷室中的一个。

滨海湾花园的两个植物冷室我都来过,自然那一次我是与橄榄树缘悭一面了。花穹是要买票才能进去的,我只犹豫了一阵,便加入不长的"人龙"买票、进场。因为花穹内只有一家餐厅,进入花穹以后,我便马上朝着餐厅的方向走去,很快地便找到了那几棵橄榄树。

眼前的几棵橄榄树长得枝叶茂密、绿意盎然。有一两棵甚至高至穹顶。橄榄树寿命很长,地中海种植的橄榄树据说都有好几百年的树龄,有些甚至是千年以上,或者两千年的。两千年是个什么概念,就是说这些老树在耶稣在的时候就已经在了。

橄榄树所产生的橄榄油在地中海沿岸国家有几千年的历史,在当时主要是用来点油灯和膏抹君王的,今天的主要用途则是在烹调或是美肤方面,它在西方有"液体黄金""植物油皇后""地中海甘露"等美誉。

我的寻找橄榄树的旅途似乎就此告一个段落了,没有花很多的工夫,可是这样的一个下午却让我得以重新地去看一看我就在几个月前看过的一些花花草草。尽管我还是不太会区分一些常见的花草树木,坦白地说我甚至连一些名字也叫不出来。但是从林怀民的口中,我重新地思考我们为什么要有这样的一座花园。新加坡不是很早就已经是花园城市了吗?你能够看到国家公园局的野心，因为岛国到处都是绿意盎然的，各个区的公园和公园之间都几乎已经通过脚车道或人行道给连接起来了。现在的新加坡似乎已经不再只是一座花园般的城市，而十足是一个城市般的花园了。而滨海湾花园的出现还只是一个开始。如果滨海艺术中心所展现的是我们对于文化艺术的追求的话，那滨海湾花园展现的应该是我们对于自然环保的追求了。

已经不止一次，我们需要从外国人的口中来了解我们自己的国家。很多时候，或许是因为我们生于斯，长于斯，因此往往都把我们所看到的当作是理所当然的。我常常听到外国人称赞新加坡人文明，坦白地说我很多时候都不以为然。因为我常常都会在生活中遇见一些国人的不文明的举止。每次翻开报章，看到言论版有外国人赞美新加坡人的时候，在以身为国人而感到骄傲的同时，也禁不住要想想，新加坡人真如外国人口中这么文明吗？可是为什么我每次去一些国家旅行的时候，都会感觉当地人比我们要文明呢？是不是就是所谓的外国的月亮比较圆这个观点在发酵？还是因为我自己是新加坡人的关系所以对新加坡人的要求比较高呢？

就好像我去过好几次中国台湾，台湾的人文氛围、书店、夜市、服务文化等都是很多新加坡人所羡慕的，不只是我，可是我却也常常听到台湾人羡慕新加坡的话。或许真的没有一个地方是十全十美的，我们都渴望和羡慕我们没有的那一方面。林怀民的例子便是其中一个。

我要谢谢林怀民，要不是他在讲座中提到，我或许也不会留意到，这几棵橄榄树就落户在我们自己的滨海湾花园的花穹中。自然，在滨海湾花园，还有许许多多来自世界各地的树木花朵。如果仔细观察研究，你可能会有更大的发现。我记得我第一次去的时候，看到擎天大树马上惊为天人，待到进入花穹和云雾林之后，更是喜爱之极，甚至流连忘返。尤其是云雾林中透着阵阵凉意的室内瀑布和花穹的大片万紫千红般的花海，包括许许多多奇形怪状的仙人掌和叫不出名字的在新加坡其他地方看不到的植物等。几年前我那移民去澳大利亚的阿姨来新加坡，我带她参观滨海湾花园，当我介绍擎天大树给她看时，她似乎有点瞧不起的样子，因为她听说新加坡的是假树，而在澳大利亚都是真的树。或许，新加坡不像别的国家有很大的国家公园，但却不妨碍我们通过别的渠道来展示我们对于保护绿意的决心。因为这样，我们有更多的理由去珍惜它们。

《林怀民与橄榄树》这篇散文主要讲述了享誉国际的中国台湾编舞家林怀民的一次讲座，勾起了作者前往滨海湾花园探究橄榄树的兴趣。在作者的印象中，橄榄树是三毛流浪撒哈拉沙漠的一种遥远而浪漫的追求的象征；橄榄山是《圣经》里耶稣布道的地方，是基督教和犹太教的圣山；而橄榄更被鲁迅写在其小说《药》中作为招待恩人的茶点。除此之外，作者对于橄榄树便再无他感，但却机缘巧合在一次讲座中，听闻林怀民赞扬了新加坡政府从地中海移植了多棵橄榄树并给予保护的这一举措。作者因此而心系橄榄树，最终踏上了前往滨海湾花园一观橄榄树芳容的旅途。尽管寻找橄榄树的旅途并不是很顺畅，但作者却在这一寻找的过程中重新认识了橄榄树和其他的一些花花草草，并重新思考了滨海湾花园存在的意义和价值。新加坡不像别的国家有很大的国家公园，但政府保护绿意的决心却不容小觑，滨海湾花园的出现还只是一个开始，其展现的是新加坡政府对于自然环保的热切追求。

这篇散文的题目为"林怀民与橄榄树"，一人一树二者本并无太大的关联，作者在开篇便以疑问句的形式设置悬念，道出了读者的心声，勾起了读者的阅读兴趣。尔后，作者再娓娓道来，向我们讲述了林怀民如何与橄榄树结缘。然而，文章的主体内容却并非放在林怀民与橄榄树的结缘上，作者仅仅以此为一个契机，笔锋一转，重点讲述了作者前往滨海湾花园寻找橄榄树的旅程中的所观、所思、所感，继而赞扬了新加坡政府在自然生态和环境保护上所做出的重要贡献，呼吁大家要争当文明人，争做文明事，要珍惜身边的花草树木，更要保护我们的大自然。

刘瑞金的这篇散文，结构清晰、语言精练、主题明确，作者以林怀民为契机，点燃了读者的阅读兴趣，随即笔锋转向了介绍作者寻找橄榄树的旅程。在这里，橄榄树不仅具有自身的应用价值，也被给予了一定的文学文化意义，更是新加坡政府保护自然生态环境的一个起点。

（刘世琴）

马来西亚卷

冰 谷

冰谷,原名林成兴,1940年11月28日生于马来西亚,中学毕业,历任橡胶、可可、油棕园经理,大马作协、亚华、世华会员。创作涵盖新诗、散文、儿童文学,作品收入国内外30余种文选,多篇散文被选入中、小学教材。作品多以自然风物为题材。2011年荣获江沙崇华母校百年杰出校友奖,2012年荣获第13届亚细安华文文学奖。2013年获大马作协文学长青奖,散文被陈大为、钟怡雯教授编入《马华散文史读本》,他被认为是独立后50年来30位优秀散文作家之一。

暮 年 的 活 动 天 地

目送气呼呼的罗哩渐行渐远,载着棕果从凹凸不平的小径颠簸消逝,我不禁怦然心动了。是几年辛勤耕耘的劳绩呵!区区几亩地的收获,成熟的果实装不满那辆小罗哩,但自拥有自己的土地,第一次尝到采果的味儿,那甜滋滋的蜜意真难以言喻呵!

这片园地,已成了我暮年日常的去处,一个让我舒展筋骨、排遣余闲的地方。尤其在我中风后逐渐恢复步行,但仍需加强体能操练的时刻,在园地走走停停中张望棕榈绿掌随风摇曳,那熠熠生辉的姿态,于晨光掩映中自成风景,对我,是一种激励的律动呵!

数十年农耕,从橡树到油棕到可可,还有热带水果也曾经是我的最爱,却都是代人做嫁衣,从未在土壤中播下任何属于自己的苗种,事缘没有寸土属于自己。半生奔波庸碌,寻寻觅觅,由驻足本土至漂泊异乡,所得堪足养家糊口,支撑一个简陋仅避风雨的家,手中难有积蓄。那些年,每天在晨雾氤氲里逡巡,看员工们从绿叶丛间收采丰硕橙黄的果实,那份怡然掺融了几许羡慕与渴望啊！蕴含着沧桑感的那颗心,不禁暗想：希望有朝一日拥有一片属于自己的土地,小小的一片也好,我要植下油棕树,让它们在阳光充沛雨露调和里成长、开花和结果。

如此退休就一直惦着园地,不敢喻为发挥所能,只想将过去累积的点滴化为己用。朋友知道了,经常来电话说东边那片地肥西边那块土沃,有些还捎来图形和地契,可我手中捏着的伶仃密码,园地大片点的不敢觊觎,捎来小片的又边陲偏远。最后接受友人推荐的几亩接邻近山脚的荒地,价钱也符合我的能力,就饥不择食、毫无考虑地攫过来了。

"买一片荒芭,要去猎山猪吗?"妻语带揶揄地问道。身为一个曾经在郁郁丛林身经百战的耕夫,我在风下之乡那些年,与庞然大物过招不知多少回,山猪更是几乎天天出现,对妻子的温馨提醒,我仅默然,压根儿不在意。热带雨林何处不是山猪猴子的活动天堂！踏进孤烟人寂的深山野地从事农耕,就要具备挑战某种风险的勇气。

譬之荒地真一点不夸大,灌木、野蔓、枯藤、茅草,稠稠密密,若要深入探测周遭形势,除非做蛇形蠕动。看来废置已久,园地早变为蛇鼠禽兽虫豸掩蔽的渊薮了。有地弃置不耕,是种资源浪费、国家损失啊！于是土地移交手续清楚后,我就大刺刺开工了,招来一部神手,把丛丛杂树藤蔓之类清除。这时候园地的庐山真面目终于一展无遗了。地势平坦是无懈可击的,令人头痛的是处处纵横堆栈大小不一的石头,有些重达好几吨呢！它们霸气凌人地静卧着,风雨不避地侵占土地。旧园主荒着没有将地耕犁种植,看似是对垒垒的石群束手无策吧！

我没有被石堆吓倒,但一颗心却在阵阵绞痛。这些拦路的石阵要花几倍费用去整顿,土地才可种植树苗呀！接着又自我思索：这些群石才是这片土地的原住,混沌时期它们即已受到阳光雨露慰抚,自己是外来的侵略者呀！如是想心就平和安静了。于是杂树蔓草清完后,我安排神手将可移动的乱石集中在低洼处,当作填坑补窟之用。几近两周天,小小的一片荒地终于化为耕园了。

紧接的工作是围篱笆、列行、挖穴,一切准备妥帖就去购买棕苗,招请熟练的劳工种植。从开芭到完成,共花费半年时间。下来的管理比较简单,只是除草和施肥。油棕是易种易长的热带植物,两年就有收获了。

我不是坐茶档、筑方城的银发族,那片小园地遂成了我的活动空间。年少时走进橡胶林是学习劳役和体验生活,壮年时投入可可油棕园是给未来更好的规划,漫长的旅途中遍布荆棘与险滩。今天我走进自己的园地,完全脱离了过往那种责任的承担,也没有丝毫的工作压迫感。我仿佛走入全然属于自己的世界,以悠然闲适的心情接触自然,遨游于一个远离尘嚣的绿色环境里。

今天,小罗哩上堆积的,是我退休多年来希望的累积啊!

拾 荒

我经常早到,赶在晨光露脸之前。我的四轮驱动车,常是第一辆冲出山寨的栅门,奔向黑暗的夜路。

这是我数十年农耕的养成,退休后经营自己的小园地,仍未改初衷。

早起,像林间找虫子的鸟儿早起,啁啾啁啾。仿佛回到流逝的拓荒岁月,自己变作一只孜孜不倦找虫子的晨鸟!

今天,晨鸟又投林了。投入一片青葱翠碧,四野朦胧的园地。

一片静寂,没有风萧声动。除了我的超龄老马,还有一路风沙。

绿树沉醉于昨夜的梦境,叶片像静止的臂膀,高举着,或垂挂着,没有丝毫律动。整片园地静寂得可听到落地的针响。

我勒马刹车,戛然下锚了。昨天工人采割鲜果,我因事缺勤——采果是油棕管理最关键的作业,工人经常丢三落四,在沟边和草地上留下落果①,这常态性的疏忽需要善后②。在劳丁严缺、外劳操控农耕的今日,庄稼如履薄冰,在忍气吞声中喘息。

我常暗里自忖,种植还有春天吗?

忽然,有种声音突破静穆。

"咯喇、咯嗒……"

"咯喇、咯嗒……"

清脆的声响,从溪流边传来的。我似乎熟悉这声音,但又感陌生,刹那

---

① 油棕熟了果粒就会脱落坠地,称为落果(fruit drop),捡起来送厂仍可榨油。

② 大园坵由采果承包商负责,多派妇女捡拾。

间无从让记忆复苏。时间加上年龄双重冲击,拉远了我脑海中某些曾经累积的档案,甚至渐次被淘洗殆尽。

于是,我唯有循着声响挪步,探个究竟。

旭阳似乎了解我的心,将鱼肚白的线谱穿过绿叶的缝隙,将黑幔掀开。

景物渐渐明亮起来了,那绿树、那竹丛、那溪流,画面逐渐由暗淡变得清晰。

我深呼吸,实为壮胆,随着诡异声蹑步前行,在溪流边找到目标,一头黑褐色的庞然大物,在树下啃嚼落果。再定眼凝神,看清了赫然是头野猪,旁边还跟着几只兔子般大小的小崽。

啊!这"咯嗒……咯嗒"的啃嚼声响于是回到记忆了。过去数十年种植的日子,每到夜晚野猪就潜入园里四处造孽,熟透的落果就成了它们的佳肴美味。在热带雨林中匿藏的野生动物中,以野猪最难缠,除了惊人繁殖力,还有出没往往成群结队,食欲又大,叫耕农头疼不已。曾经夜半荷枪携弹追剿,也试过饲犬围捕,但应验仅属暂时性,不久又见农作遭殃了。

像其他野生动物一般,野猪习性昼伏夜出。今天野猪竟然在光天化日下淡定自若、闲适悠然,倒令曾经数十年与野猪对峙的我无比惊讶!

天都亮了,仍在我的园地啃嚼落果,无视高智慧的动物突然现身吗?或是邻近丛林砍伐殆尽,食物资源逐渐萎缩,整夜的寻觅搜索不足以温饱?叫它们日出了仍在铤而走险地拾荒。

拾荒,真是个贴切的关键词,被我遗忘了半世纪了。

树下的落果正好提供野猪拾荒的机会——虽然那不能算是丰富的早餐。一颗颗拇指般的落果,要啃嚼多少颗方能填补母猪庞大的肚肠呀!况且身边还有几只嗷嗷待哺的幼崽。

果粒从高耸的树干散落地面,有的被丛草掩藏,有的遭枯叶覆盖,需要拔草翻叶去寻找。落果不捡,会发芽长根,成为一丛丛与母树争宠的荒荆,给园主留下一条很长的尾巴,等待解密……

这种拾荒式的填补,触动了我贫困的童年记忆。放学后,似乎每天都到街边后巷翻箱倒箧,寻找废铜烂铁,最值钱的是铜板、铜线、锌片、锌锅之类,每斤可卖七八毛钱。在一碗面二十仙、一碗红豆冰十仙的年代,七八毛钱的用处可大了。那年代,拾荒是贫穷学子课余的作业。

在种植业大面积的发展中,被砍伐的丛林日益膨胀、绵延、扩大,动物的保护伞渐次被剥夺,野兽失去了遮掩只好冒着生命危险与庄稼竞争;野猪拾荒换取的落果仅是果实遗落的丁点而已,却弥补了劳工疏忽的后遗症。

我躲在树旁,不再移动脚步,怕惊动它们。母猪继续"咯嗒咯嗒"啃嚼果粒,然后吐出来,几只崽子争先恐后捡食。准是果粒壳硬,要靠母猪尖锐的牙齿磨碎了,小猪始能吞吃。"叽叽叽、叽叽叽……"小猪边吃边嘶喊,显然是食欲的呼唤,肚子尚未满足。野猪失去丛林里的天然食物资源,只得冒险潜入橡林或棕园拾荒,一颗一颗捡起落地的橡实子和油棕落果。

那是一场饥渴的挣扎拼搏,在子弹枪口和刀刃威胁下的求生喘息。

我带着愧疚让思绪飘飞。几十年来务农,倒树伐木,清除丛林,与动物结怨成为常态。昔日灭之而后快的头号冤家,如今见到它们母子靠拾荒度日,回想童年捡废铜烂铁的日子,怜悯之心油然而生。

于是,我缓步倒退,不去惊动它们。

🌴 评论

《拾荒》是一篇行文优美且富含思想哲理的动人散文,蕴含着作者深层的对生命的悲悯情怀,触动人心,且感人深切。

文章开头将读者带入到故事发生的现场——青葱翠碧的园地。这部分的环境描写较为优美,能够引人入胜。后来作者通过"咯喇、咯嗒……""咯喇、咯嗒……"的声响,引出了野猪于"光天化日下""拾荒"的场景,由此也引出了"我"对自己贫困童年的拾荒经历的追忆,并进而使"我"对野猪的冒险拾荒行为寄予了深切的怜悯与愧疚。

作者在文章中体现出的感情较为丰富且细腻,充满着对弱者生命的关爱与怜悯之情,使我们读罢能够由人类曾对自然生态的所作所为引发出一定的反思与愧疚之意,这是本文所具有的深切的生命关怀与深沉的思想意蕴的一种体现。

与此同时,本文中退休的"我",超龄的老马,"我""自己变作一只孜孜不倦找虫子的晨鸟","旭阳似乎了解我的心,将鱼肚白的线谱穿过绿叶的缝隙","我"的童年拾荒经历,野猪当下的铤而走险地拾荒,等等,都体现出人与物之间的、某种程度上具有的内在统一性,揭示了人与物之间的某种程度的命运与共的关系。同时文中描写的野猪冒险拾荒、哺育幼崽的情形也意在赞美动物伟大的母爱，反衬出人类对生态的破坏、对动物施以子弹刀枪的残忍。同时值得一提的是，本文的语言也较为优美生动，尤其是开头部分的环境描写颇有诗意。

　　总体来看，本文行文流畅，语言丰美，情感深沉，内容丰富，结构合理，具有较强的艺术魅力。

（李仁叁）

田　思

田思,原名陈立桐(应桐),1947 年 9 月 29 日生于马来西亚砂拉越州古晋市,原籍广东潮安。新加坡南洋大学中文系毕业,马来大学中文系硕士。曾在古晋中华第一中学执教 40 多年,并担任华文学会与华乐团指导老师,曾任砂拉越开放大学讲师,现为砂拉越华人学术研究会署理会长。多次受邀在国内外文学或学术研讨会发表论文。1999 年获砂拉越州政府颁发各民族文学奖,2012 年获得新加坡方修文学奖的诗歌组首奖,2015 年获得第一届吴德芳杰出华文教师奖。已出版 20 部个人著作,涉及诗歌、散文、小说、评论及学术论文等,主要作品有《田思散文小说选》《田思诗歌自选集》《马华文学中的环保意识》《雨林诗雨》《砂华文学的本土特质》等,另编有文集超过 10 部。

龙鳞蕨

在整理庭园时,发觉篱笆旁几株九重葛有越来越干瘪枯萎的现象。仔细检视,见其主干上都紧紧黏附着一点点青色如小指头般大的附生植物。用手剥开小青点,见每个青点都有一条线状的细藤相连;用手一拉,便揭出长长的一大串,而已干裂的树皮也跟着脱落。凡是有青点附着之处,该处的枝条便成了干枝,起先是只长叶而不开花,过后连叶子也脱落殆尽。我犹悟这毫不起眼的、相连而生的小不点,原来是一种极厉害的寄生者,会把植物身上的养料吸干,最后都沦于腐朽、死亡。于是我花了几个下午的时间,爬高蹲低地把一棵棵花株上的小青点都剥下来,垃圾桶里像是装满一串串的小青钱。希望经此"扫荡",园里的花株都会长得苗壮,不至于在浇水施肥后仍然瘦损憔悴。

屋外有棵大树,树荫遮蔽了半间屋子。我发现树身上也依附了不少小青点,于是再展开"剥皮运动",赫然察觉几处小青点长得特别多的地方,树皮已开始腐烂,许多白蚁、黑蚁都躲在枝丫的洞中,我拉起一串小青点,蚂蚁们便四散逃窜。心中一凛,暗忖如果不早点抢救,让这些蚂蚁多蛀几个树洞,整棵大树恐怕会成了病树而随时有倒塌的危险。赶紧拿了杀虫药水,狂喷一轮,喷得一大群蚂蚁都呜呼哀哉。

我向读生物的朋友请教,才知道这种戕害花、树于无形的附生植物叫作龙鳞蕨(又名抱树莲),是一种很容易生长而善于钻缝寻隙的低等植物;通常攀附于岩石或树上,叶呈卵形或圆形,含有孢子的叶则呈狭长形,其串联的细藤(即其根部)则呈赤褐色,长度可达一米以上。

屋外那棵大树主干上的点点青绿,如果不详细审视,还以为是树身的一部分,眼花者不明究竟,还以为这棵树长得特别苍翠,连树皮也绿意盎然呢!谁知道它已被附生者吸干部分的血液,早晚病入骨髓,百"蚁"丛生,要是没有被及时发现的话……

想起这社会的另一类附生者,何尝不是择"大树"而栖,自恃攀龙附凤,披起一身龙鳞,便足以撑起整座风景,使这棵大树更显壮观,骨子里却拉线串联,吸取好处养肥自己,并且和蛀食根基的虫蚁有不可告人的关系。一旦私欲得逞,又可攀到邻近的另一棵树去依样画葫芦一番,管他从前的主子怎样"树倒猢狲散"!

这种人类社会中"摄主自肥"的龙鳞蕨,其习性和专吸人血的水蛭没有什么两样;由他引发出来的蛀树虫蚁,如果蔓延开来,整个社会可就不堪设想了。

不过,人类中的龙鳞蕨也最怕"揭",只要有人了解它的危害性,狠狠一剥,就可以拉掉长长的一大串。我想他们的最后归宿,也就是垃圾桶或沟渠了。

🌴 评论

《龙鳞蕨》这篇散文从"我"发现家里庭园中九重葛有越来越干瘪的情况,在探查原因过程中,发现了使家里植物逐渐腐朽的"凶手"——"龙鳞蕨",在对"龙鳞蕨"逐渐研究和了解过程中,也了解到了"龙鳞蕨"这种植物,寄生在其他植物上,吸取其他植物的营养以供应自己生存的特性。进而以"龙鳞蕨"的这种特性暗喻社会中吸血自肥的社会蛀虫,讽刺这种吸取别人利益的人,并表达出希望揭开社会中的"龙鳞蕨",将它们拔出并消除。

这篇散文别出心裁,看似单纯在描写一种植物"龙鳞蕨",实质上,借由这种植物攀附他人、吸取他人营养供给自己的特性讽刺了在社会中并不少见的借由他人上位、吸取人民利益的社会蛀虫。在文章的开头,作者就用了非常细致的白描手法对家中枯萎的九重葛身上攀附着的"小青点"进行描写,并写出了"我"拔出这种寄生植物的经过,以及在"我"明白这种"小青点"的危害之后"爬高蹲低",为家中所有的植株清除寄生的"小青点",表达出"我"对植物的在意,也推动了"我"去进一步了解这种"小青点"。而"我"在发现庭园大树上的"小青点"下"腐烂的树皮"与蚂蚁时"心中一凛",更加深入地认识到了普普通通的"小青点"拥有着可能会使大树倾倒的能力。之后更是引出专业的解释,引出了"小青点"真正的名字"龙鳞蕨"。同时也引发了"我"的思考,"树"外在看起来"绿意盎然",实际上已经被"龙鳞蕨"吸干了内在的营养,正与社会与社会中的"附生者"关系相似,而这个现象也再次敲响了警钟,放任社会中的"龙鳞蕨"横行、蔓延,后果将不堪设想。最后,"我"也发出"龙鳞蕨最怕揭",希望能揭开"龙鳞蕨",还社会以健康清明。

《龙鳞蕨》一文借"龙鳞蕨"这样一种自然生物,以及其寄生他物,吸取营养供应自己的生物特性,暗喻了社会中借他人势力狐假虎威的"附生者",讽刺了这类"附生者"只是攀附势力实现个人欲望,献媚于他人以吸血自肥,同时为社会敲响了警钟,希望能够揭开这些"附生者",阻止他们蔓延开来而危害社会。同时这些只懂得攀附的"附生者"的归宿只能是"垃圾桶或沟渠",必然走向消亡。

(于悦)

梁 放

梁放,原名梁光明,祖籍广东新会,1953 年 8 月 10 日出生于砂拉越州砂拉卓,华小毕业后转入英校就读,曾三度获政府优秀生奖学金。负笈于吉隆坡工艺学院、英国布莱顿、苏格兰爱登堡,获土木工程学士与土壤力学硕士学位,2006 年提前退休前,一直在砂拉越水利灌溉局任职。梁放自小受父亲影响喜欢阅读,中学时代即开始文学创作。曾获第一届官办砂华文学奖(1994)与第十四届马华文学奖(2016)。已出版小说集《烟雨砂隆》(1985)、《玛拉阿妲》(1989)、《腊月斜阳》[中短篇小说自选集(2018)]、长篇小说《我曾听到你在风中哭泣》(2014)、散文集《暖灰》(1986)、《旧雨》(1991)、《读书天》(1992)、《远山梦回》(北京,2002),《流水。暮禽》(2014)。小说与散文作品多篇入选国内外大型选集,为马来西亚、中国台湾多所大学中文系采用编入教材,部分作品被译成马来文、日文与韩文。

丹绒波上一点白

丹绒波(Tanjong Po)是一个十分特别的地方,你若听过也未必来过,因为一般船只从不在此停泊。相信除了砂拉越海港局的有关职员外,也实在没有几个外人曾来过。

在三马拉汉河口测量深度时,一路发现那一带的浅滩一直伸展到丹绒波去了。我把眼前的丹绒波端详了一番:那是一个伸至南中国海的山脉半岛。地图告诉我那也是国家公园的一部分,但属严格保护区。山脚可见高耸的岩壁,浪头在其下的岩石间相互拍击。岩壁之上是一片苍翠,耸向蓝天的几棵椰树挺拔地在随风婆娑飘摇。

　　岩壁的一边有可以登岸的铁梯子,笔直地依附在岩壁上。上山的路不容易走。陡陡的梯子,若不是有扶手,可真的要攀着上。途中回头望一望,那高度与险峻令人牙根发软,那苍劲的老松树,因经多少风吹雨打而干曲枝虬,古意盎然,上得山高了,唯恐万一失足,也只有成其下鬼魂。它们一棵棵地有蓝色的海面垫底,加上各岩石与小灌木的衬托,框住了无尽美景,直叫人一时忘了呼吸。

　　一路拾级而上,二十分钟后才到山顶,那儿有两间屋子,一间白的是灯塔,远远的只看到的一点白,竟是那么庞大的一个建筑物。另一间住了一个人,一个日夜守着灯塔的人。

　　灯塔一共由三个人轮流守候,每个人一住就是十天,来时也带足十天的干粮。他们的待遇不高,看他们如何用收音机给航海的人指点迷津,看他们如何操作这么一个灯塔,突地让访客感觉自己的卑微。我眼前的这么一位生活战士,那黑圈重叠的双眼,可又熬了多少个无眠之夜?

　　山上有几棵树,两张就石势劈琢的椅子,从中看到那些守灯塔的人们多少的心思劳力,还有坚韧地守住寂寞孤单的能耐。

　　这灯塔已站立了很久很久。即将退休的捷艇驾驶员布让说他的祖父曾在这里尽职一辈子,在晚间如何不停歇地把木柴堆起来烧,力图把那灯塔燃亮。今天,山上可以发电,不再用柴火。一路上山来,我看到了那电油是如何一站接一站地从山上抽了上来。山上的果树与一些零落生长的树子菜是布让的祖母以前种的,它们依旧生气蓬勃。由柴火到电火,再到在装配着、不日即将启用的太阳能,灯塔依旧是灯塔,负着一个重要的使命,坚守着自己的岗位。

　　在山上,一边可以看见三马拉汉河口,那三角形的河流指示牌在艳阳下闪光;另一边却是一片浩瀚无际的蓝,只有远处在航行的船只让你分辨出哪是水,哪是天。望眼可及的,还有游客常到的峇哥(Bako)国家公园。俯视垂直的山脚下,有小小的一截沙滩,因为山危水险,只有鸟类与天使们践踏过,看来乐得与世隔绝自在逍遥。

　　逗留片刻,我们要下山去了。守塔的一路送我们走到下山的路口,显得那么依依不舍。几天后他换班下山,必定远比我们轻松愉快。

　　我一路抓紧扶手,小心翼翼地怕滑跤,一路上观赏先前看漏的野卉奇木。它们与平地内陆的不一样,也全叫不出名堂。山上登岸处的一边竟还有一个浅浅的山洞,洞口稀疏地挂着野蔓,里面是一脉清丽的涓涓细水,穿木过石而来,驻足在一口因夜以继日的水势而凹下的浅井中。柔弱的水,韧性如斯。

你未必到过丹绒波,但一出砂拉越河口,只需瞻望,你便不会错过左边那一脉青山,尖端上闪烁着骄人无私的白。在雨季的河口,她的存在,会让你因面对狂风骇浪之前景而衍生的恐惧感一扫而空。

告 别 怒 诺

早在小学时代就已知道有个叫怒诺的小镇。少年时期,又因这一带成了砂共红区,不甚平靖,我对怒诺有了另类印象,但我一再背井离乡,在外求学多年,除了梦回家园外,其他的地方都在无意识下渐渐淡忘,与我未曾谋面的怒诺更已抛到九霄云外。接着,我像只倦鸟从喧嚣的世界大都会向祖国飞奔,为了职务,我竟再三来到这个曾经是恶名昭彰的沿海小镇。像是饕餮大餐后的一盅茗香,怒诺令我感觉万分清新。我从大家所憎之恶之、逃离唯恐不及的穷乡僻壤里,发现了她的实际存在。

怒诺是砂拉越古晋省的一个小县,是一个历来各族人民相处和睦的地方。盛产可可、柑、香蕉,还有数也数不清的椰子。那里可以见到有海岸线一直伸延到未曾见证历史的处女林边缘的椰林,无边无际,长舟过处,河两岸尽见结果累累的椰树。那么多椰树,那么多椰子,是我有知以来第一次所见,有的更伸展到河水之上,眼前所见,它们与每隔不远建有的一座座小木桥似在相互碰触、交集,船只驶过,一路真不知是诗是画。

在这里,我吃着回国后的第一个青椰,清凉甘和的椰水,解渴的同时,还滋润着我当时显得昏沉的灵魂,一时间让我有所醒悟,原来我对祖国无比缅怀,无比热爱。

沿着怒诺运河直上,迎面向你敬礼的还有几座钢骨水泥水闸。纵横有序、网织般覆盖着这一顷土地的还有大小沟渠,它们在必要时给这一大片农耕地做排水与灌溉,恰如其分地协调了老天给予的过剩与不足,让土地取得了平衡,养肥了一众农作物。

看到最后的一座水闸,随即怒诺镇就呈现在眼前。两排矮矮的木屋,坐落在河的两岸。屋外连成一气的晒棚与晒棚之间是几座拱形木桥,七零八落,横跨两岸。这一景物,使人不可置信地联想到与之毫不相干的古国水都威尼斯来,或许是因为怒诺所给予的印象截然不同。在纯净的蓝天下与在绿树环绕的怀抱中,怒诺自过自的,不屑与外面的世界沾上边似的。她的纯朴冲击着世俗,也给熟透了的物质文明带来了一种平衡。

大清早,怒诺在薄雾里是静谧的。当一切还在酣梦未醒时,在五脚基走着,你会下意识蹑着脚,唯恐踩破这创世纪时期般的寂静。几乎像时钟般的准确,河岸两边三家咖啡店都不约而同地把折叠式的木门推开,发出的声响过后,怒诺似在酣眠中顿时给叫醒似的,随即也开始繁忙起来。镇上来来往往的人也渐渐多了,开始上学的上学,上班的上班,大家都路经小镇,亲亲切切地互相招呼,像多时不见一样。咖啡店是这时段最热闹的地方,空气里散发着咖啡香。在这里你也会看到精神焕发的人们,在品尝咖啡时抬眼,个个笑问客从哪里来,也立刻邀前同座共享。抗拒不了的是他们朗朗笑声里的赤诚。这是一群原始大地哺育出来的儿女们,老老少少的肤色,古铜般在发亮,康健的身躯永远是那么朝气蓬勃。

午后的怒诺,像在享受午睡,也似被遗弃般,火伞高张时如此,大雨连绵时亦如此。过惯日出而作、日落而息生活的人们几乎已忘却有这么一段慵懒的时光。或许是大家太忙着争取每一撮阳光去改善自己垦开的土地,祈盼着有更好的收获、有更美好的明天。

从傍晚到晚上十点左右,小镇里忙了一天的人们会聚集在一起侃谈。年轻的永远在同一个角落。年老的却在这一批青年人的对面,中间隔着一条河。想起代沟,我不禁微莞。他们的谈话,不外是身边琐事与各项不求证的传闻,却都让大家尽兴。每个人只求丰衣足食、平平安安地过日子,也在恬淡的日常生活中找到了各自的乐趣。他们见证着真正的快乐不需要来自浮华的物质,纯朴的生活中一样蕴满丰润。

我喜欢怒诺的夜。夜深人静时,兀自坐在桥板上,沐浴在略带海腥味的晚风中,沉醉在沁人肌肤的凉意里。在外过了七八年,我知道我在所谓成长的过程中失去了一些什么,我默祈大自然还回最初那个清新的我来。在任何生命历程中所流失的果真还能够寻回来吗?谢谢怒诺的夜。它叫我一时忘却了血淋淋的现实,忘却一切庸俗的人际关系,摆脱为了求存而扰人的各类枷锁。

怒诺在这热带雨林边缘半原始的环境里不知已站立了多久,居民也不知在不闻世事中迎多少日出、送走多少日落,但还是有"人"蓄意闯进来了,带着绘测图,带着测量仪,带着工具,带着机器的人陆陆续续地来了。策划的策划,动土的动土。我摊开所谓发展蓝图,知道这里很快就有大路通往古晋,还有一座座横跨各江河,负责引进文明、沟通文化使命的桥!

时代要变了,怒诺被动地在酝酿这一场革命。时代的巨轮会轧死什么?

我是在临界,从这里参差不齐的古老店屋,从这里的蓊郁的森林原野、一草一木,从这里人与人之间坦荡荡、直接的关系里看到了它们,认识了它们。

🌴 评论

怒诺是砂拉越古晋省的一个小县,是一个历来各族人民相处和睦的地方。那里环境优美,物产丰富,盛产水果,小镇一直以幽静、恬淡著称。总是能给人一种宁静的感觉,小镇的人们一直过着不问世事的生活。然而还是有"人"蓄意闯进来了,带着绘测图,带着测量仪,带着工具,带着机器的人陆陆续续地来了。策划的策划,动土的动土。摊开所谓发展蓝图,知道这里很快就有大路通往古晋,还有一座座横跨各江河,负责引进文明、沟通文化使命的桥!

文章在描写怒诺优美的环境时用了多种修辞手法,如"大清早,怒诺在薄雾里是静谧的。当一切还在酣梦未醒时,在五脚基走着,你会下意识蹑着脚,唯恐踩破这创世纪时期般的寂静。几乎像时钟般的准确,河岸两边三家咖啡店都不约而同地把折叠式的木门推开,发出的声响过后,怒诺似在酣眠中顿时给叫醒似的,随即也开始繁忙起来。"这里运用了比拟的修辞手法,运用比拟表现喜爱的事物,把怒诺的景色描绘得栩栩如生,让读者有一种仿佛置入其中的体会。除此之外还大量地运用比喻、拟人、白描等修辞手法,在这里就不一一列举了。作者前面如此大的篇幅来描绘怒诺静谧、优美的景色,与后面为了谋求发展而破坏怒诺的生态平衡形成了鲜明的对比。对比之中也间接表达了作者的感情,作者对此提出了疑问:"时代要变了,怒诺被动地在酝酿这一场革命。时代的巨轮会轧死什么?"《告别怒诺》的美在于作者对怒诺环境的描写,作者以时间的顺序纵向地描写了怒诺的美,开始是描写小时候印象中的怒诺以及长大后因为工作原因再次回到怒诺对于怒诺的景物的描写,接下来又从一天的早上、午后、傍晚、午夜这四个时间段怒诺不同的美景,把怒诺的景色描绘得栩栩如生,给人一种如临其境的感觉。

梁放的作品在题材的选择上偏好乡村生活,在描写怒诺小镇的景色时更是令人称赞,细腻之处见功力,让人产生如临其境、置入其中的感觉。通过景物的描写的变化又能从中发现问题给人以思考。文章的大部分篇幅都在描写怒诺的景色有多美,只有结尾处提出问题:"到底时代的发展与生态的平衡能不能共存?"这一问题又引起了读者的关注和讨论。

(李翠翠)

冬 阳

冬阳,1965 年 10 月 14 日生于马来西亚吉打州,美国阿肯色州大学工商管理系毕业,曾任船务主管 12 年,厌倦人际关系复杂的上班生涯,主动请缨当"家庭煮夫",陪双亲老去,也陪孩子成长。父亲病逝后,接管父亲的农业,体验平静安详的农耕岁月。日常生活中不会厌倦的嗜好是阅读、旅行和投稿。

天里的"炸弹"

刚转行务农时,我发觉,水稻生长期间,经常会听到某人的稻田有"炸弹"。当时的我,是初生之犊,不知"炸弹"为何物,对它没啥关注,庆幸的是,"炸弹"没有掉入我的田地。

几经观察后,我才知道真相,"炸弹"来自一种叫褐飞虱的害虫,此虫体积小,约 3 毫米,破坏力惊人,它们集体吮吸茎和叶片的汁液,受影响的作物颜色由青转黄,枯萎后呈浅褐色,完全枯干后转柿红,出现"虱烧"现象。"虱烧"的红,一开始散播在一小稻丛,不知不觉,稻丛面积迅速向四面扩展,形成圆圈。数天后,4 或 5 个圆圈的范围,可轻易扩展殃及整亩稻田,其威力如同一枚炸弹,来势汹汹,一发不可收拾,把稻秧烧光。

要抢救"沦陷"的稻田,伤财又耗力。伤财是要购买昂贵的农药,耗力是至少要喷 2 至 3 遍的药,即使喷了,充其量只是让圆圈的扩展慢下来,真正能停止圆圈蔓延的是,褐飞虱有时间性的生活周期,时间到了,它们就停止繁殖,自动灭亡。买不起农药的农夫只好听天由命,有者宁愿趁早收割,稻谷重量略逊,甚至折耗也在所不计。我曾目睹一位农夫 12 英亩惨遭侵袭的田地,满目疮痍,最终只剩下 3 英亩的田地可供收割,数月努力不幸毁于一旦。百物涨价的今天,褐飞虱的出现,让农夫蒙受巨损,经济的困厄雪上加霜。

每当种稻季节来到尾声,看着累累稻穗迎风摇摆,让我深感欣慰,心里期待着丰收日的到来。我最惧怕的,是接到邻近农夫打来的电话,急促的口气,道:"你的稻田有'炸弹',不信,你自己过来看。"蓦地,我只觉得一阵昏眩!

杀 生

难以置信地,种稻竟然要杀生。在吉打州的慕达灌溉区,田螺猖獗,一夜间啃光幼禾时有所闻,稻农谈螺色变。明天要播种,今天下午的重要任务是——喷"白螺敌"。

"白螺敌"是粉状剧毒化学物质,对水中动物格杀勿论。喷入田后,白色药水随波蔓延散开,约莫一小时,接触药水的青蛙、鱼、水蛇和螃蟹震颤翻滚,我体验过那种痛苦——背喷药桶喷农药,若盖锁不紧,药水溢出,稻农便要立刻用水清洗局部,要不然,与毒药接触的皮肤开始灼热,渐渐地,如万箭刺身,痛不欲生。此刻,田地动物垂死挣扎惨不忍睹,别过头,我的心凉了半截,感觉罪恶……

罪魁祸首的田螺难逃浩劫,它们无声无息死去,肉身腐烂后,褐黄色的壳涨潮时漂流到田埂边,退潮时大大小小堆积如小山的壳满布田埂,如同乱葬岗,触目惊心……

什么时候,在田地种稻纯粹是与大自然和平共处的绿色活动,不必大肆喷毒药滥杀无辜,谁能告诉我这个答案呢?

评 论

《杀生》是一篇极具生命关怀、饱含沉痛之情的反思性生态散文。

"杀生"之举可谓随处可见。本文开篇通过一句"难以置信的,种稻居然要杀生",便将写作视角指向了稻农喷药杀虫的现场,既开门见山而又使读者"触目惊心"。接着文章重点写出了农药之下田间的水中动物垂死挣扎的惨不忍睹之状,将农药对生命带来的痛感以及"我"的罪恶之感做了较为集中的呈现,使人读罢心绪难平,不禁要和作者一样发出同样的叹问:"什么时侯,在田地种稻纯粹是与大自然和平共处的绿色活动,不必大肆喷毒药滥杀无辜……"

"生与死"本来就是宏大且永不过时的主题,它吸引着也困扰着一代又一代的哲人与艺术家们。本文的视角较为小巧,将农人、农作物的生存与田间动物的死亡之矛盾现实呈现在鲜红沉重的画板上,在普遍的现实中看见残酷与无情,更给人以深切的触动,显示出作者对生命的热切关怀。尤值一提的是,本文用词比较简洁精练、生动形象,往往通过寥寥数笔即能给读者以较为深刻的印象和画面感。

总体而言,本文结构匀称,短小精悍而又笔墨集中,是一篇能够给人以心灵震撼的、饱含生命色彩的、较为成功的作品。

（李仁叁）

冯学良

冯学良,笔名林野夫,祖籍海南万宁。1965年生于砂拉越州,幼年迁居沙巴州山打根,四十岁移居亚庇迄今。从事文化及教育工作,积极栽培新秀,亦为马来西亚作协永久会员,2007年受委为马来西亚作协沙巴联委会主席至今。曾出版个人诗集《一辈子的事》《1997,那一年的风花雪月》《因为有风》《企图》,散文《岁月长河》《古晋旧事》《在异乡边界望月》,小说《走过的岁月》《寻龙》,主编:《破晓》《终于,我读懂了马来西亚》《在时光隧道听到风》《隐藏的乡愁(沙巴当代散文选)》《生命,因您而亮丽》。作者的作品亦收录于"马华文学大系"——散文卷、新诗卷及文史卷,微型小说亦收录大马及中国所编辑文选,诗作亦获得两次双福文学奖及一次琼崖文学奖。

凤凰花开时

北婆罗洲的热带雨林,长期受到不同季候风的来访,所带来的雨量,各有不同,有时如沐春风,有时泛滥成灾。

我经常注意根城各种花类的盛开状况,尤其是凤凰花和金菊雨,因为我特别喜爱这两种色调。凤凰花盛开时,头顶上是一片绛红的花朵,在空中烧了起来,甚为壮观;金菊雨则不然,黄色的绽放,却是一种很祥和的感觉。

这一年来,凤凰花开得很迟,似乎像蛹,在岁月中慢慢地酝酿一种生命,等待一次生命的壮观,一场生机的炫耀——谁在自然界中,才是最美丽的设计师。我在时空中纳闷,痴痴地等了一年,还不见凤凰树打出花蕊,反而是金菊雨,不断盛开,让路过的人,带着一种祥和的心情回家,没有热情,只有生命中的淡然。

好几番,我都是这样的心情,在不受凤凰花的感染下,心情,很恬适,而且有种莫名的祥和温暖心房,把心底的困扰,暂且忘掉。可是,对凤凰花的依恋,却是不曾忘掉。所以两种不同色调的花,经常在我的生活中缠绕,平静中想找一点波涛,为空间起一点的涟漪,不至于平淡。

平淡虽是福,但过于平淡,就如一潭死水,没有鱼,没有生机。

有一点涟漪,生活才有抽象的空间;可以思考,生命,才有动力。

盼望了一年,凤凰花才在春雨过境后,姗姗来迟。

当季候风再回到北婆罗洲时,所带来的春雨,是以前无法比拟的。雨量的充沛,滋润了热带雨林,更带出大自然的生机。凤凰花适逢其盛,翩翩起舞,把花开放了出来,点缀了路旁,树丛,还有山峦。

当红色的色调占领了空间之时,黄色的金菊雨却不甘示弱,依然保持原有的姿势,以祥和的触觉来做感观上的调协,不让路过的人目眩。

整个根城,就是在这两种色调的环境下,快活了起来。

八哩的凤凰花,也相继盛开,虽然比对面马路旁的金菊雨,迟了开花,但却有喧宾夺主之势,把人们的视线都抢了过去,成了生活中的主题。

路的两旁,于是构成一幅相当动人的油画,一边是红色的凤凰树,一边是黄色的金菊雨,互相在风中摇摆,为路过的车辆,投下一地的阴凉,让影子在马路上交错地掺杂,形成了一幅抽象画。

我特别注意八哩的一个候车站,那里也长着一棵凤凰树。

但,我更眷恋那一个车站,那里,有我特殊的心情,很复杂。

车站,是让旅人上车和下车的地方,有欢欣,也有离愁。

从另一种角度来看,车站,就是人生的一种驿站,该下车的时候下车,该走就走,不该留,片刻也不能留,片点不由人。

车站,始终留不住任何一个过路的旅人的脚步,包括我在内。

八哩的车站,再也朴素不过,半圆的屋顶,还有一排以铁铸造的椅子,给乘客带来一点温馨的等待,等待一辆乘风破浪的巴士车,把他们带到另一条生命的旅程。

这种衍生不息的循环,就是车站的本姿。

对我来说,车站除了这些之外,最重要的是,我的回忆。

尤其是旁边那一棵凤凰树,配合了车站。

当两种不同性质的记忆物体混合时,这一切足以让我缅怀往事。

我的回忆,掉在凤凰花开时节。

那一年的二月,凤凰树开花了,整个八哩都浸染于红色的画板中,相当艳丽。

凤凰树只是静静地伫立在车站旁,看着人来人往,把过客的悲欢离合看在眼里,然后再配合不同的时序,做出不同的反应。风来了,花朵就缤纷起来,以轻巧的舞姿,冉冉飘落,为一地绿色的草地,铺上一层色彩,点缀了车站。

我曾在这一个诗情画意的车站里,送别了义兄。在离愁深酿里,那是一种非常伤感的心情,然而彼此都挺着一份坚强的心情,承受离别的哀伤。那一天,凤凰花开了,而且遍地满是落花的痕迹,地上是红色的。树,更加红,像一把火炬,可是却无法烧掉我内心的离愁。

离愁,是苦的。

然后,我却像一棵凋谢的枯树,呆呆地站在车站,看着那逐渐远去的车影。

今年的二月,花又开了,每次经过那儿,总会轻轻地把视线投在车站里,仿佛那是时光倒流,又看见自己送别的身影,在车站里,那么的孤独,伤感。

今年的花开,我是如斯地眷恋往事。

人面不知何处去,桃花依旧笑春风。

回忆往事,也是一桩美丽的事。

这也是一种幸福。

萤 火 虫

我的童年,没有萤火虫的回忆,据说萤火虫是生长在有水的地方,尤其是潮湿多雾的河边,最能看得清楚,而且壮观。我是久居城市的人,也没机会住在靠近有河或湖的地方,所以萤火虫在我的印象中,只能透过书本的描述,或是友人夸大其词的形容,才浮现一点模糊的形象。在电影中的情节,常出现一对情侣在草地上看夜色,然后突然出现很多的萤火虫,在夜空中慢慢地飞动。当然,很多时候这些所谓的萤火虫,都是经过电脑特技所制造出来的效果,感觉很假,但是画面温馨。

原来萤火虫在电影的情节中,扮演这么重要的角色。

很多年前,我曾看过一本日本漫画,叫《萤火虫之墓》,这是一本给我留下非常深刻印象的漫画。这本漫画故事描述的是在第二次世界大战时,日本本土已经遭受到美军的反攻,很多城市日夜遭受到无情的战火摧毁,死伤亦无数。故事中的两个主角是两兄妹,父母都在战火中不幸身亡,于是做哥哥的就扛起照顾妹妹的责任,在生活的困境中求生。最后妹妹病死了,而哥哥也饿死了,两人就像《梁祝》中的故事,但化身萤火虫,飞向天堂,投入母亲的怀抱中。这一本漫画,我看了多遍,但每一回都让我热泪盈眶,为那两兄妹的不幸遭遇而难过。故事是虚构的,但却反映出作者对战争的痛恨,渴望和平的来临。

第二次对萤火虫有深刻印象,是一部电影,名字我忘了,但故事却围绕着萤火虫发展。这也是与日本有关的电影,故事描述的是一位很年轻的教师,被教育部调派到乡下一间小型的小学任教。开始的时候,这位年轻的教师有点抗拒,也许是难舍都市繁华和五光十色的生活吧。可是渐渐地,这位年轻的教师却被那里纯朴的人民和认真学习的学生所感动,于是就决定振作起来,好好地当一位称职的好老师。在教生态科学的时候,班上的学生向这位年轻的教师问了一个问题:"老师,萤火虫是怎样子的? 为什么它会发光? 它们会在什么地方繁殖? 您有见过萤火虫吗?"一连串的问题,把年轻的老师问倒了,然后他很尴尬地说:"老师生活在大城市,那里是没办法看见萤火虫的,因为城市里没有大自然的河畔让萤火虫繁殖下一代。"然后有一些学生又问:"为什么我们这个地方也看不到萤火虫?"这个问题可问倒了这位年轻的老师,他故意干咳一声,以掩饰尴尬,然后说:"同学们,很抱歉,老师不能回答你们这个问题。这样吧,下课后我们一起到电脑室,一起上网找数据,一起学习好吗?"对于这样的回答,学生报以热情的掌声,并没有因为老师不会而哄堂大笑,反而欣赏老师的老实。

经过多次在网络上找资料,也一起到乡里的河流观看一番,最后下的结论就是,河流已经被上游的工厂所投下的染料和杂物所污染,所以河水内的化学物质导致萤火虫无法繁殖,就算下了卵,也无法长成萤火虫。在找出症结后,学生们感到非常的失望,除了无法亲眼观看萤火虫之外,也为河流被污染而伤心。突然有一个学生心生异想,既然在河流内不能繁殖萤火虫,为什么不自己尝试繁殖呢? 这个提议立刻得到同学们的热烈反应,于是大家分工合作：有的学生上网找数据，了解萤火虫的生存需要怎样的条件；有的学生负责找清洁的水和器皿，以便繁殖；有的去河里找细小的虫，以当萤火虫幼儿的饲料。在大家努力合作之下，所有的工作都依照网络上的指示完成。然而，老师和学生的尝试却没有得村里的人认同，以为这是天方夜谭，不可能实现的试验。

为了让幼虫可以在清洁的河流中成为萤火虫，老师和学生们在学校下课之后，都集中在一条较浅的河流，进行清洁工作。如此认真的试验和尝试，也打动了校长的心，终于伸出鼓励的手，让学生们全力去实验。

幼虫已经长大了，是时候放回河流之内，可是大家又担心幼虫无法适应河流而夭折，于是大家像照顾婴孩一样，每天风雨无阻地到河流里观看幼儿的变化。

终于到了幼儿破茧而出的时候，很多村民和学生都在河边等待，期望能一观像万家灯火的荧光在空中飞舞，为黑暗带来绚烂的美丽。然而夜已渐深沉，很多村民已经不抱希望，陆续离开河边，但那一群可爱又充满希望的学生们，仍然待在河边，因为他们相信，他们的努力，一定不会白费的。年轻的老师此时信心已经动摇了，开始迷糊信念。就在他正要开口叫学生们放弃的时候，突然有一个学生指着河的另一端在喊："看！那是什么？"大家循指望去，只见有一个小火点在河边的草丛升起，一闪一闪的，在黑暗中发出微光。"那是萤火虫！"老师高兴地叫了起来，就在声音才落下时，在草丛中又陆陆续续飞出了很多萤火虫，然后像一缕轻烟，密密麻麻地升空，在空中蔚为奇观。孩子都叫起来，他们成功了，因为他们始终相信，只要坚持不懈，信心不动摇，没什么事是不能办到的。

有时候孩子的天真和坚持，远比我们大人更有耐力和毅力，不会轻言放弃。

这一部电影的故事，吸引我的不是那一大片蔚为奇观的萤火虫，因为那也是由电脑技术制造出来的效果，没什么共鸣，反而是内容却有不少令人深思的地方：老师的诚实、学生的体谅、河水受污染、城市人对大自然环境的无知，还有小孩的信念，都值得我们去思虑。

虽然故事的主题是描述学生怎样去繁殖萤火虫，可是它的另一个意义却是有待掀起。所以萤火虫在我的印象中，又多了一重思考路向。

第三次接触萤火虫，却是那么的近，那么的真实，这回总算一偿心愿，可以亲历其境观看萤火虫的壮观。

2006年的12月,我和妻参加了旅游团,到亚庇以南的某一个河流游玩。这一条河相当长,而且两岸长着连绵不断的红树林,为河里的生物保存着良好的繁殖条件。当然,树上的长鼻猴是这条河招揽生意的活招牌,不少研究生态的动物学家都来到这里,研究及记录这里一切生物的生活过程。

曾读过澳洲的心水兄写的一篇有关来沙巴,以及在这条河游览河上风光的游记,而当中所描述夜观萤火虫的情景,最令我向往。生活在沙巴这广大的土地上,而不曾游览这样的绝佳景点,实在说不过去,所以就对妻说了,趁着这两天假日,不如到此地一游。

人在河中的快艇上,有如腾云驾雾的感觉,因为所乘的是快艇,在绿波中是如此轻盈,而且平稳。

这一条河流的观光特点,白天是观看长鼻猴如何在红树林里生活,如何巧妙使用双手和尾巴,在树林间跳跃和穿梭,煞是好看和精彩。薄暮时分,快艇就得驾回渡口,让所有的游客上岸,在河边的餐厅用晚饭,然后待入夜时才去观看迷人的萤火虫。

晚餐过后,游客又登上了快艇,我们夫妇当然也在其中。

这回,快艇并没有加快速度,只是缓缓地航向另一个方向。此时天色已黑,四周是伸手不见五指,只有快艇前的高射灯在前面照亮着,指示前方的路向。当快艇驶入某一段河畔时,舵手减慢了速度,然后把快艇静静地泊向一个河湾处。

"好美啊!"快艇内响起了惊叹。

在红树林上,布满了像灯饰般的光芒,在闪烁着,感觉就像极为美丽的圣诞树,在黑夜中颇为耀眼。这是我第一次以这么近的距离观赏萤火虫,而且不是一群,而是数以万计的萤火虫,在红树林内栖息,并且相互闪出亮丽的光芒,点缀黑暗的魅力,为我在这河流上,留下了无数的感叹符号!

一闪一闪的美丽,像是岁月中的烟花,美化了人生。

我的赞叹,就在这一游的旅程中,写下美好的回忆。

离开了那条河,我再也没有机会接触萤火虫了,然而这一些美好的印象,已经深深烙印在我的脑海中,不会泯灭。

2007年的7月,是我终于离开故乡,迁居到亚庇生活的日子。

才搬到亚庇,很多事物都尚未落实,所以在生活上,我过得不算忙碌。

可喜的是，我和妻不用再分隔两地，终于可以一起生活了。

近来的天气非常潮湿，亚庇这几天，气候显得阴沉，而且不时刮起狂风，雨水也紧接着而下，让这一片繁忙的土地，滋长万物和诞生自然。

这一夜，是大雨过后的天色，月亮终于露出了笑脸，在空中轻展笑靥，这样的天气，在黑暗中自然产生了一大片的灰色。这灰色，显然引起我对家乡的一缕乡愁，心里万般滋味涌上心头，想起根城的某些亲友，某些熟悉的景物，还有某些曾发生过的片段，都像一部放映机，在天空中回忆过来。

睡房的窗帘并没有拉上，所以我躺在床上，可以看见窗外的天空。碍于邻家屋顶高度的关系，阻挡了我的视线，所以我看不见在天空放出光团的月亮。我只能看着月亮发出的光芒，在天空中酝酿出一片灰色的光芒，而这灰色的天空，让我坠入思乡的愁绪。我静静地躺在床上看着天空，而妻已在身边憩睡，我不忍吵醒，只好一个人在黑暗的斗室里，黯然神伤。突然，我发觉窗外的屋檐边闪着一点一点的微光，而且慢慢蠕动，在黑暗中发出微芒。我若有所思地坐起，然后把视线投在那檐沿。也许是我的动作过于粗重，惊醒了睡在身边的妻，妻也坐好身子，以睡眼惺忪的神情问我发生了什么事，我指着窗外屋檐狐疑地说，好像有一只萤火虫在窗外，就在屋檐边。听到有萤火虫，妻于是戴上了眼镜，循着我所指的方向望去，并且很仔细地找寻。

"真的是萤火虫耶！"

妻的兴奋，并不亚于我，原来妻也喜欢萤火虫，对于上回在河流上观赏萤火虫的壮观，迄今仍念念不忘。

妻瞧得入神，于是不知不觉中把头依偎在我的怀抱里，我也深情地拥抱着她。

两个忘情的人，就这样在黑夜中相依偎着。

这种感觉，在彼此深情的相拥中，把夫妻之间的亲密升华到另一个层次。

一只小小的萤火虫，在今晚燃生另一幕生命的延续，它以短暂的生命，照亮了我和妻的鹣鲽情深，仿佛此时只有地下有、天上无的人间仙眷。

有妻在身旁陪伴终老，夫复何求？

✎ 评论

　　作者对萤火虫的印象只能透过书本的描述，或是友人夸大其词的形容，才浮现一点模糊的形象。荧幕上的萤火虫，给人的感觉虽假但不乏温馨。《再见萤火虫》故事虽虚构，但情节却感人至深。进而再次通过一部电影中的片段，加深了作者对萤火虫的印象。电影中的学生和老师自己尝试繁殖萤火虫的想法没有被认可，但在他们的努力下，打动了校长，最终他们的实验得到了成功，作者在亚庇以南的某一个河流游玩过程中和萤火虫近距离地接触了。

　　作者引用了《萤火虫之墓》的故事，向我们传达了一个讯息——萤火虫象征着美好的事物，代表着希望。正如故事中的兄妹化身为萤火虫，给战乱中的人们带去希望，同时也希望停止战斗，渴望和平。引用电影中的情节，学生和老师一起上网查找萤火虫的资料，以及到乡里的河流查看所得出的结论，直接从正面揭露了现在大多数河流被污染了，适合萤火虫生存的地方受到了严重的威胁。同时从侧面表现了解决环境问题迫在眉睫。在老师和同学们的坚持下，她们成功地人工繁殖出了萤火虫，从侧面告诉了我们，不管多么天真的想法，只要我们坚持不懈，信念不动摇，不轻易放弃，最终都能得到美好的结果。

　　这是一篇生态散文，通过叙述，作者对萤火虫的情感得到不断的升华，但更深层次的情感是对环境问题的担忧。

（张瑞坤）

杜忠全

杜忠全,马来西亚人,祖籍福建同安,1969 年 2 月出生于槟榔屿。台北中国文化大学文学士,新加坡国立大学中文系文学硕士,马来亚大学中文系哲学博士。现为马来西亚拉曼大学中文系助理教授兼金宝校区系主任,长期专注槟城在地书写与民间文化搜集,2005 年获第八届星洲日报花踪文学奖散文推荐奖。迄今结集作品有《槟城三书》套装、《我的老槟城》、《恋念槟榔屿》、《乔治市卷帙》、《作家心语:马华作家访谈录》等,并主编《乔治市:我们的故事》等书。

一只蝴蝶的流离

我家的阳台对准了一座小山。从阳台到山坡,那距离究竟有多近呢?用个比较缺德的方式来比喻吧:如果你吃了苹果,然后站到阳台上把咬剩的果核使力抛掷,随之便传来"的——沙沙"的细微声响,那是果核打在山壁上又往乱叶丛间掉落的声音了!你可以想象那距离之近了。还有卜居在树丛杂草间的,那些算来是我们邻居的蝴蝶和蜜蜂们,还有偶尔出来串场的蜻蜓、蚱蜢、小飞蛾等,它们往往可以自作主张地把我们的阳台甚至客厅,都挪作他们家的后花园,茶余饭后或闲情无处消磨时,他们就可以任意地移步过来,喔,不是,应该是"移翼"过来,然后在我们生活的周边闲逛,或者探视我们的生活底细。

他们有时是亲切地问候那些被我们种在门帘上的花花草草——这些闲花草或会随着日子流逝而一点一滴地在日光关照下逐渐褪了艳彩,但无论如何都不会雕残谢落就是了。有时,他们还停歇在墙壁上那几面由贝壳组装而成的画屏上,于是,那一动不动的松鹤图上头,即使不经仙人来点化,却也无端多出一只也是一动不动的蝴蝶或蜻蜓来——往往不经意地它们就缀在那上头，也是不经意地它们就倦退而去，留下几只振翅作状欲飞，却始终无法翻飞到画屏外的白鹤，它们还得栖守在松树间；这么多年来，蝴蝶蜻蜓来了又去，一代接一代的子子孙孙都轮番来扣访过了，但松不老，鹤也没少，人们所谓的天长地久，大概就是如此了！这，就是那些小邻居带给我的一点儿小感悟了！

相较之下，平日里披着一身绿外套的蚱蜢子弟们，它们的态度就显得客气多了，一般不敢贸然与划居仙籍的松鹤比肩而处，只在地面仰望那些云烟缭绕的高风亮节，然后跃跃欲试地欲就境界而已了。然而，如此高超的仙家境界，它们终究是高攀不上的，于是都只能颓然而退，然后不甘心似的在客厅里盲目乱撞，兜溜了几个圈子又吐了几口怨气，才终于找到出口而原路折返，回到它们在树丛间匿藏着的家园，又或还是像串门子的老大婶那般，挨家挨户又继续探问消息而去，直到嗑完了闲话磨完了嘴皮子，才在炊烟四起的当儿慌忙回家——道不完说不尽的长短闲话，明天还是可以继续的，这些凡庸的樵妇们！

我家阳台对准了一座小山，小山的后面是一座更高更为魁梧的大山，那大山背后，就是我一个朋友住的社区了——如果攀爬得过去的话，据说。我并不想爬那大山，只喜欢聆听山里的声音。那山里的声音，如果是寂静的夜晚，首先我会听到唧唧的虫鸣，这是贴向我们阳台的小山坡在向我们喃喃低语；彻夜连晓地送来一点一滴夜的声音，伴梦睡得更甜，催眠梦得更香。那山里的声音，如果是寂静的夜晚，然后我会听到啄木鸟和猫头鹰的夜生活，虽然它们总是让人在半梦半醒之间分不清是谁的喀喀又是谁的咕咕，只是在意识迷糊间隐约地知道，你的梦境你的心，此时正一寸一寸地贴向那深邃无边的山林的夜；山林的夜，它在众声交响之间无限扩张并包围起你的梦，而你的梦也蔓延并充遍了整大片夜山林！还有还有，如果是寂静的夜晚，那么，藏匿在众声交响最深处的，便是那些潜居在夜色背后的密林人家了。密林深处有人家，于是断断续续地总传出几声深林犬吠来。你看你听，山里的声音，它们就是那般自近而远地层次分明，让我们依傍在小山和大山边缘的日常生活，在充满大片绿意与生机的同时，也环绕着一些并不干扰生活步调的声音……

但是，这一天晚上，当我抬头瞥见那比撑开的巴掌还大的一只蝴蝶，看它竟茫然不知回返地停歇在日光灯底下时，我就很清楚地知道，它已不再是往日那些悠闲地前来扣访我们的昆虫邻居了——眼下它已成失去家园而流离失所的边缘族群！它那回不去的家园，而今已不再是畜养着绿意与生机的犬山和小山，而变成大片尘土飞扬不舍昼夜的建筑工地；它那回不去的家园，而今已不再是啄木鸟和猫头鹰装点梦境的夜林子，而是重型机械轰隆作响和外籍劳工敲敲钉钉的繁忙工地；它那回不去的家园，而今已不再是夜阑犬吠又林深夜寂的荒郊边境，而是庞然矗立又逐日攀高的坡地高楼了！茂密的山林沦陷了，而今只有不绝如缕的一小片呈带状的废弃林地，它茫然无助又灰头土脸地瘫卧在它们和我们之间。不消几个年头，想必是两个社区都萤灯千盏却又寂寞相向的荒凉景象了！

山坡绿地被地产商蛮横地铲平，筑起高楼住宅来，于是乎，我们原先惬意地与密林人家隔着夜林子借着犬吠声两相关照的水墨意境，从此再难重温！看着灯管底下那迷途失路的一只大蝴蝶，我无限缅怀着从前的美好时光……

🌴 评 论

《一只蝴蝶的流离》这篇散文主要向我们介绍了被地产商蛮横地铲平了的山坡绿地筑起高楼住宅，原本自然和谐的自然生态环境被破坏，蝴蝶也成了失去家园而流离失所的边缘族群。文章首先向我们介绍了一群悠闲地前来扣访的昆虫邻居们。这些昆虫邻居有经常串门的蝴蝶、蜜蜂们，偶尔出来串场的蜻蜓、蚱蜢、小飞蛾等。蝴蝶、蜜蜂们会亲切问候门帘上的花花草草、墙壁上由贝壳组装而成的松鹤图，一代又一代轮番扣访；披着一身绿外套的蚱蜢子弟们也在客厅里盲目溜达，像串门子的老大婶那般有道不完说不尽的长短闲话。接着又描述了夜晚阳台对面山里的声音，虫鸣喃喃，啄木鸟和猫头鹰喀喀咕咕，密林深处人家传出几声犬吠，自近而远地层次分明，人与自然一派和谐共处的景象。最后，作者笔锋一转，由日光灯下停歇的一只茫然不知回返的蝴蝶，引出了自然生态环境遭遇破坏的现象。原本畜养着绿意与生机的大山和小山，如今变成大片尘土飞扬不舍昼夜的建筑工地；原本啄木鸟和猫头鹰装点梦境的夜林子，如今变成了重型机械轰隆作响和外籍劳工敲敲钉钉的繁忙工地；原本夜阑犬吠又林深夜寂的荒郊边境，如今变成了庞然矗立又逐日攀高的坡地高楼。山林沦陷了,蝴蝶也成了失去家园而流离失所的边缘族群。

这篇散文语言的运用可谓生动形象,在描述周边生活环境时,为了说明阳台与对面山坡距离之近,作者举了两个生动的例子来进行比拟,使人读来一目了然;在介绍那些昆虫邻居时,作者使用了拟人化的修辞手法,任意闲逛"移翼"的蝴蝶、蜜蜂,像串门子的老大婶一般的蚱蜢子弟们,在"炊烟四起的当儿慌忙回家",如此具有生活感的描述,自然拉近了人们与这些可爱的小昆虫邻居们的距离。而与大山里夜晚层次分明的声音的内容,读来让人舒适、惬意,勾起了人们无限的遐想!散文的前后,形成了强烈的对比,引起了人们保护生态自然的强烈意识。

杜忠全的这篇散文,笔下的景物描写得一派生机盎然,而那些昆虫们却又被描述得生动、有趣。然而,作者不只停留于此,而是将笔触向更深层挖掘,美好与荒凉在他的笔下形成了鲜明的对比,从而引出了关于自然生态保护这样的严肃话题。

(刘世琴)

许通元

许通元,生于 1974 年,马来西亚人,祖籍福建诏安。现任南方学院马华文学馆主任、图书馆副馆长、《蕉风》编委会主席暨执行编辑。曾荣获第十一届大专文学奖小说首奖等。出版小说集《双镇记》、散文集《等待鹦鹉螺》,主编《有志一同:马华同志小说选》,编有《跳蚤:商晚筠小说集》《等待一棵无花果树:黄远雄诗集》《诗图志:辛金顺诗集》等。

细腰蜂(节选)

当全部人如海水退潮,所认识又熟悉,能凑合得来的友人逐渐稀少。最后仅剩我与你俩人。我还以为彼此可以好好愉快相处。可以快活得如 Changing Your Demeanour 的爱尔兰曲调,喜悦的音符悄然降临,敲醒内心潜伏已久、等待的意识。事实与想象的差距似裂开的缝隙,越扯越大。(细腰蜂正忙碌迅速扑动翅膀,我不知晓它筑完土巢、生卵孵化幼虫后,究竟搬入几条毛虫或螟蛉等储备食物予幼虫。我只知道闪着黑色光泽的细腰蜂在我专心撰著时,与蓦然发出似老旧冰橱吱吱声的电脑左右夹攻,干扰我思绪的进度。)

我开始默默埋怨等你吃早餐都需花费半个钟头,不是上厕所清理肠肚膀胱多余排泄物,就是刷牙洗脸打扮换衣服。原来世纪末的男孩,已发展至如此拖延婆妈、不可思议的地步。现代男女的分水岭模糊,似雾锁山谷般朦胧,不谨慎处理,让人难以摸清。你那潇洒倾泻的头发盖越耳根,算长吧。我开玩笑要帮忙为你免费剪修时,你说无须操动你的笨手。她却将你的长发修得比理发专业人士修剪的更整齐好看。你还添说剪了二十多元也没人敢反驳。(细腰蜂不是第一天筑巢了。那似切半因纽特人冰屋形的蜂巢,有购买牙膏时,赠送浅紫简单花朵图案玻璃杯的四分之三大。这浩大工程,一朝一夕难以完竣。我不晓得雌蜂花费多少时间逐粒逐粒衔含浅褐黄的尘土堆砌修筑。我联想起埃及金字塔的繁复艰巨构造,不晓得当时的文明古人是如何办到现代科技都难办到的在沙漠建立庞大陵墓。或许柏拉图倾向由海希奥德的希腊观点是对的:人类的状况已从更早的黄金时代逐渐退化。我又联想起天外来客。电脑持续发出的声响,连站立在二楼阶梯最后一级都有压迫感,令我极度担心,担心它年老多病,难以负荷最简单的键盘打字。如果它突如其来的故障摧毁我所努力的文字档案……我还是拷贝于一张磁碟上为好。)

　　蓦然铃响的电话,干扰我活跃顺畅的思绪。今早我恰好阅读到海明威除了惧怕在他写作时有朋友拜访,接下来的就属电话干扰。中学同学趁没人留意,在公司偷偷摇电话来,发牢骚工作沉闷。你适才询问我知道闷与寂寞的差别否。我答复我是爱享受寂寞的。嗯,闷会让人自杀,有个学生就是如此。我追问谁时,你不理不睬。我的眼皮开始似推不开的窗。我只好停止一切活动。(细腰蜂似轰炸机在我耳畔飞穿,迅速隐进橱内角。它们忙碌得如第二次世界大战的日本轰炸机于空中飞行。心里产生的恐慌随着它们渐频飞现逐渐扩大。倘若它们失误撞及我,我不是白白给毒蜇叮肿。从少至今,我未曾听闻细腰蜂毒蜇伤人事件,那些虎头蜂叮死人,人去户外收回晾干衣服时不谨慎被蜜蜂叮伤就略有所闻。但是它的蜂巢是碍眼得起疙瘩,家人屡次不客气,"破"的一声,蜂巢支离破碎。他们吩咐年少的我拿扫帚与饼干铁罐锯半而成的畚箕清理残局时,我偶尔会意外地发现细腰蜂的幼虫与青绿毛虫点缀着浅褐蜂巢碎片粉屑。隔断时日放课后,还身穿白衣深蓝裤的我会发现另外一个蜂巢。它们为了后代而在人类的屋居冒风险,似蜘蛛为填肚织网的精神。人们赞美蜘蛛,我从没听说或瞅见人家用言语或文字赞颂细腰蜂筑巢为下一代的牺牲。家人或许是怕细腰蜂叮伤顽皮玩蜂巢的小孩,或许认为它们于屋里又不会带来财运。有人连弟妹暂住房屋里的某间小房都尽量索取费用,埋怨说得供楼……)

　　课程内论述的国家经济与房地产的亲密理论关系令我难以明确挂钩。经济蓬勃时,估价与房地产买卖生意蒸蒸日上,投资投机者使得屋价飙升,闹得常人有间屋纯粹是梦想。估价房屋过程中,国家经济与政策的因素经常被我们忽略,还以为没什么大不了。马来西亚大概十年一次的经济衰退轮回终于让我们这些初生之犊见识到它的犀利锋芒以及影响力。现今我们连寻找一份工作都艰难，更别谈有高薪、喜爱或合心意的工作。有些同学已经"上岸"，薪水少得需吃住家里，驾驶的汽车由父亲赞助。我俩正彷徨徘徊于国内外工作机会或深造计划。在彼此有时间没工作无所事事时，相聚的日子也不长久了。我一直都珍惜共同齐度的时日。总觉得双方经常混泡一块，难免意见分岔、出现不满、导致发生口角龃龉。除非某方不爱斗嘴，一开始就礼让，技巧性地回避，但内心难免会沉淀不爽之处。你埋怨我关上锌红新车前门时太过用力，后来我才晓得原来你的车门只需轻轻带上就会自然掩紧。（我没鼓起勇气、狠下心来清除蜂巢。昨天下午我边阅读笛卡儿《我思故我在》时，边注意细腰蜂的举动。似乎是天气闷热，它们贪巢中阴凉，我没瞥见蜂影声息。我怀疑它们睡得正酣。直到天暗了，一声一影也没听见。隔天我并没发现熟悉的蜂影。一切归还平静时，我又有点不习惯，人真的是犯贱。下午时分，我不小心瞥见一条壁虎正对一只肥硕正飞越的细腰蜂虎视眈眈。那只腹部带点黄色的细腰蜂仿佛在寻觅新住所，所以我敢确定它并非住在橱内角的蜂巢里。它不会笨到寻觅不着归家路。昆虫的方向感比人类强得多，或许它的感官比脑用得多。我反复地思考巢里的蜂儿不可能全家出门旅行。它们是否一只只被壁虎吞噬肚内，那只壁虎肯定肚胀难顶，不知晓它的肚皮会被蜂螫刺穿否。我也没不小心发现一只被刺穿肚皮的壁虎。）

　　她返家乡后你将你家的钥匙借用，好让我随意出入。因此我不需在前门敲破曲起的手指皮、喊哑喉咙后，还得转回后门扯着喉咙扰乱你的左邻右舍。她没在身旁时，你偶尔待在家里，再也没找我频频下新山。当某个人的生活太寄托于另一个人，彼此养成互相的依赖性，全都是为对方而活，对我来说，困境是当其中一方失去另一半时……或许我太杞人忧天。但我们不是应该经常居安思危吗？难道需等待大难来时才改变已不可能改变的事实，力争回不可收拾的腹地？也许我们不需要思索如此大的课题。当她离开后，你寂寞起来需填补空缺。由于书籍的诱惑对你的来说不够充足，你跑来我家用吃完早餐午餐晚餐的时间打电脑游戏，说是陪伴我。我定力足够，倘若家里囤聚的粮食如我所需，考验独自需出门几天。（另外一只弱不禁风的细腰蜂缓缓飞越，临靠扬声器时于凹进处停歇片刻，似乎找到适合的筑巢处。为何最近越来越多的细腰蜂在我身旁飞绕。难道它们到了思春期、排卵期,繁殖下一代真的如此需要每一只细腰蜂都在这段时间、季节里担起责任?我也不知道有没有或少数逃避这类活动的细腰蜂,果真我所假设的思春期、产卵期可以成立。如果有的话,或许它们觉得时机还不成熟,不赶流行,不受地球的气候季节转变而影响。但毕竟若跟人类比较,昆虫的生命短促。人类跟一些世界上的生物或宇宙间我们也不晓得的生物对比,生命何尝也不是短促得可怜。)

在北上首都前,我要你送我去车站。我有要事需出门几天。我原本想掏出钥匙先还你,况且放在身旁也无什么作用。你却先向我索回钥匙,说她又要返回这儿陪你,你担心她到时没钥匙可用。其实她回到你身旁还不是整天与没事可做的你黏成一团。我开始想为自己大哭一场,比起昨晚下的那场泼水般暴雨还大。我怀疑自己在你身旁扮演的可怜角色——她的替代品,那种可有可无的。那种五年的友情荡然无存。其实当一只细腰蜂比当一个人快乐得多,至少不会思考麻烦痛苦。白痴有白痴的好。无论如何,身为会思考的人类而不用脑袋去思考,倒不如成为一只细腰蜂,拥有那种简单的生命。人类虽然活在痛苦中,但是,如何在痛苦中享受那种不轻易得来的快乐,在痛苦中完成你一直以来的坚持,那种痛并快乐着的感觉,是细腰蜂永生享受不到的。所租借的房间期限已至,大多数朋友已搬离。新人即将迁入,我也懒得再续约。(刚才停歇于我扬声器的细腰蜂内,真的衔搬吃饭时碗中偶见的小石般大的土粒。它想将土粒置放于扬声器背部凹进的洞。我先下手为强,不让它得逞地鼓起双颊,吹一阵急风,袭得它于空中晃晃荡荡,如飞不稳当的滑翔机。它眼光独到至选中我才装配一天的电脑音响设备。我绝不会喜新厌旧至对刚买的东西不顾。它不灰心气馁地重新飞近浅奶黄的扬声器。我不客气地将左边的扬声器左右摆动,吓唬它,让它知难而退。它坚持毅力不放弃,我也没动摇信心,与它展开拉锯战,旋大声量对准它"轰炸",它的翅膀只是微颤。于是,我暂时搁下正书写的文章,找几张纸搁放扬声器的上边,企图掩饰扬声器的位置,让它从上飞降时难寻觅。谁知道,它竟然从左边进攻,得意地降落于凹洞上。我奔向厨房觅个塑料袋,将扬声器向后倒出细腰蜂,然后将整个扬声器包裹,使它望着凹洞兴叹。小战几回合后,我没时间得意忘形,继续我的文章。它总在扬声器附近飞绕。我又开始怀疑为何从小至今,我一直不断在住家看见细腰蜂巢。它们可以在户外草秆、树枝上或泥洞筑巢。是人类不断开拓垦荒使这些小生命最后躲避进最危险的地方,还是它也似蜘蛛,有的选择在家居织网,有的爱在枝叶间吐丝。)

折叠衣服排列整齐于床上。堆积的厚薄书籍被放入纸盒。为了防止纸盒超重难以搬举,我在纸盒内剩余的上半个空间置放衣服之类较轻的物品。我决定远离,故意不与你道别。或许你会认为她于身旁,即使不理睬你,空有她一室的淡香,也可慵懒躺卧床上感到无限满足。或许你会说我就似某人这样纯粹地利用朋友。这些日子以来,我想说的是那并非我想结交朋友的方式。朋友是互相帮助的,但当朋友重新找到他所需的,我很快自觉自己的多余。这么多年的朋友,我只想说这些年来,我真的付出许多。我不晓得你们到底有没获得想要的,是否如我一般付出真心。虽然这对已获得所谓重生的你们来说可能不重要,但这对我皆属难以磨灭的回忆。(蜂巢面向阳光处出现了九个似和尚头顶用香点成的印疤。过了几天,出现的小孔更多,排列起来的平面图案呈现一个等边三角形,似玻璃弹珠跳棋盘各据一方,用来摆设棋子的褐色空位。我在仿佛写细腻报告时所需的观察之后,开始怀疑雌雄细腰蜂是否冬眠或似一些生物生了卵后觅个神秘地点静静死去,让它们的幼虫在巢里自力更生。由于时间上的不允许,我将一袋袋一盒盒的行李物品搬离。的士载我离开前我脑中闪过好友们最后离去的幕景:A说完无须送别惧怕我再写一些烂诗后被朋友用摩托载走、B说完今次是最多人在车站送别后巴士刚好驾临、C说完再见时我才睁开睡眼向戴着黑眼镜驾着轿车的他挥别、D说完这是还给你的钱后与南下柔佛的父母亲驾车归返……的士司机踩踏油门时我仿佛瞧见三四只细腰蜂正从我住了快两年的房屋飞离。)

🌴 评论

散文《细腰蜂》将两个故事进行并置叙事:第一个故事讲述“我”与友人的别离,在现实社会就业压力剧增、一地鸡毛琐碎生活的消耗下,两位往日亲密无间的友人也不得不彼此告别,寻求别样的人生出路;第二个故事讲述“寄居”在“我”家的细腰蜂,我在对其观察、思索怎样驱除这不速之客的时候,不由得对生活和人生浮想联翩。

许通元运用拼接的手法将两个故事在一篇散文中同时进行呈现,而两者实际上并无密切的直接关联。这种拼接的写作手法既有利也有弊，一方面它会对读者的阅读造成困难，对叙事的连贯性造成破坏，另一方面又显示出许通元在散文创作中的大胆与尝试，求新求异。读者们在阅读的时候不妨尝试先拆分后阅读的方法，以便在阅读逻辑上形成连贯统一。

许通元的散文总是充满着密集的信息，围绕某一话题可以生发出无限丰富的联想，用片段刻画和素描的形式集中表达内心所想所思。有时段与段之间并无直接关系，使得读者在阅读时深感作者思维之跳跃，但总体而言每段都是为同一中心思想的表述而服务，从多个角度和方面加以阐释，由此可见许通元对阐释的可能性的多样探索。

（岳寒飞）

泰
国
卷

司马攻

司马攻,1933年生,本名马君楚,笔名有司马攻、剑曹、田
茵,泰籍华人,祖籍广东潮阳。先后出版了散文集《明月水中
来》《司马攻散文选》,杂文集《冷热集》《挽节集》《蹄影集》,特
写集《泰国琐谈》《湄江消夏录》,随笔集《梦余暇笔》《人妖·古
船》,微型小说集《独醒》《演员》,诗集《挥手》,文学评论集《泰
华文学琐谈》《司马攻序跋集》及《司马攻文集》,等等。他还主
编"东南亚华文文学大系·泰国卷"10卷文集(1998年)和"泰
华作协千禧年文丛"32册(2000年)。1985年,他被聘为泰华
写作人协会顾问,后被选为第4届副会长。1990年,泰华写作
人协会更名为泰国华文作家协会,司马攻被选为会长至今,为
泰华文学创作的组织、繁荣和发展进行卓有成效的工作做出
重要的贡献。

考艾山之夜

提起曼谷,或许有些人会联想到这里的酷热天气,但在距离曼谷约200
公里的地方,却有一个四季皆春的高原,高原上有瀑布,有湖沼,有峥嵘怪
石,有异草奇花,各类飞禽走兽安逸地寄身其中,这地方便是获选为世界五
处管理得最完善的天然公园之一的"考艾天然公园"。

"考艾"是泰语大山的意思。这座"大山"耸立于秦国中部,威震四府,东
面是巴真武里府,南界坤赛育府,西接北标府,北连可叻府,主峰名叫"青
山",海拔1270多米,属泰回第二高峰。那坤那育河、巴庄河、蓝搭空河都发
源于此,算是源头活水之地。

泰国境内有很多处天然公园,而考艾公园独受青睐,说来也不是偶然

的。除了其山形秀丽、草木青葱、气候凉爽之外,它距离泰国首都曼谷颇近,平坦广阔的友谊公路绕此而过,曼谷市民要做一日游玩,也绰绰有余。加上当年开辟这里为天然公园的是有"泰国强人"之称的沙立元帅,以他当时的声势财力,在考艾山的山前山后,纵纵横横地开筑了好几条公路,将原本是兽类聚居的森林区,变成一处风景幽美的休憩胜地。

早在 1959 年的时候,沙立元帅训令农业部负责把考艾山开辟为天然公园,并由彩票局拨出一笔巨款作经费,从此,这座具有优越自然条件的山头,便得到人工的改造及照顾。

经过数年大力经营,考艾天然公园已引起国内外人士的注意。

到了公元 1968 年,泰国政府为了要将考艾公园发展成为国际著名的天然公园,便改由泰国导游机构负责管理考艾山上的各项事务。

导游机构接到这担子后,便定下了两大计划:一是在不伤害天然美的原则下,大力整顿山上几处著名胜景,并广开道路,方便游人;另一是在山上建立酒店及数十座独立小屋,以供游人住宿,又辟了一个十八洞的高尔夫球场,经过一番重新兴建之后,游客更多了。

考艾公园处于高山之上,登山公路便绕着山旁作"之"字形盘旋而上,因此有人闻名而生怯意,认为是险地,明知山上风光好,也不敢前往。其实登上考艾山的道路是陡而不险,虽有几处险弯,但路面宽度颇合标准,就是大型巴士也可直达山上酒店,轿车更是上下方便,绝少有车子滚下山的事情发生。

在登上考艾山的斜坡山道旁边,有一检查站,严禁游客携带长枪上山(在泰国,购买枪械是很容易的,因此拥有长短武器的人很多),因为考艾山上是不准狩猎的。

检查站的右边有一山神庙,游人到此大都进去景仰一番,有些诚心的,更购买香花纸烛,上前膜拜,祷祝一路平安。上山不比履平地,说他们胆子小,倒不如称他们小心,安全第一,不管山神是否灵验,且先求其心安,等于吃下了镇静剂。

过了山神庙,便是弯来曲去的坡道,山旁景物随着曲折的道路而转变,天气也渐渐凉爽起来。野生果树结着累累果实,杂于草石之中,自生自落。鸟儿飞得慢吞吞地,比蝙蝠还要大的蝴蝶悠闲地在花丛中飞舞。这里好像是另一个世界,连草木鸟兽也都悠然自得,与世无争。

车行至半途,只见道旁立着一块木牌,写着"请君眺望景色"字样,游人大多在此半途驻车，开开眼界。胆子大一些的走得远一点，临崖远眺，但见林如绿波盈满了静脑的山壑，远处轻烟冉冉，山下的公路就好像一条灰白色的线，景致宜人。"无限风光在险峰"，此话说来果然不差。

在悬崖开阔眼界之后，继续上山，再经许多转曲，便到达山上考艾酒店。

考艾酒店建在半山腰，范围广阔，建筑物是单层式的，离酒店不远处则罗列着数十座独立式的高脚屋，这也可供游人作为住宿之所。这一带平坦得令人有不知置身数百米高峰之感，与刚才登山之盘折斜陡，迥然相异。一个大湖安静地卧在酒店前面，仁者乐山，智者乐水，考艾山上有山有水，正是一举两得。

考艾山上不单有湖沼，还有数处瀑布，景致最美的是"素越瀑布"，素越瀑布距离考艾酒店约十公里，道路更为斜陡屈曲。两旁老藤古树盘结于危石崎崖之上，阵阵凉风起自四方八面，真是不知风从哪里来。纵是盛夏时节，炎阳当空，也觉毫无暑意，阳光在考艾山上显得有些柔弱。

车子起起伏伏地翻过数座小山，便到达一平矿山头。周围树木整齐，鲜花朵朵，想是经人工修饰过的。下得车来，听见水声淙淙，人们都被这水声吸引着，向崖边走去。

淙淙的泉音越来越响，渐渐地变成隆隆声，快步穿过丛林花径，便见一道飞瀑由山峰的群石中穿了出来，一层一层地向下泻。俯瞰山壑，承受这道飞瀑的正像一个大石盆。

通到下面石盆的斜坡，并没有铺上石级，这是为了不致破坏美丽的自然情调。因此，游人必须踩着乱石，小心而下，幸而山坡上多长藤树，枝条粗大，正好借力攀下，客串一回"人猿泰山"。

下到山壑，只见水花纷飞，淡淡的雾中充满着紫气。仰望上面，四周峦石罗列，石缝中长着老树，瀑布被阳光照着，白茫茫地冲向天然石盆中，激起了无数水花，嬉水的人儿正在石盆中游泳，几块露出水面的大石，成为水上浮台，卧在上面，听水声隆隆，沐水花点点，看白云蓝天，翠壁飞瀑，纵有千般心事，也将在此刻勾销。

除了素越瀑布，功缴瀑布也以娇小玲珑、蜿蜒多变的姿态在考艾山上出现。这处瀑布泻势平而慢，水流拉得长长的，有点像条斜斜的小石河。曾经有人主张要炸去瀑布中的几块阻水大石，以增加瀑布下泻之势，但有关当局认为保留大自然景色较有意义，况且这道瀑布美丽温柔，有少女风格，因此便依旧让它以天然面貌与游人见面。

距离功缴瀑布不远，有两道藤桥横悬在山谷中，桥身颇长，脚踏板是一段段的竹节，走在上面，摇摇摆摆地，使人有点心寒。考艾公园管理处在此地立牌布告，限定每次过桥人数不得超过五人，以策安全。

女人不是弱者，但女人大多是较小心的，在过藤桥时个个小心翼翼，紧握着两边藤条，碎步慢移，有些更是"五步一留，十步一搁"。因此有些绅士型的男子便授之以手，帮个小忙，有惊无险地摇荡着过桥。

也不是所有的男人都是大胆的，胆小的也有的是。而藤桥却好像有意要作弄那些胆子小的，当这些人过藤桥时，桥身摇荡得更厉害，人在藤桥上就像跳摇摆舞似的摇来摆去，引得两岸"观众"哄山大笑。

由于山上不准狩猎，所以树林中隐藏着很多飞禽走兽，为了使游客能看到山中的野生动物，考艾酒店特备了一个节目。

这个节目便是夜间乘汽车到林中去观看野兽。节目在晚上九时许开始，一辆可容二三十人的卡车，车前置有强力照灯，作为照明之用。参加的人站在车上，车子慢慢地在林中穿行，遇到兽时，向导员便将灯光照射去。这些野兽不知是骤然间被灯光照得眼有见物，奔逃不得，或是过惯了太平生活，不知所措，竟呆立着不动，两颗眼珠朝着灯光闪闪发着青光，好像要与灯光共比亮。

经常被人发现的是鹿、兔子、松鼠、山猪等动物，据说有人曾见到老虎及野象，但似乎是少之又少。

对于这个照野兽节目，游客最好不要期望太高，因为有时只看到小鹿三四头，甚至有时什么都看不到。如果期望太高会使人有"乘兴而来，索然而返"的感觉。

不过虽然有时看不到野兽，但考艾山上的夜不单美丽而且有点玄妙，因此照兽这个节目还是值得参加，况且所费无多。

考艾山上不论早晨、中午或是晚上，都美丽如画，终年气候凉爽，四季皆春。经常过着繁忙紧张都市生活的人，到考艾天然公园换一换环境，就像潜在水中伏得久了，一朝浮出水面换一回气那样轻松愉快。

评论

　　本文描写了一个距离曼谷两百公里的考艾天然公园,那是一个四季皆春的高原,高原上有瀑布,有湖沼,有峥嵘怪石,有异草奇花,各类飞禽走兽安逸地寄身其中,是附近市民一日游玩之地。"考艾天然公园"原本是兽类聚居的森林区,在经过有"泰国强人"之称的沙立元帅的开辟下,加以他当时的声势财力,在考艾山的山前山后,纵纵横横地开筑了好几条公路,把这里变成一处风景优美的休憩胜地。后来泰国政府为了要将考艾公园发展成为国际著名的天然公园,便改由"泰国导游机构"负责管理考艾山上的各项事务。导游机构接到这担子后,便定下了两大计划:一是在不伤害天然美的原则下,大力整顿山上几处著名胜景,并广开道路,方便游人;另一是在山上建立酒店及数十座独立小屋,以供游人住宿,又辟了一个十八洞的高尔夫球场,经过一番重新兴建之后,游客更多了。紧接着作者开始描写考艾山的景色,那里山清水秀、景色宜人,是一个消暑度假的好地方。

　　文章中运用了大量的比喻和拟人的修辞手法,如:"淙淙的泉音越来越响,渐渐地变成隆隆声,快步穿过丛林花径,便见一道飞瀑由山峰的群石中穿了出来,一层一层地向下泻。俯瞰山壑,承受这道飞瀑的正像一个大石盆。"生动形象,给人一种仿佛置入其中的感觉,给读者留下无限的想象空间。文中还有大量的描写考艾山的景色的句子,作者细腻的文字描写给人一种如临其境体验过考艾山的感觉,考艾山既保留了原始的景色,又在此基础上开辟出一个以休闲放松为主的旅游风景区。考艾山上的景色很有层次,随着海拔的增加,周围的风景有所改变,温度也会随之变化。考艾山上无论早晨、中午或是晚上,都美丽如画,终年气候凉爽,四季皆春。经常过着繁忙紧张都市生活的人,到考艾天然公园换一换环境,就像潜在水中伏得久了,一朝浮出水面换一回气那样轻松愉快。是避暑乘凉、远离喧嚣的好去处。

　　作者是一位感情丰富的作家,作者散文的特色之一就是真情,是他对生活具有某种带有情感感受的直观把握。本文延续了作者写实的创作风格,尤其是作者对于景物的描写,生动形象,仿佛给人一种置若其中如临其境的感觉。

（李翠翠）

曾　心

曾心,学名曾时新,1938年生于泰国曼谷,祖籍广东普宁,毕业于厦门大学中文系,深造于广州中医学院。回泰国从商从医从文,现任泰华作家协会副会长、"小诗磨坊"召集人等职。出版著作《大自然的儿子》《蓝眼睛》《曾心自选集——小诗三百首》《给泰华文学把脉》等19部。作品多篇选入"教程""读本""大系"和中国省市中考、高考语文试题。

高山的幸福花

老是想到泰北看樱花。由于樱花生命短促,从含苞待放到花落流水只有数天时间。因此,要看樱花,还得有缘呢!

记得四年前,我曾去过一趟,也许无缘,只见光秃秃的樱花树。一时,我那颗赏花之心,也像秋叶似的飘落在那寒冷的高山上。

有人说:"每年最后一滴秋雨过后,樱花即开放!"这话也许不错,但谁有那么大的能耐,可测知哪一滴是最后的"秋雨"呢?

据姚先生说:"泰北的樱花,是嫁接的,花朵比日本的大,各地花期也不同。剪枝后二十五天便开花。"

由于他的"点火",我深埋在心灵里的观樱花之"火种"又燃烧起来。

于是,今年深秋,我便与几位文友,从曼谷专程坐了十几个小时汽车,到清迈芳县的安康山看樱花去。

到达芳县城,太阳已偏西。要到达目的地,还得往前再上二十五公里左右的山路。

本来我们是想赶到山顶看落日的,现在已迟了,心中未免有些不满足。但也许天公作了美,西边落了太阳,东边却升起了月亮。哈!今夜的月亮还是挺圆的。可好，那明月将伴我们上高山了！

夜，汽车在密林丛中的崎岖山路上爬行。坐在汽车上的我，时不时看着窗外，这盘山的公路，虽陡峭，倒修得很平整，在拐弯险要之处，都立下长长的一排路栏，并皆嵌上反光片，在汽车灯光的映照下，反射出红黄鲜艳的色泽，似盏盏五彩斑斓的节日之明灯。

哟，这是一条多美而不平凡的山路！

汽车越过海拔一千七百多米的山峰，又慢慢向下滑行，来到一个宁静的小村落。

姚先生告诉我们："这是泰王开发山区第一个御计划，以前这一带都是种罂粟花，现已改种水果了。"

我们进到一间竹棚的小食店，女侍员热情地招待："老师，要吃什么？"

我觉得奇怪，这里的人为什么不称"先生"，而称"老师"呢？

我们边吃边打听山上夜晚的气温与樱花开了没有。得到邻座的"老师"的回答："一般是十度左右，最冷是零下四度。""现在樱花还没开花，要到下个月这个时候才开花。"

姚先生听后愣住了，不好意思地对我说："哦！我记错了，不是剪枝后二十五天开花，而是一个月零二十五天开花。"

当然，记忆的东西不一定很准确。我是不会怪他的，只怪我自己与樱花无缘。不过，说真的，我那颗一心一意想来观樱花的心，受到了极大的挫伤，一时，似觉比掉入零度以下的冰窖还要冷！

但当走出那间小食店，我那想观樱花之心尚未"死"。心想，樱花固然有个生物钟，每年都准时开花，难道没有个别生物钟失灵的，而独自提早开花的吗？即使没有满冠怒放，就有那么一两朵也好。

于是，在寻找投宿的沿途中，我总从汽车窗口探出一个头来。不知是我眼蒙，还是幻觉，在明亮的月光下，几次还错把路旁的蕃杜鹃花当樱花呢！

靠姚先生的关系，我们四个人（包括司机）被安排住在两间小木房里。开了门一看，倒觉得很别致，除整洁的铺被外，壁上还挂着泰王亲自视察与指导山区开发计划的御照。

本来经过十二小时路途的颠簸，也有些疲劳，该早睡了。可是姚先生却兴致勃勃，邀我到房外赏夜景。

此时，伴我们上山的明月，已挂在天心。

在曼谷,我也常见到明月,但同样一个月,我却觉得高山的月比曼谷更明、更亮、更圆、亦更近。

平时虽懂得形容"月色如水""月光如银""月光似霜"等,但似乎此时此地见到明月,才有切身的体会。你看,如银的月光,静静地倾泻在满山遍野的叶子和花上。再看看自己身上的衣服,也像积了很厚的水银似的,只要脱下上衣轻轻一抖,便能抖落一地的"水银"呢!

山坳的夜很静,偶尔能听到不知名草虫的一两声叫声,甚至连树上的野果蒂落声也能听到。高山沉睡了,森林沉睡了,大地沉睡了! 我也打哈欠,很想入睡了!

天还没有亮,姚先生又把我唤醒,说要早点上山顶看日出。

当然,这又引起我的兴奋。昨天来时,看不到日落,现能一睹日出,也是一种眼福!

也许山坳的太阳起得迟,远处传来"当当……"六下的打更声,还不见东方露出鱼肚白。前面的小村庄,依然静悄悄,似乎一切还在睡梦中。

我觉得很奇怪,为什么静得连一点鸡鸣犬吠之声也没有? 难道这里的村民没有养鸡狗吗?

我正把此感觉告诉姚先生,姚先生也似乎很有同感。

忽然从前头山坡上"飞来"一辆摩托车,停在离我们不远的地方。

一个戴尖帽的小伙子,主动向我们打招呼,还称我们为"老师"呢!

"这么早到哪里去?"我问。

"要来打钟。"小伙子笑吟吟地答。

"钟在哪里?"

"在前面。"

"可以去看吗?"

"当然可以。"

我乘机向他了解村里的基本情况。他说:"此村只有两百多人,多数是外地来的农业专家与技术员,还有几位是台湾来的。这里一天二十四小时,每小时都得打钟。东南西北,有敲钟处,人们听钟声,作为作息制度。"

一听,我茅塞顿开:难怪这里的人,一见面互称老师,原来这个村落,不是一般的村庄,而是一所聚居着高级知识分子的"学校",而住在"学校"里的专家、技术员,怎会有闲情养鸡犬呢?

我跟那小伙子并排走着，突然他离我而走，走到右边几十步远的桃树下，举槌在敲"钟"。我一看，那不是钟呀！分明是一块像锄头般的铁片。

也许他为了赶时间，还得到那山敲钟去，便匆匆向我们告别。我们也赶着看日出去了。

昨晚来时，看不清沿途的东西，此时山坡裹在晨曦里，已露出他的"真面目"。这一"露"倒叫人吃了一惊！原来片片的山坡，却是丘丘的花果"实验田"。

有桃树、梨树、苹果树的"实验田"，还有梅树、葡萄等等"实验田"。哦！它们正开着白花、红花、紫花、黄花呢！可望呀望不尽边……

汽车半走半停，我们不时从车上跳下来，观看和"争论"这是什么果树，那是什么花果。

尤其是那片梅林，枝头正开着无数点点的小白花。看那树桩头："古"与"老"，"奇"与"怪"，给人有一种横斜疏瘦与"老枝奇怪者"的感觉。如果选几株来制作树桩盆景，倒够欣赏标准与韵味。

博文兄感叹说："这些树龄可能有二三十年了吧！"的确，从树桩看，显得苍老了，而从枝头看，那朵朵花还俏丽呢！

"为什么开的都是白花?"博文兄问。我说："红花，属观赏梅，白花又叫果梅，果实可制作梅干、咸梅等。"不知答得可对否？

眼看这无边无际的果林，脑子也无边无际地驰骋着：为什么这些长在寒带、亚热带的果树，能在热带地方安家落户，繁子衍孙呢？这些果树不知经过怎样嫁接、改良，才能适应这里的水土？这些移植的果树，会不会有所"变种"呢？所结出的果子与地道的原汁原味有什么不同呢？

当然，我不是搞农林的，以上问题将会长期在脑中"存档"，但我对培育这些"新生代"的专家技术员与劳动人民是十分敬佩的，从心底向他们表示敬意。泰国有这样一大批有敬业精神的人，便高山可移，海水可翻。

人的情绪也会随着"景"而变化。昨晚我想看樱花的情绪，顿时被眼前的"景"所掩盖，所占据了。

据记载，地球上的植物有二十多万种。我想，眼前所见的这种种，该不是属于在"群芳谱"之中吧！

它开在皇上开发山地御计划的园圃里，开在原来长满罂粟花的边陲深山里。它给穷乡僻壤人民造福！它是人们理想之花，是一种比樱花更美之花——幸福花。

但丁在《神曲》中写道：

　　　我向前走去，

　　　但当我一看到花，

　　　脚步就慢下来了……

的确，我们不由自主停留下来，陶醉在姹紫嫣红的幸福花中。不知此时此地是花的相邀，还是我的情绪，我的生命也化成一朵花似的，陶陶然，欣欣然地溶入这理想花的大自然中。

当从"醉"中醒来，又想起要赶到山顶看日出时，抬头一看，太阳已爬得老高了，还睐着我们笑哩！

在回程半路上，我们买到挺漂亮的柑、梨、苹果等水果，这些以往都在曼谷唐人街购买，还以为是"舶来品"呢！现在才知道，多数都是皇上开发山地御计划所生产的东西。这些与原地道的佳果品列相比，几乎可以达到"真假难分"的地步了。

回到家里，太太问我："看到樱花没有？"

我说："没有！"

她"咦"的一声。

我倒情不自禁地说："樱花虽未看到，但看到一种比樱花更美的幸福花！"

"幸福花？"她愕然。

我笑着点头。

猴面鹰哀思

游览福建武夷山回来，已过半年了。对那里的"碧水丹山"的天然美景渐渐淡忘，而对那晚投宿武夷山下，偶然亲眼见到两只珍禽猴面鹰的不幸遭遇，郁郁的心绪越积越沉重，以至深夜辗转反侧，不能入眠，好像不从内心深处发出救救那里的珍禽奇兽的呼声，就几乎要造成失眠症了。

去年初冬，正当橘子红透之际，我们去游赏名传遐迩的武夷山。

武夷山素有"奇秀甲于东南"之美称，在文人的笔下，更把它美化了，说

"去攀登天游诸峰"外,还可"泛筏游九曲";"去寻访千年老茶树——大红袍"的同时,还可谛听"鸟类天堂""昆虫世界"和"蛇的王国"绝妙的交响乐。

那天,到达武夷山下,正是暮色朦胧,由于冬寒,属于旅游淡季,大小旅店都到车站拉旅客。我们走进一间没有挂牌的小饭店。店主肤色黝黑,倒像个地道山里人。

他招呼我们坐定后,热情地问:"要做什么吃的?"

"有什么好吃的?"

他顺口念出几种菜谱来。

"有野味吗?"

"先生,没有!这里是国家自然保护区。"

他话还没说完,突然从店后传来阵阵婴儿般的啼叫声,越叫越响。声音渐渐变得恐惧,像被杀害似的。

"这是什么声音?"我诧异地问店主。

"是猴面鹰。"店主指着邻桌补充说:"是他们从外头买来杀的。"

我顺着店主的手指看去,邻桌坐着一男二女,穿戴似本地干部。桌中间摆着一瓶竹叶青,放着四个小酒杯,他们正漫不经心地嗑黑瓜子。

我自忖:猴面鹰像什么样子?像鹰还是像猴?我从来没见过呢。

"先生,你见过猴面鹰吗?它的肉比什么野味都香;它的鲜血配酒还可以治顽固头风病呢!"店主笑嘻嘻地对我说。

我读过本草学,只知李时珍的《本草纲目》记载:鹰头"一枝烧灰,酒服","治头风晕运",尚未听到猴面鹰的鲜血能治顽固头风病。假如真有其事,那对本草学也是有益的补充。

于是,由于好奇心的驱使,我擅自走进店后看看。只见一个穿着白长衫套着灰色毛线背心的汉子,独自蹲在炭黑般的墙角,像杀鸡似的,倒提着猴面鹰,手上那把利刃已在颈上切了一道小口,鲜血正在如注地喷出。开始它还有拼命挣扎的力气,叫出怪可怜的惨声。声声惨叫,像根根的针,扎痛我的心。碗里的血渐渐多了,惨叫声渐渐地小了。最后它拍打着坚硬的翅膀,做了垂死的挣扎。终于它垂下了不屈的头,"咯"的一声,它……死了!面对此时此景,我不禁产生怜悯的同情心,觉得人有时也不可思议,为了腹中食,口中福,竟然把一只好端端的珍禽奇兽宰了,吃了,于心何忍?!

不久,一盘香喷喷的红烧猴面鹰的野味在四方形的桌上腾腾地冒热气。

他们四人欢天喜地,边举着盛满猴面鹰的鲜血的酒樽干杯,边津津有味地夹着猴面鹰的肉送进嘴巴去。这个没挂招牌的小饭店,似乎就成为他们品尝这个自然保护区的野味的小天地。

晚饭后,我们到镇上溜达,在一拐角处,看到一个坐在板凳上的老头子,摆着两个铁笼子,一个装着几条蠕动着的蛇,一个关着一只缩着颈项的鹰。在若明若暗的路灯下,我还以为是一只山鹰。走前一看,我似乎不敢相信自己的眼睛,在那个铁笼上挂着牌子,上面写着"国家二级保护动物——猴面鹰",并且在牌下还标价,每只二十八元。

我又惊又喜,惊的是明知是国家二级保护动物,为什么还敢抓来卖,当地"人民公仆"不管吗?喜的是,刚才在饭店里没看清猴面鹰长得像什么样子,现在可看清它的真面目了。

我蹲下去仔细看,真可爱。它面部像猴子,尖尖的嘴像猫头鹰。在那肉色的猴脸上,不仅可见到分明的皱纹,而且似乎还有喜怒哀乐的表情,那双像宝石镶嵌的灰蓝色的眼睛,似乎能善解人意。它凝视着我,抖动着点点花斑的双翼,眼里还充满生的希望,好像遇到贵人,要我行行善,把它放出笼去。我用手指逗弄它,瞬息,它浑身哆嗦,怒发出"空中狮虎"般的野性。看它那铁爪斜扒在铁笼壁上,坚硬的尖嘴死咬着铁丝线。它好像要凭它那固有的"翰飞戾天,骨劲而气猛"的天性,企图冲出拘禁它的牢笼去。可是,它几次猛扑,总是枉费心机。也许它又预感到,"天夺其魄,死期将至",整个猴脸仿佛蒙上了一层忧愁的面纱。它的羽毛,它的尖嘴和爪子,都似乎带有一种凄惨的神气。它的眼睛还涌出晶莹而伤心的泪水!

"先生,买一只吧!刚才卖掉一只,现在就剩一只了。你就买了它吧!特价二十五元!"

我心一怔,刚才那汉子杀的猴面鹰,就是从这里买去的。它们原来可能就是一对"爱侣"。

或许我考虑到猴面鹰是国家二级保护动物;或许我来自佛国,多少有点普救、超脱生灵痛苦的胸襟。于是,我起心买它来放生。

当我掏钱时,便被陪我去的国内亲戚制止了。他说:"这么黑的天,你放它走,它也飞不远。等一下,又被他们抓来卖了。"

"先生,放生是一种积德!猴面鹰,夜里看得见。"那老头说。

"别听他说,我们走吧!"陪我的亲戚拉着我走。

回到旅店,我的心情很沉重,躺在床上,耳边隐隐约约响起那只被宰的猴面鹰的悲啼声,闭上眼睛,又好像见到那只被囚在笼里苦苦哀求"救救它"的猴面鹰的眼睛。我忍受不了这种内心的谴责。我急忙起床,走到那个转角处,只见剩下一个空笼。我急问:"猴面鹰呢?"

"刚被人买去了!"老头子呵着寒气答。

"哦!"我呆呆地望着空笼里留下几根脱落的羽毛和一堆还冒着热气的尿。

柳宗元在《笼鹰词》中写道:"但愿清商复为假,拔去万累云间翔。"我希望此诗句在此时此刻能成为现实。我茫然抬头望着寂静的星空,在前头陡峻的峭壁,一半有月光照射,一半却给黑沉沉的山峰的阴影笼罩着。我望呀望,我寻呀寻,总盼在有月光照射的那一半,能见到猴面鹰快快乐乐展翅飞回老巢的身影。

我带着怅然的心绪,拖曳着沉重而迟滞的脚步返回旅店。不料走到那间没挂招牌的饭店门前,突然又听到店后传来阵阵像婴儿的啼叫声。我不禁打了个寒战,心中有无限的慨叹:"悲夫!世上又少了一只珍禽猴面鹰!"

时间过了将近一年,但被誉为"鸟类天堂"所奏起的这曲哀乐,还一直荡鸣在我的心灵中。

🌴 评论

《猴面鹰哀思》讲述了"我"游览福建武夷山的一次经历:目睹了两只珍禽猴面鹰被暗箱买卖食用的残忍现实。在自然保护区内竟然存在大肆捕杀珍禽的行为实在令"我"吃惊,人们以猴面鹰的鲜血能治顽固头风病为由无视规章法律,贪婪地为牟利而不择手段残害生命。"我"出于好奇走进后厨,竟然见证了这一"犯罪"现场的始末,其间"我"错失了一次拯救猴面鹰的机会,因此始终后悔惋惜不已,现如今也只能够以哀悼祈福聊表心中难以排遣之情。

文章开篇以武夷山的美景和传说导入,这与后面当地人私自捕杀猴面鹰的残酷行为形成对比。时过境迁,武夷山的美景渐渐淡化,但是猴面鹰的不幸遭遇及那几声惨绝人寰的悲鸣却时时浮现。实际上,曾心在《猴面鹰哀思》这篇散文中通过自己的一次旅游经验,不仅表达了对保护野生动物的支持和捍卫，而且也对人类为利益而恶意捕杀野生动物的行为进行了控诉和批评，虽然语言文辞并不见犀利，但"我"的忏悔之情——无论是为自己没能及时解救猴面鹰，还是为捕杀者的残酷恶行，始终贯穿全文，这种忏悔的力量往往比直面批判更能触动人心。

曾心的散文每每从细微之处入手，在日常琐碎中选取题材、捕捉描写对象，用以小见大的手法去管窥生活的趣味、去体悟生命的奥秘、去感受自然的灵动。平淡质朴的语言不乏趣味和幽默，生动细致的描写加强了散文的精致感，同时也显示出曾心对于生活的热爱和珍视，唯有真正热爱生活的人才能够以审美的眼光在一地鸡毛的琐碎生活中源源不断地发掘出乐趣和生机。

（岳寒飞）

若 萍

若萍,本名翁惠香,出生于1952年8月,泰籍华裔,祖籍广东省潮安县,原居泰北清迈府,长期任职于报界,20世纪80年代开始投稿各华文报副刊。出版著作有《龙城河畔》《佛邦漫笔》,译本有《论藏之究竟法概要》《佛法是什么》与《佛法讲座》等。作品《生日礼物》曾获2008年泰华作协举办的微型小说比赛亚军。《半个油饼》获2013年泰华作协举办的闪小说比赛季军。现任泰国华文作家协会副秘书长。

泼 水 节 的 联 想

宋干节,又称泼水节,是泰国的新年。在泰国,泼水节想要玩得痛快,且又能够领略到泰国传统文化特色的,就应该到泰北的清迈去,即使是陌生人,也都能在满城欢腾的节日气氛中,感受到北地兰娜民族淳朴友善的热情。

清迈这个风光秀美的山城,几乎一整年都沉浸在喜庆欢乐的气氛中,紧接着的各个庆典,就像冲击岸滩的浪花,一拨接一拨地涌入这著名的旅游城市。

进入炎热的四月天,马路边各色的花树都开得灿烂,加上市政府精心栽培,点缀在市中心各处的色彩鲜艳盆花,拥簇得整个城市万紫千红,迎接这泰族人民的喜庆佳节。

清迈的宋干节,当地人还保留着泰北兰娜族的美好习俗,接近新年,少女们换上婀娜雅丽的长筒裙,鬓间脑后插上鲜花;而更多人喜欢穿那深蓝色、宽松舒适的粗布衣裤,挂上一串茉莉花串,再往脸上涂一层浓浓的白粉,男士在腰际系上一条腰布,那就是标准的本地人装束了。

围绕着清迈古城的护城河,是清迈玩水最热闹的地方,古老的护城河边,成排的花树上串串黄花挂满枝头,在和开得红彤彤的金凤花争艳斗丽。护城河中每隔一段距离便有一个喷泉,河边风光美不胜收,山城景色处处均宜人。

新年期间,人们在自家门口,摆上桌子,聚在一起吃喝玩乐尽情享受,又向所有来往的车辆和行人泼水,或把大水桶搬上小载货车,开到各处去玩水,那更加惬意。在游人密集的护城河边,人们用小桶打起河里的水,泼在交通已经瘫痪的车辆上,或是在马路上打水仗,喇叭声、尖叫声、笑声,还有敲打水桶声,以及那随处可见,正在如痴如醉地扭着身躯、摇摇晃晃、舞手蹈脚的人,交织出一片狂欢的节日景象。

十三到十五日是清迈宋干节的高潮。十三日午后,清迈所有的古刹名庙,都请出镇寺主佛,供奉在装饰得花团锦簇的花车上,在市中心列队游行,接受千万善信的沐佛顶礼。

舀起漂浮着鲜花香草的清水,盛满了虔诚的祝祷心愿,化成满天的飞雨,飘落在高高在上的佛祖身上,流淌在佛座下的水又洒向四周的善信,圣洁的法水弥漫于整个空间,像是佛法散发出来的甘霖,滋润了所有的生灵,佛光普照,人心一片祥和。

四月十四日也是泰国的家庭日,提倡家庭的温暖与凝聚力,在泰北也是还沙入寺的日子。清迈的每一条街道都有佛寺,寺庙是人们时常进出的地方,进出频繁,寺院里的沙土会沾在脚板下被带到庙外,对于虔诚的佛教徒来说,侵占了佛寺里的东西,即使是沙土,也是罪过,所以在新年的吉日,要把可能被带出庙外的沙土归还佛寺。

人们从河中掏出清洁的细沙,在佛院里堆砌出一座座插上彩旗的湿沙浮屠。据说青年男女共砌沙塔,来世可再结为夫妻;老年人堆沙塔,可长寿健康;少年人砌沙塔,意味着将有鹏程万里的前途。

十五日是敬老尊贤的感恩日,人们备了瓜果礼品、清水香花,登门去向有恩德与尊敬的长辈或友人滴水敬礼,或是到寺庙听经拜佛。这天清迈府辖下各县的人民,备了地方的蔬果特产,一路敲锣打鼓,又歌又舞地去向府尹滴水拜年,队伍经过处,总有人也舞起双手、扭动着腰肢加入。

滴水致敬的节目在接下去的几天也一直延续着,尤其是乡下地方,宋干新年,前前后后庆祝了十多天。

泼水节,本来有着极其美好的意义,具有浓厚的宗教色彩,闪烁着祖先的智慧——经过整一年的辛勤劳动,在炎热的四月天,让清凉芬芳的清水,驱除炎夏的燥意,也对滋养着大地万物的水源表示感恩谢德,对人与人之间表达了衷心的祝福。但时至今日,除了一些地区,还保存着滴水祝福的传统风俗习惯外,很多地方的宋干节在形式上已变了质,由原来的以花香水温文恭谦地滴在长辈的掌心上,同辈则在肩部轻轻洒下,口中轻声祝福,亦为自己或曾有过的触犯行为,请求对方谅宥,发展成为没头没脑的乱泼乱浇,甚至用上了污水、浊水、冰水、浓粉水……

站在环保的角度来说,现在的宋干节,也已由对水的感恩演变成对水的无情糟蹋!

为了迎接一年一度的泼水佳节,清迈的水利厅在早几天前就放下清迈水坝为供农作物的蓄水,先冲走了护城河中的污水,再贮满清洁的水,让人们可以酣畅地泼个痛快!

你看围绕着清迈古城四周的护城河边,数不尽的人提着数不尽的水桶,从天亮到夜晚,舀起河里的水疯狂地浇泼在污水溢流的马路上……城市中其他马路也不逊色,长长的塑胶管接通了水龙头,自来水就这样从早到晚一整天地流淌着,流淌着……

为了促进金钱的流通量刺激地方经济,官方老早就展开对泼水节的游览宣传,为使泼水节更加热闹,全国各地都热烈响应。举办各种庆典活动,媒介上看到的都是湿淋淋的狂欢画面——整个国家像个大乐园,举国欢腾,每个人都在笑。

欢乐的高潮过去了,人们又回到现实——回到生存越来越不易,生态环境越来越恶劣的现实!

田中有米,水中有鱼的生活环境,曾经是泰国人引以为傲的上苍宠赐。的确,泰国得天独厚,山清水秀,天然资源丰富,土壤肥沃,人心纯良,真是黄金半岛上的人间天堂。

但现在,原来是郁郁葱葱的林木几乎被砍伐殆尽,水土流失的结果带来的是天灾频繁,近多年来,洪涝与干旱几乎每年都前者去、后者来地相继在这片曾经是人间乐土的佛国肆虐,而且有逐年严重的趋向。

工业社会的飞速发展带来的是对生态环境无可弥补的污染与破坏,就在数不尽的人正在泼水节的狂欢中歌舞庆升平,尽情地把清水浇泼到已浊流成溪的马路上的同时，还有不知多少的人，围聚在几乎干涸的池水边，对着舀起来的半桶黄泥水一筹莫展——一方面是大声疾呼号召节省能源、为国家为人类爱惜天然资源，另一方面却在进行着毫无节制的任意糟蹋！时代的发展真是充满了矛盾。

节日若无酒助兴，仿佛不成其节日，在酒精作祟下，宋干节也是车祸发生最多的节日。为了减少交通意外，"酒醉不驾车"的呼声千遍万遍地响着，但宋干节期间的车祸记录，迄今仍没有任何一个节日能打破！

龙 城 河 畔

我曾在伯父的鱼露厂里住过一个时期，伯父的鱼露厂在沙穆沙空府的龙仔厝海边，三十多年前的龙仔厝只是一个宁静的、靠海吃饭的小渔村。只有一条窄窄短短、没有汽车行驶的街道，两旁是高低不一的老木屋，紧沿着街道的一边，是一条通海的大河。居民在河边建了很多泊船的浮台，每天早上就是这些浮台最忙碌的时间，出海捕鱼的渔船归来了，人们围拢上去，谈论着此趟出海的收获，谈着海湾的鱼群和风浪，交换着大海的知识。皮肤黝黑的小伙子吆喝着从船舱里扛上一篓篓的海鱼，有人眼明手快地从篓里把一些较大的鱼挑出来以能得到更好的价钱。姑娘们就蹲在路边，给鱼儿切头开膛，她们刀法娴熟老练，一刀横，一刀斜，不一会儿便切好一堆堆的鲜鱼。要晒干的鱼就铺摊在街路边，或是屋旁的空地上，下午人散了，街道上便冷清了。

伯父的鱼露厂就在街的尽头，远远地看得见辽阔无边的大海，鱼露厂后面是一片无路可通的栳仔树丛林。每天我们坐在门前的浮台上，看着渔船在黄昏时分轻快地开出海，看着它们在天亮时载重归来。离岸不远的海湾中就有丰富的渔产，捕捉一个晚上，都能满载而归。

黄昏海水涨了，浮台又成为孩子们的乐园，他们在清澈的绿波里翻滚追逐，爬上浮台又跳下水，叫声、笑声，还有大人的呼唤声，响彻小渔村。入夜，如还没有倦意，可以来到浮台上，低头注视那平静的海水，黑黝黝的海水里，有什么东西在像星星一般闪烁着？啊！那是虾，成群的小虾呀！还有那偶尔"哗啦"一声跳出水面，泛起一片粼光的鱼儿，在咸咸的海水里，小鱼小虾都无所遁形。

潮水退时,退潮的海水也带来了上游田地里的田蟹,拿了个长柄勺子,站在浮台上捞取那膏腴肥美的田蟹,用盐水腌起来,就是让人回味无穷的佐粥佳肴了。

啊!海是母亲,丰富的资源滋润了大自然,育养了大地儿女。

三十多年后的今天,我又回到这昔年的小渔村。自从公路网铺到这个地方,龙仔厝不复昔年纯朴宁静的世外桃源,原来的低矮木屋建成了高楼,热闹繁荣的市区并不比任何城市逊色。鱼露厂后面的椗仔树丛林不见了,取而代之的是宽阔的柏油路。公路四通八达,以前作为主要交通工具的大小船只都被淘汰了。

最令人心惊的是坐在浮台上,已经见不到昔日朝夕往返的捕鱼船。据说,因为没有节制的大量滥捕,加上先进的捕鱼工具,这里的海湾已经无鱼可捕,必须到深海域去捕鱼,只有大渔船才能出远海,却再也不可能像以前那样轻松一日往返了。

在吆喝声中扛起鱼筐已成绝响,浮台旁不再有嬉水的孩童,不再有荡漾在水面上的笑声,不再有在静夜的海水里闪着粼光的小鱼小虾,也不再有随着潮退漂浮而来的肥美田蟹……只有日夜不息的海水在哽咽。

海水都变黑了,变臭了!海边还是潮起潮落,潮涨了,灌进来的是混浊的黄流,潮退时,腐烂的植物、肮脏的垃圾浮满水面,还有一大片、一大片跟着潮水荡来荡去的石莲……

把垃圾丢进河里,是最直截了当的处理垃圾方法,这贪图方便的自私行为计岸边的人家每天把垃圾往水里倒,工厂区的废水也不断往河道排放,乌黑腐臭的污水染黑了水边的水泥柱,毒水里再也看不到生命的迹象。

海的母亲正在窒息,像其他很多地方的江河山林一样,正逐渐在人类无穷尽的贪婪欲望中死亡。

大自然给人类提供了完善的生养环境,使生命得以源源不绝地延续,但人类对大自然的破坏却无所不尽其极,大自然如果被扼杀,人类又能生存吗?

评论

　　本文是一篇讲述龙城河畔今昔巨变的生态散文。文章前半部分讲述了"我"记忆中的、三十多年前的小渔村生活美景与趣事：渔民出海捕鱼满载而归，黄昏涨潮时浮台成为乐园，鱼虾成群育养了大地儿女……字里行间可以感受到作者饱含着的浓厚的喜爱和怀恋之情。而后半部分讲述了三十年过后的、今天的小渔村现状：木屋变为了高楼，柿仔树丛林被柏油路取代，海湾已无鱼可捕，海水变黑，鱼虾不再，垃圾遍布，废水乱排……字里行间同样可以感受到作者饱含着的浓厚的激愤与忧虑之感。

　　文章通过对比的表现手法，将小渔村曾经的美好与当下的糟糕两相对照，突出当下环境污染和生态恶化的严重，谴责了人类对生态自然的破坏，控诉了人类无穷尽的贪婪欲望所带来的危害，给人启鉴也引人反思。

　　作品集记叙、描写、抒情、议论等多种表达方式于一体，使得作品的表达更为灵活，内容也更为丰富。比喻、排比等修辞手法的积极运用也为作品增色不少。语言上比较流畅、优美而富有亲和力，情感也真切而分明，结构安排得较为合理，主题也能契合实际、关照当下，总体呈现出作者一定的创作水准、社会责任感与批判意识。

（李仁奎）

杨 玲

杨玲,生于 1955 年 5 月,祖籍中国广东潮汕。作品发表于泰国《世界日报》《新中原报》《亚洲日报》《泰华文学》和中国等地的报刊。现任世界微型小说学会副秘书、泰华作家协会副会长、《泰华文学》编委、小诗磨坊成员。2012 年出版泰文小说翻译集《画家》,2013 年于四川文艺出版社出版微型小说集《曼谷奇遇》。2005 年和父亲老羊合著出版《淡如水》文集,2007—2018 年和泰华诗坛诗人合作每年出版《小诗磨坊》。2008 年、2009 年再和父亲合著微型小说集《迎春花》、诗集《红·黄·蓝》。2014 年获首届世界华文微型小说双年度优秀奖,2016年再获第二届世界华文微型小说双年度优秀奖。

金秋之旅

一、你好,南澳!

"你好,南澳!"我来了,2018 年 10 月 23 日从曼谷飞汕头下机转车去南澳,参加 2018 年金秋十月潮汕文化之旅暨《侨批里的中华情》首发式。面包车在高速公路上驰越,经过南澳大桥,一路上的海景美色,使我目不暇接。

踏上南澳岛,住进了南澳欣涛度假村,海边的景色宜人,深深地迷住了我。

我怎会参加到这个充满国际华文文学大神作家写作阵列呢？实际我是混进来的,也是偶遇。2018 年 1 月 8 日,我收到世界华文文学会会长王烈耀先生的一封邮件,要我转给泰华作协永远名誉会长司马攻先生,邀请他写侨批点评,司马攻会长一口答应了并让我回信,于是我和《侨批里的中华情》编委会联系上了，有了信件来往。

过了几天我收到编委会的新来信，邀请我也撰写侨批点评，我想自己肚子里几点墨水自己最清楚，实在没有信心写好。但是这是一个学习的好机会，于是硬着头皮上，经过前辈精心指点，3月初总算完成一篇点评，收到《侨批里的中华情》里，"滥竽充数"成功了。

接着本书掌门人新加坡著名作家蓉子成立了微信群，我一到群里，见多位群友都是我敬仰的学者专家，除了出钱出力的掌门人姐姐之外，还有刘登翰教授、陆士清教授、白舒荣大姐、林论论院长、王烈耀教授，和新马几位见过与没见过的教授和作家，群星璀璨，光芒耀眼。

以后微信群陆陆续续传来编书、印书的进展消息，在9月下旬中秋节，微信群掌门人蓉子姐姐发出邀请，呼吁群里各位作者参加2018年金秋十月潮汕文化之旅暨《侨批里的中华情》首发式，时间定于10月23日—10月27日，到南澳和潮安去。

啊，南澳，一个我很想去的地方，36年前曾去过，当时它还是一个尚未开发的原始小岛，什么旅游设施都没有，连个码头都是暂时简易式的，不过未经污染的沙滩和蓝天白云给我留下了深刻的印象。

近几年到汕头去总是遇上冬天，加上来去匆匆总没法安排，这一次是好机会了。我报名金秋之旅，圆我多年的梦想。

南澳欣涛度假村是临海的酒店，二楼的房间外是个大阳台，用舒荣姐的话说："阳台比房间大，是个喝茶赏月的好地方。"可惜晚餐总结束得较晚，白天都是岛上游，没有时间去阳台享受。

于是早上我特意早起，在阳台上等着看日出，可惜两个早上都没有见到。只见天边发亮，红日躲在云层后，不知为何羞答答不肯露面。意外的是天上西边的月亮还未沉下，坚持挂着，她的脸色已经苍白，没有晚上的饱满发亮，是月亮值了一个大夜班，太累了吧？勤劳的月亮，请下山歇息吧，晚上再见圆满的笑脸！

在南澳岛上，我游了宋井、云盖寺、黄花山、南澳总兵衙署等美丽景区，这里面朝南海，濒临国际主航线，是发展远洋海运业的理想地。历史上既是兵家必争之地，也是东南沿海通商的必经泊点和中转站，素有"闽粤咽喉、潮汕屏障"之称。全岛地处南亚热带，北回归线横贯全岛。气候宜人，冬暖夏凉。岛上旅游资源十分丰富，具有"海、史、庙、山"相结合交叉特点。全岛海岸线长 78 公里,大小滩头 61 处,共 17.5 公里,可供旅游沙滩 60 处。岛内已发现和修复的文物古迹 50 多处,已建成全国第一座县级文物古迹博物馆。有亚洲最大的风力发电场;有我国仅有的海岛特色的国家森林公园,岛上大小寺庙 30 多处,岛上峰峦千姿百态、造型奇特、形象自然,是避暑、度假、登高的好去处。南澳自然生态环境良好,北回归线横穿海岛,岛上植被茂密,森林覆盖率超过 70%,绿化率 94.6%,县城人均公共绿地 5.49 平方米,共有植物 102 科,约 1400 多种,是北回归线上的一片绿洲。

我们到"知青农家乐"用过午餐,地道的南澳番薯、玉米、地豆(花生)、新米糜、菜脯(萝卜干)、现摘现炒番薯叶,还有土鸡、土猪,等等。我是潮汕人,爱吃潮汕菜,我看外地人士也吃得不亦乐乎,证明潮汕菜真的好吃!

金秋十月潮汕文化之旅首站——南澳,一个美好的开始,我认识了南澳的新貌,新画面永藏在我心头了,离开南澳时,再对它说:"你好,南澳!再见!"

二、故乡潮安

2018 年金秋十月潮汕文化之旅暨《侨批里的中华情》首发式在潮州市举行,我太久没去潮州了,听说这几年建得很美,所以决定参加了。

潮安是我的祖籍,我们是华美(下尾沈)厝人,因为没有去过,讲不出一二,严格来讲,潮安是父亲的籍贯,反正祖籍就是祖传的,遗产之一。潮州市倒去过几次,我的印象中潮州是一座古香古色的小城,有引人流口水的家乡美食,还有亲切的乡音,于是我来了!

金秋之旅首站是南澳,在那玩了两天之后,25 日上午匆匆经过汕头市,参观侨批博物馆。中午赶到潮州龙湖古镇,这个有千年历史的古镇,地方很大,我们只看了一角,再赶到潮州市,《侨批里的中华情》首发式在迎宾馆举行,一番热闹,按下不表。

晚餐后,潮州市领导领着我们去牌坊街,今晚主要来看掌门人蓉子姐姐赞助的金石镇龙阁小学学生表演铁枝木偶戏。我们一行人来到台前时,已经有几十名观众在围观了,音乐响起,今晚演出的剧目是"井边会"。随着乐曲响起,小学生们认真地操纵着各个角色的木偶,活灵活现地表演了一场古代小将军出外打猎的短剧。木偶戏闭幕后掌声响起,小学生下场和蓉子姐姐合影、致谢。

我们赶到广济桥(湘子桥)头韩江边,去看晚上九点开始的著名"广济桥灯光秀",江边早已经挤满了无数的人。几位潮州市领导跑上跑下,打电话叫人,交警来用铁栏杆隔出一块地方,让我们好好地欣赏灯光秀。九点整,广济桥一带的灯光都灭了,地上天下一片黑暗。过一会又见广济桥的灯亮起,在四周黑暗的衬托下,显得广济桥那么美,那么有灵气,叫人心动。随着开场曲的《潮州人》响起,灯光不断地转换颜色和形状,璀璨绚丽,吸引人的眼球。岸边观赏的人群看得如醉如痴,不断地发出惊叹和赞美。怪不得流光溢彩的广济桥灯光秀广受好评,惊艳了国内外游客,成为网红桥,圈粉无数!

有道是:

潮州湘桥好风流,

十八梭船廿四洲,

廿四楼台廿四样,

二只铢牛一只溜。

广济桥建于宋朝,是中国四大古桥之一,历史悠久,命途多舛,一千多年来,天灾人祸,多少次建了毁、毁了建,历史总在重复,现在应该是定格下来了,老百姓安居立业,广济桥也妥妥地、美美地、平平安安地屹立在韩江上,被人欣赏、被人赞叹、被人崇敬!

26日,我们走马观花,参观了饶宗颐博物馆、开元路传统民居、牌坊街、广济桥(湘子桥)、韩山师范学院、淡浮院。白天阳光下的牌坊街、广济桥(湘子桥)又是另外一番风光,不一样的感受。傍晚,在淡浮院欣赏日落、晚餐。

27日,我们又参观潮州特产木雕、刺绣、陶瓷。午后,与会者上动车,上机,各自回家。我和蓉子姐姐去金石镇龙阁小学,周六老师和学生都不在学校,校长和主任赶来接待,参观学校后,蓉子姐姐把我送到汕头,我将在汕头机场上机回曼谷,金秋之旅圆满结束!

再见,故乡潮安,期望你变得越来越美!

看海

"摩廖"①发来微信:"星期天看海去。"

"好啊!我们去看海!"我最喜欢大海了。

周日早上,风和日丽,男女老少七个人出发了,我们看海去。

我问摩廖:"去哪里看海?"摩廖回答:"在曼谷市啊,挽坤天②。"

我在心里嘀咕着:"曼谷市的海好看吗?"

在此之前,我去过曼谷西边郊区龙仔厝府③看海,另外,也到曼谷市东郊挽蒲去看海。两地的海鲜都非常美味,但两地的海滩海水就不敢恭维了,沙滩的沙是灰黄色的,特别是挽蒲海滩沙底下露出黑色的烂泥,海水浑浊浊的,想起来就倒胃口。

摩廖告诉我要乘船出海,那我还有一丝期待,希望见到漂亮的大海,能享受我心爱的海风、漂亮的海景、美妙的海味。

由摩廖带队乘车到曼谷市西部,到挽坤天添他莱路下车,上了曼谷海景餐厅小码头的长尾船,游客在船上穿上橙色的救生衣,仿佛靓丽的时装,游客都拿出手机拍照留念。

长尾船开动出发了,船头船尾激起水花飞溅,就像我们兴奋的心情,心花一次又一次绽放!游客都拿出手机抢拍,拍人、拍海、拍景,人手一机忙得不亦乐乎。长尾船缓缓向前,海浪声为我们伴奏,乘客的欢呼声此起彼落,因为处处有惊喜,引起欢叹连连。

长尾船继续向前进,眼前就是泰国湾(暹罗湾),只见水鸟和海浪相互追逐,不时从我们的船边或船上飞过。这时目不暇接了,"海道"两旁都是翠绿翠绿的红树林,一眼望不到尽头,空气新鲜极了,海风吹来树木的清香,使人精神一爽,特别舒服。

水上人家交错露出,或红瓦白墙,或高脚木楼,屋前屋后绿树红花,就像

---

① "摩"是泰语中医生的意思,"摩廖"就是廖医生。

② 曼谷市西部一个地名。

③ 龙仔厝府,泰国共有76个府,相当中国省级行政区。

住在画境中。居民出入以船代车,我们来到的是一大片海边沼泽林带,也就是原生态的湿地,这才是泰国人传统的原生态生活方式,这才是真正的泰国。

目光回到海面,水中有一排排的竹子或木桩筑成的防浪栅栏,远远看到每根木桩上面好像有个什么白点,长尾船走近一点才看清,原来每根木桩上都停着一只水鸟,它们大概飞累了,捕鱼累了,停歇在木桩上。一排排的木桩,一排排的鸟,奇景啊!

船上的人惊叹连连!可惜水鸟们不为我们的赞美声所动,它们闭着眼,安详自在,继续睡觉,看也不看我们一眼。说不定它们在心里骂我们:"这些俗人,这些两脚兽,扰人清梦,鸟都没见过吗?大惊小怪!"

长尾船继续前进,碧水连着蓝天,近午时刻是涨潮的时间,风平浪静,船平稳地行驶着……

不知不觉长尾船已经行驶了约半个小时,终于来到出海口的地方,前面就是公海了,一片开阔的海面,无边无际的大海洋,只见水连着天,天连着海,海上没有波涛滚滚,没有水上人家、餐厅、红树林、防浪栅栏、水鸟了。

曼谷海景餐厅就在出海口附近,船在餐厅门前码头停下了,乘客一一上船后,侍者带路去餐桌就位。我们几名女将舍不得门口漂亮的花花草草,停步和娇艳的鲜花比美,于是人花合照,搔首弄姿,东摆一个 pose,西摆一个 pose。留下美美的倩影才甘心走人,吃海鲜去了。

在餐厅旁边坐下来,欣赏四周的海景,看着水鸟飞来飞去,吹着凉爽的海风,闻着我最喜爱的稍带一点咸腥的大海味道,品着红酒,吃着可口的海鲜,这大概就是我人生最好的享受了。我醉了,醉了……

酒足饭饱,餐厅的客人换了第二拨了,水鸟的叫声变成"不如归去",我们恋恋不舍告别曼谷海景餐厅,告别大海,告别长尾船,告别红树林,告别防浪栅栏,告别水鸟,再见! 我们将会再来!

🌴 评论

《看海》描绘的是作者的一次出海画面,周日早上,风和日丽,男女老少七个人出发看海去。作者本身因为之前的经历,不禁还有疑惑,"曼谷的海好看吗?"带着这样的疑惑,坐着长尾船开始了出发看海的行程。作者来到的是一大片海边沼泽林带，也就是原生态的湿地，这才是泰国人传统的原生态生活方式，这才是真正的泰国。作者不禁感叹道，没想到可以看到这样的奇景。最后，酒足饭饱，依依不舍地告别了大海。

《看海》这篇文章是一篇典型的生态散文，作者开头发出的疑问吊人胃口，之后又一步步慢慢深入，仿佛让我们也跟着他一起出发去看海，美景渐渐呈现在眼前，让人好不快活。作者的描写景物的写作手法生动形象，一幅大海、长尾船、红树林的自然美景就这样铺陈开来，呈现在读者面前。

（张瑞坤）

莫　凡

　　莫凡,本名陈少东,曾用笔名蓝焰,生于 1970 年 2 月,祖籍
广东省潮南区陇田镇。1992 年开始写作,作品发表于泰外报
刊。1998 年获泰华作协会与《亚洲日报》联合主办的 1996 年
征文金牌奖比赛散文亚军及短篇小说殿军奖;1999 年获泰国
商联总会主办的庆祝中华人民共和国成立五十周年国庆暨泰
中建交廿四周年国庆杯征文比赛诗歌奖;2004 年获泰华作协
与《新中原报》联合举办的短篇小说征文比赛优秀奖;2007 年
获泰华作协主办的微型小说比赛优秀奖;2014 年获首届世界
华文微型小说双年度三等奖;2014 获泰华作协主办的有奖征
文比赛散文优秀奖;2016 年获第二届世界华文微型小说双年
度优秀奖;2000 年、2010 年分别出版《小木船传说》及《心尘
集》。作品《偷窥》被录入《中外华文散文诗作家大辞典》。现
任泰华作家协会副秘书长、《泰华文学》编委及小诗磨坊成员。

人与自然——泰国特大洪灾有感

　　这是我的第一次! 与其说这是我陪记者的一次工作采访,倒不如说这
是我胆战心惊的一次"历险";与其说这是我胆战心惊的一次历险,倒不如说
这是我亲身体会到的一次人与自然的较量!

　　真的有"国运"这么回事吗? 确实很纳闷,泰国在经历了近数年的政治
斗争之后,局势在好不容易趋于平静之时,老天却给了它一个百年难遇的
"礼物"——洪涝。这无情的天灾,一下子成了泰国民众当前的疾首之痛。
据说,这次的特大洪灾,祸源是由于今年雨季雨水过多,造成北部的几个大
型水库(如蒲美逢、诗丽吉、巴萨朱拉室水库等)一同泛滥。它祸及北部、东

北部及中部等将近三十多个省府(如北揽坡、披集、程逸、大城、红统、巴吞他尼等),涉及的面积之广、持续的时间之长、损害的程度之大、疏散的民众之多、影响的层次之深、经济的损失之重,可谓史无前例了。要不是深入灾区亲眼所睹,还真的体会不到"洪水如猛兽;风力、水力、朝廷势力"的真正意思了。那"天苍苍,水茫茫"的情形,那田舍被淹,人畜静的"冷冷清清、凄凄惨惨戚戚"的场面,让我深深地体会到大自然那令人敬畏的力量,那活像好莱坞电影里的情节画面,真的教人触目惊心,惨不忍睹!老天究竟怎么了?我禁不住地一直想,是不是人类又犯了什么天条,惹怒了老天?茫无是处之时,我竟然想到了世界末日,想到了诺亚方舟,想到了《2012》的电影。确实,在自然灾害面前,人类又一次地暴露了自身的渺小脆弱,暴露了自身的无能、无助与无知!

因职业关系,公司特让我陪同两位从中国台湾远道而来的媒体记者,专程走访了几个被水淹的重灾区(大城、兰室、挽磨通、暖武里)。10月24日的下午,我陪同他们坐上面包车,风尘仆仆地朝着泰国的文化古都——大城的方向驶去。沿途车辆互挤,人潮如鲫,大都是"离家出走"的灾民。当车子来到了兰室的附近时,我们便遭遇了汹涌而来的洪潮。看涨似慢,但水位已在一米以上了,这已是面包车力所不能及的事。无奈,由于工作所需,我们被迫只好拦下一辆满载沙袋的十轮大卡车赶路。说来也巧,这是一辆要给大城工业区的台商运送"补给"的卡车。这辆"巨无霸",走在将近一米深的水里,依然车轮滚滚,宛若水上行舟,的确让我安心许多。我们是迎水而上的,许多路道已被泡在滚滚的浊流之中,一些来不及"逃"的小车也惨遭"灭顶";房舍更是岌岌可危,虽有的已在门口堆满了沙袋筑起了防护墙,但还是敌不过滔滔而来的洪潮,在无助中"沦陷";民众背着"家当",携妻带儿,有的徒步涉水,有的乘着自制的小舟,有的干脆搭上军队的卡车,反正刻不容缓,尽早撤离……我默默地坐在卡车背后的沙袋上,欲助莫能的心一直深深地被眼皮下的灾民所感动。他们不问姓氏,不分你我,互打招呼,互相鼓励,没有昔日的争斗,更没有红黄的纠葛;"狭"路相逢,只有互相帮助,互伸援手;吃的、喝的、拦路搭车的、私人的、政府的、慈善单位的……都在这淹水的路上温暖着人心。是"患难见真情",还是他们骨子里的信仰——泰人不相弃?的确,这是人与自然的另一次较量,是一次没有刀光剑影的战斗,人类也唯有这点戮力同心的精神,是自然灾害所不能打败的!看着那些从容淡定、有说有笑的灾民，我反而觉得倒是那些湍湍而来的浊流，在灾民们的脚底下"抱头鼠窜"了。看着想着，我竟然忘记了身边的两位记者，要不是他们那"咔咔嚓嚓"的声音唤醒我，那我必定在思潮中难以清醒而迷失了方向。

　　经过了三个多小时的摸索，卡车终于进入了大城的地盘，此时，夜幕已经降临。真的难以想象，这平时一个多小时的车程，在今天竟要花上三个多小时！透过仅有的昏暗的街灯，我惊讶地发现，这哪里是大城？这分明是一个"泽国"！往日那车水马龙的旅游胜地和熙来攘往的工业重镇，如今已是汪洋一片，杳无人烟；那被联合国教科文组织列为世界文化遗产的苍老古迹，在野水寒光中显得更为形单影只、死寂凄凉；特别是那几座高高耸立着，而又危危欲倒的古塔，宛若屹立在湄南河畔的耄耋老人，在等待着离家出走的孩子回归。我静静地坐在卡车背后的沙袋上，虽不至于"念天地之悠悠，独怆然而涕下"，但心还是在隐隐作痛，眼睛不由自主地扫视着四周，这夹在苍苍夜幕与茫茫野水之间的大城，俨然已成了一个远离内陆的孤岛，在茫无是处的洪流中挣扎、漂荡！

　　我开始怀疑起来，我开始怀疑起"人定胜天"那"含金量少而水分多"的论调来。地球上那自诩为万灵的人们，到底还要经历几多次"自然的洗礼"，才能在自以为是的美梦中觉醒过来，是这样的吗？真的是想靠几招"上天入地，改时换物"的技术就能战胜自然的力量的吗？如若是，那么，请回过头去看看吧，看看近十年来大自然的威力吧：2004 年的南亚大海啸、2005 年美国新奥尔良的大飓风、2008 年中国的汶川大地震，还有，2011 年日本福岛的……那些自然灾难，难道人类会随着时间的推移而淡忘么？那些自然灾难，真的不胜枚举，它一个比一个强大，一个比一个恐怖，一个比一个更具毁灭性！幸好，那些惨痛的血与泪的教训，最终唤醒了人类的良知和理智——要节能减排，要与自然共存！众所周知，地球上气候环境之所以会逐渐变得那么有"脾气"，在很大程度上都是人类惹的祸，都是人类自己造成的。人类为了自身的发展与生存，一直把自身推向与自然对立的边缘，而对自然资源进行的不加节制的掠夺、开发和破坏，不但造成了养育着七十亿人口的地球的负担，而且也加速了它的枯竭与"老化"。未雨绸缪，为应对全球气候变暖给人类的生存和发展带来不利的影响和威胁，人类已经没有过多的时间可以争论和浪费了，基于这一点，联合国于 20 世纪的 90 年代分别在巴西和日本通过和签署了《联合国气候变化框架公约》和《京都议定书》，这无疑是人类发展的福音,是神与上帝的心愿!

从北方而来的洪潮还在滔滔不绝地奔流着,虽谈不上惊涛裂岸、浊浪排空,却也令人胆战心惊,不寒而栗。我不由自主地仰望着浩瀚的苍穹,想起了远方同受水患的越南、缅甸和老挝;想起了老子"人法地,地法天,天法道,道法自然"的哲理;想起了佛教中所说的"梵是宇宙万有的统一体,世界的本质;人和自然都是梵的一个组成部分,它相互依存,相互关联";想起了培根的"人是自然的主人,可以驾驭自然,但要命令自然,就必须服从自然";当然地,也想起了爱密实基督教的一句格言:"我们所居住与使用的大地,并不是由祖先那里承袭而来的,相反地,乃是向后世子孙借来的。"

看来,人与自然是一个生命的共同体! 先贤先哲、先知先觉的智慧,难道还不够给力、不够深刻么?

坐在只能依着路边电线杆龟行的卡车背上,看着还在不断上涨的水位,想着随时可能掉入水沟的危险,我已经忘记了自身的疲累和饥饿,心突然变得不踏实起来。在昏暗的路灯下,我一直暗暗地在和神与上帝对话着,祈求我们能早点完成任务;祈求卡车不要在充满诡谲的路上抛锚;祈求人与自然重归于好,早日结束较量,走向共存!

🌴 评 论

莫凡的《人与自然》是一篇生态散文,记叙了作者对泰国特大洪灾的所见所闻,以及由此引发的一系列思考,呼吁人与自然共存。

泰国发生百年难遇的特大洪灾,涉及面积广,持续时间长,损害程度大。作者陪同媒体记者前往重灾区,一路所见,洪潮汹涌,昔日的旅游胜地和工业重镇已是汪洋一片,死寂凄凉的苍老古迹、岌岌可危的房舍和背井离乡的民众都在洪流中挣扎、漂荡。与残酷的自然灾害形成鲜明对比的是温暖人心的场景,湍湍浊流中的灾民们互相帮助、互伸援手,在这人与自然的较量中勠力同心,展现真情。

胆战心惊的历险,引起了作者对自然生态可持续发展的思考。人在"自然的洗礼"面前终归是脆弱和无助的,在惨痛的血泪教训面前,人类亟须反思我们对自然的改造是否超出了限度。生态环境关系人民福祉,关乎子孙后代和民族未来,必须停止对自然资源不加节制的掠夺、开发和破坏。

诚如作者文中所说，"人与自然是一个生命的共同体"。我们在"上天入地、改时换物"的同时，更要深刻理解人与自然的关系。人来自自然界，人与自然是一种共生关系，尊重自然、顺应自然、保护自然，就会得到自然的反哺，否则就会遭到大自然的报复，这迫切需要我们在建设美丽家园的同时树立人与自然休戚与共的生存观，对自然给予尊重、顺应和保护。

（孔舒仪）

印度尼西亚卷

黄碧珍

黄碧珍,原名黄贵蔼,祖籍福建金门。1949年出生于印度尼西亚东加里曼丹麻里巴板市,1964年到东爪泗水进开明学校高中部学习,1966年上高中二年级时学校被封闭,回乡与同学们办华文补习班直至1972年。1973年到泗水进同济医社学习针灸,一年后回乡,以针灸为人治病;爱好阅读小说、报刊等。1981年迁居雅加达,1999年底进《和平日报》工作,2002年初转入国际日报编辑部至现在。2001年开始学习写作,作品发表于《和平日报》《国际日报》及《印华文友》,2005年与其他7位文友出合集《生命的火花》,2012、2016年分别出版个人文集《迟来的春天》《雪泥鸿爪》。现任印华作协理事联络部主任,是《印华作协》会刊《印华文友》《国际日报》文艺副刊"耕耘"编委。

拾 荒 老 人

每天午后在哈炎勿禄路口等小巴要去上班时,总会看到一位老人在路边树荫下正在慢条斯理地整理从手推车里倒出来的东西。

经常见面就熟了,有时他会告诉我小巴已过,省得我再等车,而赶紧搭小"Bemo"去了。

有一天时间还早,他走过来与我闲聊,在言谈中才得知他今年68岁了,家住中爪乡下,育有4位子女都已成家立业各自居住,老伴在4年前去世了,自己在家闲着无聊,看到邻居朋友到椰城谋生,他便试试随同而来。这时我才能仔细端详,他是位慈祥的老人,皮肤黝黑,体形强壮,眼睛有神,干劲十足地搬出小车里满载的货,动作敏捷,看不出是已近70岁的老人。

他为何会去拾荒呢？原来在大芒果街某巷有一间专门收容愿意去拾荒的人，供住宿，把拾到的东西分成各种不同的价钱卖给他。

如原子水杯一公斤 4000 印尼盾，原子水瓶一公斤 5000 印尼盾，饮料罐一公斤 10000 印尼盾，纸皮一公斤 3000 印尼盾，等等。但都要把它们弄得整齐叠好，或压扁捆好才去交货。这样一天可得到多少收入？他回答说至少可得 3 万盾。听后又好奇地再问，有那么多，是到哪些地方去找呢？他便笑笑地说，很简单，只要每天一大清早 5 点钟就出发，在酒楼外面、酒店门前、商店门前、超市外面等都可拾到这些东西，如果等到早上 7 点后才出发当然什么也没有了，已被清理垃圾的工人带走了。5 点出发到午后 1 点钟就可"满载而归"，整理好后带去卖。如身体不累，下午 4 点再出发，至晚上 8 点又可得到 1 万多盾。

他又说，椰城地方大，城区相当热闹，对拾荒的人来说，只要勤劳有耐心愿意刻苦去干，风雨无阻，早出晚归不怕累，努力去找，维持基本的生活是不难的。

这让我深深地体会到人生的旅途不是一帆风顺，需要去拼搏，社会是个大熔炉，道路荆棘丛生，每个人要想成为成功的人，并不容易，需要认真负责、刻苦耐劳，更应有毅力、有勇气，坚定不移，自信地不断为美好的明天而奋斗，最后一定会成功。

🌴 评 论

本文讲述了一位拾荒老人虽年迈却仍勤恳努力地捡拾垃圾借以维持生计的故事。文章借"我"对这位拾荒老人的观察，写出了老人的慈祥、年迈、勤恳、能干等形象特点，并且后来借"我"与老人的对话，具体交代了老人的拾荒工作，体现出老人的乐观积极、勤恳豁达的奋斗拼搏精神。最后，文章以议论作结尾，点明了本文的主旨：人生的旅途不是一帆风顺，需要去拼搏，坚定不移，自信地不断为美好的明天而奋斗，最后一定会成功。

文章短小紧凑，对老人的外貌、神态等描写比较细致，能够有效地突出拾荒老人的形象特点。并且对老人的工作情况介绍得也很具体，包括一系列的数字说明，都能够给人以身临其境般的真实感，有如读者正在和老人对话一样。这种真实具体的说明介绍，能够较好地传达出老人有勇有毅的精神品格,也体现出了作者对拾荒老人的关爱和敬佩之情。

本文的选材贴近现实生活,关注底层人物的生存现实,反映出底层人物的精神特点,具有很强的感染力,也反映出作者的较强的社会责任感。总体而言,本文是一篇颇具有社会正能量的生活类小短文。

(李仁奎)

洪念娟

洪念娟,1950 年出生于印尼雅加达,祖籍福建金门县烈屿岛上林村。1965 年初中未及毕业因印尼当局封闭所有华校而辍学。

作品曾于《世界日报》散文比赛、苏北文学节诗歌比赛、第四届印华金鹰杯短篇小说创作比赛中各获优异奖,曾获第五届印华金鹰杯报告文学比赛季军、第六届印华金鹰杯微型小说入围奖、第二届全球华文散文入围奖、海丝梦中华情优秀奖散文,小说曾收入《世界华文女作家微型小说选》《浴火重生》《曙光》《梦想照进心灵》《浯岛跫音》《侨批申遗》等书中。

生态学习营

昨晚蒙蒙细雨的洒落,令今晨的天空更显碧蓝;教堂外草地上的露珠晶莹浑圆像一颗颗珍珠,随着太阳的升高,迅速蒸发消逝。三四十位天主教妇女会的成员早已集合在停车场等待,分乘六七辆车出发。二十多分钟的路程在大家七嘴八舌,谈东谈西中,一眨眼就结束了。

处于原始保护森林附近,下坡处,石砌的小围墙内,百花争艳,十几株高耸的松树围着两栋建筑物,前面一栋是砖造的平房,进门处旁边是办公室,朝里走是可供五十人用餐的饭厅。这就是我们的目的地。

生态学习营是由十二名社会知名人士发起建成的,他们的使命宗旨,就是唤起人们护理地球生境,保持创造物的完整,培养年轻一代拥有优良生物环境根基的自觉性,加强优良生态环境教育,他们从中小学学生中培养接班人,培养他们成为优秀的爱护地球、热爱环保的有用之人。

对环保的醒悟,使他们不再使用塑料袋和化学用品,他们把生态垃圾自制成肥科，用来种菜。提倡不吃家畜，因为养殖场的污染比汽车和工业污染大。

接待我们的年轻人，给我们呈上一杯用菇酿制成的菇茶，酸酸甜甜的味道令人忆起怀孕时喜喝的酸梅汤。喝完茶，得自己洗杯子，为保护地球，这里不用含化学原料的洗洁精，而用 larek 树的种子煮成的皂水洗碗杯，这种皂水不含泡沫，但能杀菌清油。为节省水，洗碗杯时，把杯子放在半盘水中用刷子洗刷清洁，才放进皂水中洗，然后从皂水中捞出，浸到另一盘温水，再放到热水中泡洗，最后，用清洁的擦碗布擦干，再放回原来放置的地方。几十人的杯子只用一盘皂水，二盘半的清水，一下子就洗得干干净净。

之后那位年轻人带领我们到另一栋楼的二层，四面用玻璃嵌成的木屋，木制的地板擦得光亮，把玻璃门折起来，空气变得非常流通，风徐徐吹来，闻得到清新的树木和泥土的香味，然后那年轻人打开屏幕播放视频，只见播放被解剖死去的鲸鱼肚里全是塑料袋和塑料用品，年轻人讲解化学和塑料的污染对地球的危害，水源的减缩，地球如今的热度，北极加速的雪融现象。需要我们大家提高节水和环保的自觉来挽救地球。

接着进来一位姑娘给我们奉上一杯茶，要我们在没喝之前先闭眼领略静思，姑娘轻柔的讲述，使我们联想到茶的种子，在黑暗潮湿的土壤里，经过雨水的滋润，阳光的照射，发芽成树，再经过选筛炒焙制成茶叶，冲成一杯茶水。茶的清香和温暖，再加上轻音乐的陪伴，一杯茶水带来的喜悦，闭眼之际，只觉得天地寂静，嗅着茶香，几缕花香被春风送进窗棂，加上泥土的清新空气，令人如入茶园。

之后，那位年轻人还带我们参观了菜园、瓜园和果园，一边养着几只羊和白兔，它们的粪便用来施肥。种的瓜果肥嫩硕大，果实饱满。这些都是有机种植。

接着，开饭的时间到了，我们回到餐厅，桌上已准备好饭菜，大家按自己食量很有秩序地拿食物，因来之前已被告知，在营里，不可丢弃食物，不可大声说笑喧闹，哪里拿的碗杯，洗好后要放回原处。

这次，参加生态学习营让大家明白环保的重要，十分敬佩无名英雄们默默而做的工作，为了我们的后代我们应该义不容辞地保护地球，为保护宇宙自然生态出一份力！

评论

　　《生态学习营》这篇文章属于生态散文。作者描述了自己的一次外出经历即参加生态学习营，营地的位置位于非常美丽的原始保护森林附近，而这个学习营的宗旨也是在于唤醒人们保护地球生态环境的心理，并且培养优秀的接班人，从生活最细小的事情开始做起，比如不使用塑料袋、自制生态肥料等。随后，作者详细描写了茶毕后他们清洗茶杯的整个过程，从洗洁精到皂水再到循环利用的温水与热水，这些东西却已经足够将几十个人的杯子洗得干干净净，足以证明一切出发点是为了保护地球的生态环境而想出的绝妙的方式。随后作者一行人观看了视频，学习到了导致地球危害诸多因素的知识，也亲身感受领略了一杯茶香带来的清新与寂静。晚饭当然也是按照吃多少拿多少的原则做到不浪费。

　　这篇文章的语言十分简约质朴，作者用最简单的话语描写了自己进入生态学习营一天的生活，在这期间作者保持观察与思考，通过品茶、洗茶具、参观菜园果园等行为领悟到了保护地球生态环境的诸多道理，作者也希望借此让更多的人明白地球生态的重要性，他感激这些无名英雄的默默付出，也希望能有更多人士携手来保护我们共同生存的地球。

（王思佳）

纪力秋

纪力秋,籍贯潮州,祖籍广东省汕头市,1952 年 3 月 5 日出生于印尼廖群岛省汕尾区吁隆村。自学汉语,2010 年中国华侨大学华文学院海外高等教育自学考试班本科毕业。牵头创立巴淡印华文学爱好者俱乐部,印华作协会员。

巴淡十二窑地名的由来

早年在巴淡的华人都知道有一个地方叫"十二窑",但是它的由来,就未必每个人都讲得清楚。

我初到巴淡时,曾经租用小船绕岛半周,陪伴母亲到巴淡岛南部的淡美诗小河河口,一座叫忠烈峒主侯王庙进香。我当时在庙里跟一位庙祝攀谈,知道庙宇附近有一些小岛建有许多烧制木炭的窑子。有趣的是,这些地方都有一个中文名字。其中有一个叫"十二窑"的地方就在淡美诗河的附近。可惜当时来去匆匆,并没有到此地看看。

后来都为了生活忙碌奔波,不觉一晃 40 年过去了,我却突然想起,且产生了想去寻访这个名字有点特殊的地方的念头。可是我没去过,只知道它大概的位置,是坐落在巴淡岛南部偏西的一处海边。于是,我花了两个下午的时间,询问了很多路人,往复走了很多冤枉路,几经周折后,才在一条靠近海边的小路末尾见到了它的真面目。

"十二窑"巴淡本地的潮州话喊它作 zab8 ri6 io5(tsapdzi io)。它是对岸巫鲁岛上一位华人老村长于 20 世纪初在此兴建 12 座木炭窑子的地方,故得名"十二窑"。我在后来的寻访过程中,有幸见到了这位老村长的孙女,一位住在巫鲁岛上,约有 50 多岁的女士,并和她住在巴淡岛的一位兄弟取得了联系。

话说,在上世纪初的巫鲁岛上有一位很富有的华人村长陈有士,他在斜对岸的巴淡岛海边兴建了12座烧制木炭的窑子,每年生产的木炭全部运往新加坡,卖给维多利亚街一带的木炭商店。后来老村长退休后,把木炭的生意交给儿子陈义城经营,一直到了20世纪70年代末,为了保护生态环境,巴淡政府全面禁止砍伐红树和烧制木炭,木炭的生产才被迫结束了。

现在的"十二窑"是巴淡十多个被政府列入保留计划的老村子之一。但是,如今这里只剩下一座比较完好,但在其左后方破了一个直径约2米大洞的木炭窑子。另一座则破败得很严重,只剩下残垣断壁。更令人担忧的是,现在剩下的这两座破窑子还被村民当成了焚烧垃圾的场地。令人惋惜!

不知道巴淡有关当局如何采取办法,去保护这些不可多得且不能复原的历史遗址?

奎笼

年初的西北风已经渐渐远去,到来的柔和的西南风徐徐吹送,阳光下的海面上泛起了波光粼粼。一座插满了木桩的奎笼立在了海岸外深水处,远眺时,像极一艘卸下了风帆的小渔船,停泊在银光闪闪的水面上。

今年的3月底,我和丹绒槟榔友人郑炎腾来到了民丹岛西南部的小渔村游玩,见到岸外这幅迷人的景象,引人遐思。

"奎笼"一词出现在星马两地和廖群岛一带的闽南和潮州方言里,是马来话"kelong"一词的音译词。它最初指的是在海岸边的浅滩处,用竹片编制搭建而成的一种围箱捕鱼陷阱。这种马来渔民的奎笼,一般都建在海岸边四五米深处,呈一个或两个重叠的长三角形的围箱,在围箱面向岸边的一端内侧开着两扇回向凹入的门页,中间留着一道约略一拃宽的门缝,门缝的外边有三排长长的竹排向外扩展,一直延伸到岸边。涨潮时鱼虾洄游到岸边的红树林底下觅食,退潮后有一部分的鱼虾就会顺着竹排内侧而下,误入围箱内。等到潮水完全退去后,渔民们就会把这道门缝关紧,然后用长柄子的抄网把围箱里的鱼虾捞上来。这种奎笼是马来渔民的传统捕鱼工具,也不清楚它有多久的历史了。

在廖群岛一带的一些小岛屿海边附近,有一种被当地人称为奎笼的渔寮。这种在晚间捕捞小江鱼和一些小鱼小虾之类的奎笼,是使用长木桩或一种棕榈树干搭建而成的。奎笼的平面通常呈长方形结构，一头使用亚答叶搭成小屋子，供工人住宿和煮小江鱼，中间的部分是一块晒棚，用以晾晒小江鱼，剩下的一头用来张网捕捞鱼虾，叫作"网棚"。网棚呈一个"口"字形，四周用几块木板铺成踏板，方便作业。踏板的内侧四个角各有一条笔直的棕榈树干直插海床，一条大渔网的四个角各绑着一个藤圈(现在多改用铁环)套在树干上。到了晚间，把渔网顺着树干徐徐地沉到海底，再点一盏光亮的煤油汽灯挂在渔网的中间靠近水面处，很多小鱼虾就会被灯光吸引过来，再过一段时间就可以起网了。

另外还有一种比较大型的奎笼，是由渔寮改进发展而来的。这种奎笼大多都是提供餐饮服务的海上休闲场所，集养鱼、垂钓和餐饮为一身，有的还建有客房供客人住宿。

周末和节假日，喜欢到海上休闲的人们，约上几个朋友到这种奎笼去享用海鲜或垂钓，享受人生乐趣。

评论

本文开篇以一段优美的景物描写向读者引出了文章的写作对象：奎笼。后文则主要从马来渔民的奎笼、廖群岛一带的渔寮两个角度向我们依次详细地介绍了奎笼的相关情况。

本文的语言比较优美，尤其开头处的景物描写，读来令人神往和沉醉。而且文章的节奏也较为舒畅，有一气呵成之势，且文章结构也较为匀称，总体给人以小巧美好的感觉。

本文重点比较突出，饶有趣味地将奎笼这一独特事物呈现在读者面前，读后能给人以一定的回想和回味。本文的作者应该是一个富有趣味的、对美好生活充满向往的人，这从作品的总体情调中即能感受得出来。

总体而言，本文更似一篇具有异域风情色彩的事物说明文，它为读者娓娓讲述了"奎笼"的起源、特点、结构、作用等相关知识。但因为文章缺少必要的说明方法，比如在介绍渔笼的结构、大小等时没有通过列数字、打比方、作比较等说明方法来呈现，可能会使得那些没有见过奎笼的读者难于构想，或者构想起来会比较费力，这是相对而言比较有缺憾的地方。

（李仁杰）

于而凡

于而凡,原名周福源,祖籍广东梅县,1956 年出生在印度尼西亚中爪哇梭罗市。万隆 Parahyangan 大学建筑系毕业,建筑作品曾获得印度尼西亚建筑协会奖章。印度尼西亚文散文曾被翻成英文在英国学术期刊发表。2007 年编选并翻译出版双语中国古代诗歌选集"明月出天山"。2007 年开始中文写作,并获金鹰杯散文比赛冠军。2009 年获苏北文学节诗歌比赛一等奖与新加坡国际散文比赛优异奖。2010 年获金鹰杯短篇小说优异奖。2013 年被重庆国际诗歌翻译研究中心评选为年度国际最佳翻译家。2014 年获全球华文散文大赛优秀奖。2016 年获"我与金庸"全球华文散文征文奖等。

散漫的竞速者——记印度尼西亚梭罗火车站

在成记忆的

梭罗竞速火车站

是我送你离去的地方

1990 年流行一时的爪哇歌谣,令梭罗火车站的名字再度在人们耳边流转。在印度尼西亚,竞速火车站早已闻名遐迩,尤其老一辈对它特别熟。这首歌的流行,又令车站的名声在当今流传得更广。

站名的响亮,与梭罗老城在印度尼西亚的地位分不开。众所周知,梭罗是爪哇的文化中心,好多文人艺术家生长在这里。这儿也是印度尼西亚独立运动初期的政治中心,许多社会活动家都频繁来过,无数全国性组织在这里成立。开国初期,梭罗的运动设备领先别的城市,新成立的共和国政府就在这里召开第一届全运会。那时汽车不多,往返梭罗的人们就把火车当成第一选项,竞速火车站的名声——就这样流传。

竞速火车站有着简单的建筑格局,基本是长线格式,最能代表爪哇城镇大部分火车站的格局。以现今眼光看,车站的建筑不算大,比起椰城万隆的火车站,也小得多。不过别看格局小,这车站却有着悠久的历史。现今,可能已少人知晓站名"竞速"Balapan 的来历,若而要探寻这来历,就要从车站建立的历史说起。

1890 到 1910 之间,荷兰殖民政府策划着把梭罗从大村落建成一个大都会,这计划获得梭罗南北两朝廷的认可与合作。建设一个城市需要发展交通,建设火车站的构思就应运而生。

1868 年,印度尼西亚第一座火车站在中爪哇省会三宝龙建成,第二步,荷兰政府计划铺建从三宝龙通往梭罗的铁轨。梭罗火车站的地点选定在城北部,在原来属于梭罗北朝廷的广场。在这广场之中,原来就有用来跑马的竞速场。1873 年,北王朝芒古普米四世在位时,火车站建成。建成后就叫梭罗竞速火车站。在印度尼西亚,这车站可说是印度尼西亚第二老,比起雅加达、泗水那些大城市的火车站还古老。

车站建成后,政府又开展市区轨网,把它与城市的三处重点相连接,这可说是印度尼西亚最早的市内铁运。这铁轨较长途铁轨狭窄,独立后多年废之不用,最近为了推广旅游,又让它再次复活,启动了古董的车头车厢,又成了城市另一道风景。

现今,竞速火车站拥有 12 个轨道,可说是印度尼西亚之最。铁轨分成南北两部分:南部大都载人客,北部大都载货物。朝北的铁轨通往三宝龙,向东的铁轨通往泗水,往西的铁轨经过日惹通到万隆、雅加达。有 17 种客车在这里停车载客,有经济车也有高档车。每种客车的班次不一,长途的最少一天两个班次,短程的十多个。从早到晚,竞速火车站不曾停歇过。

除了雅加达中区火车站是推旧建新外,印度尼西亚大城市的火车站都是荷兰政府遗留下来的,浓厚的古西洋建筑风也免不了,最经典的当属雅加达市区的火车站。在众多火车站之中,梭罗竞速火车站却显得与众不同。从外头看,首先映入眼帘的,是车站主厅的三叠金字塔屋顶,这屋顶的造型倒蛮有印度尼西亚赤道的风味。

竞速火车站是荷兰著名建筑师黑尔曼·多马斯·卡尔斯顿(Herman Thomas Karsten)设计的。当年,卡尔斯顿和他的挚友,另一位同样闻名的建筑大师黑恩利·麦克来恩·保恩(Henri Maclaine Pont)提出了"印迪斯建筑"的理念,他们认为印度尼西亚的建筑,不能照搬荷兰样板,不单要适应赤道的温湿天气,还应该融合本土风格。执此理念,他设计了一系列有印度尼西亚本土风格的建筑,除了竞速火车站,有名的还有梭罗大菜场。

这三叠大屋顶,层与层之间有着大空隙,令气流能自然流动,室内就能长年保持凉爽。大厅没设有天花板,在里头,在正方形的车站大厅,我们可看波锌片覆盖的屋顶,和支撑屋盖的轻盈铁梁架,屋顶的整个结构一览无余。从铁梁架的顶峰,垂下一盏富有爪哇色彩的古董大吊灯,给大厅平添了几许风情。

在这不算大的主厅,只有四个售票窗。通过中间的剪票闸门,就直接踏入那不算宽的火车月台。没有独立候车室,候车的乘客,就只能坐在平台边不多的椅子上。车站的主建筑并不大,在月台旁,有一幅描绘爪哇化印度古神话的"拉玛雅那"大壁雕。在另一边,还有一间老式的餐店——是名副其实餐厅与商店的结合。店铺主要售卖糕点干食,而餐厅,是以印度尼西亚与峇峇菜为主。

从外埠来的乘客,下了车厢走出车站,当然可选择一般的计程车去旅店,可若不急的话,我建议你乘坐那蛮有特色的三轮车,坐在悠闲的三轮车上,你可以慢慢咀嚼这个城市的味道。这里的三轮车,就算在夜半,仍在为城市维持血脉的波动。

火车站不是建在闹区,除了隔壁的货运中心外,街道两边不见有商铺。远来客人也不必慌,就算是三更半夜抵达梭罗,你也很容易在车站附近找到仍在开张的街旁食摊,其中,就有梭罗闻名的椰子饭摊。传闻,梭罗是个不眠的城市,可别想象那种大都会不夜城的灿烂灯火。梭罗的不眠,是由街旁小食摊与咖啡摊的点点星火组成的。在宁静的夜晚,老板娘的收音机永远为你开放。歌兰章与爪哇歌谣,还有那梭罗的经典娃样剧唱,悠悠地伴着你用餐,陪你品尝甜浓的爪哇咖啡香。

当年年少的我,有晕车的毛病,所以多的是回避巴士而选择火车。火车站对于我,曾是那么熟悉又那么亲切的地方。而今,渐渐有飞机取代,我已经有二十多年没踏上竞速火车站。今年因故乘坐火车,又步入这充满回忆的地方。徒步在铁轨旁的月台长廊,不禁又想起那逊逊·根宝德(DidiKempot)唱红的爪哇歌谣:

在成忆的

梭罗竞速火车站

我和你

在那里我目送你离去

是的,这成忆的竞速火车站,当年是它送我离开家乡。从这里,我前往三宝龙读高中,踏出人生第一个旅程。从此,离乡的脚步未曾停顿,七年万隆的大学生涯,是在频繁乘坐梭罗—万隆的班车中度过。记忆中,去首都雅加达找工作求发展,也是从这里出发。

印象中,竞速火车站不曾有过繁忙的场景,它总是那么安宁那么悠闲,与梭罗城的整个印象是那么合拍。多年不见,一天的火车班次增加了好多,大厅却依然那么空悠。或许,火车局新施行的订票方式——通过便利商铺与网上订票,成功地减少车站人流。

多年不见,它并没给我一丝陌生感。火车站的变化不大,月台壁画依然如故,餐厅格局与装潢,只在小处有些添减,基本还停留在三十年前。在这里,我们甚至还可以点三十年前的菜谱。大厅虽有所改动,把办公室改成客户服务室和面包店,但看得出是有所节制的改动,没把原有的气氛弄丢。外面世界追新的喧哗,似乎没在这里引发回响。

初来梭罗的外地人,总能感受到这城市独有的缓慢节奏。散布在城市各个角落的悠闲小吃摊,最能体现这里的民风。这里人喜欢边办事边跟顾客聊天,外来人就会为此批评梭罗市民太散漫,工作效率差。可是若你回看梭罗的市容是那么清洁、那么齐整,把全国市容桂冠奖都拿得手酸时,你就不会匆匆下这结论。

爪哇人有句谚语:慢慢地走,抵达就够。梭罗人是慢步走,可是他们也按部就班,该做的都做好。这缓慢的生活哲学,令人们不急于求成,也让他们不那么喜新厌旧,在维护文化遗产保留老建筑中,呈现了它的正面作用。几年前,由卡尔斯顿设计的梭罗大菜场一夕毁于大火,市政府听取建筑界的建议,把它照着旧图重建,完整地把旧观恢复,这在印度尼西亚是罕见的例子。在盲目追求现代的潮流中,梭罗的慢节奏就显得难能可贵。

我经常想,飞机场是往前看的地方,在那里我们应该观赏先进的建筑;火车站是回头望的地方,在那里我们理应抚摸历史的足迹。走在悠悠的火车月台上,我暗自为梭罗的"散漫"而庆幸:有幸,还有这古老的火车站,在现代化的喧嚣中，为怀旧者留下一角宁静。也感谢这散漫的竞速者，默默为我们保留住一片——城市的记忆。

🌴 评论

本文主要讲述了梭罗火车站的由来、建筑风格、外观、风情、"我"曾对它的印象以及它当下给人的感受等，并着重说明介绍了梭罗火车站的建筑历史悠久、文化气息浓厚以及其建筑美、文化美和风情美等，突出了它的"散漫"的气质特点。

文章前半部分首先通过一首歌谣引出本文的对象——梭罗火车站，而后主要记述了梭罗火车站的建筑由来、风格特点等相关讯息；文章后半部分则着重围绕梭罗火车站"散漫"的特点进行书写，表现出它在浮躁社会中依然保持着悠闲气质、在现代文明中依然固守着宁静之美。

文章前半部分对梭罗火车站的相关介绍非常具体、精确，特别是列数字这一说明方法的使用，大大增强了作品语言的准确性。文章后半部分将"我"纳入叙述线索，从而娓娓道出了梭罗火车站的过往风情与当下气质，这既增添了文章的主观情感色彩，也让文章的内容更有深度和层次。

"慢慢地走，抵达就够。梭罗人是慢步走，可是他们也按部就班，该做的都做好。这缓慢的生活哲学，令人们不急于求成……"

本文看似在写梭罗火车站这一建筑物，实则更是在写爪哇人、梭罗人的人文气质；看似在写爪哇人、梭罗人的人文气质，而实则更是在写"我"对悠闲宁静的生活状态的追忆和眷恋。

现代人日益匆忙和功利，现代生活也日益喧嚣和浮躁。通读本文，我们或能够借此在"竞速"的现代社会中略微品味出曾经的"散漫"生活的美好。

（李仁叁）

黄景泰

黄景泰,1978 年 1 月生于印尼中爪哇省北加浪岸 (Pekalongan)。祖籍海南,先后毕业于印尼日惹阿玛查雅大学工商管理本科与厦门大学海外教育学院汉语言专业师范类本科,2016 年考入湖南师范大学国际汉语文化学院对外汉语专业硕士。汉语教师,现任印华作协万隆分会秘书。

人与花

不少人认为人类是苍天创造的最高级生物,以为动物和植物都是远远不如人类,它们都比不上人。

然而,要是我们用心、更细致地注意和观察周围环境,从动物及植物的某些方面,我们也可以发现很值得我们学习的一些东西。

梅花,越冷它越开花。俗话说"不经一番寒彻骨,怎得梅花扑鼻香"。由此可见,梅花具有相当出色的耐力与生命力。尽管有寒风刺骨,但它仍然开着花。我们人类也应当学它,虽然生活中要面临不少风风雨雨,但是我们都不要灰心,要坚强,要学会如何克服困难,把那些狂风暴雨当作往上爬的阶梯,把它视为升级的考题,把它化为力量。

莲花,它从污泥中长出来却不被污染,在清水中洗涤后却不妖艳。人生在世,与它相似的人不多。一般而言,人是"近朱者赤,近墨者黑"。世上能做好自己,很有原则,不易受外来的不良影响,反而对四周有一定正面影响力、正能量的人并不那么多。

身为上帝创造思想力最完善的"万物之灵",人人都不可习以为常,我们不妨多视察与学习其他生物的优点和长处。正如上述的梅花和莲花,它们的确是可敬可爱,真正让人敬佩、称颂、赞美的。

　　自古以来,花草便是中国文人表达自身人生态度、理想信念的最好化身与情感寄托。《人与花》这篇散文,从"人与花"的关系中,领悟到人可以在"花"的身上学习到的东西和内容。从人自认为最高级的生物,看不起其他的植物和动物,再到"梅花"和"莲花"的高尚品格,指出人应该多观察、学习其他生物的优点与长处,对自然保有着称颂赞美、尊敬之心。

　　散文通过对自然界的生物的特性的描写来揭示出人不能过于狂妄自大、目空一切,应当关注自然生物,了解自然中的哲理。文章开头,作者就直接表达了现如今人类对于自然的轻视,而"然而"这样一段转折,点出了人应该更加"用心""细致"地观察自然界中的生物,可能"无意中"便会发现值得我们学习的内容,直接表达出自己的观点,点出人类应当向自然生物学习。紧接着,借由"梅花""莲花"两种意象,直接写出了这样两种意象所包含的值得学习的内容。如"梅花"凌寒独自开的傲骨高洁,与在逆境中也不屈不挠顽强生存的毅力,再如"莲花"出淤泥而不染的品质,都是人应该学习的品质。而作者也在指出"梅花"与"莲花"的品质之后,直接指出人可以在其中学到什么。如学习"梅花",在逆境中顽强坚持的毅力,要坚强、"学会如何克服困难",把困难当作人生路上的考题、转化为前进的力量;在"莲花"身上,又看到现如今做事有自己的原则、不受他人影响、坚持自我的人罕有,激励人们向莲花学习。最后,总结了文章的中心,"万物之灵"一词,暗含了对自视甚高盲目自大的人类的讽刺,又指出自然生物的"可敬可爱",值得我们去敬佩、称颂、赞美。

　　黄景泰的散文直接明白,如《人与花》在文章中,直接写出了现如今一些人在对待人与自然关系方面持有的自大偏狭的态度,同时又直接摆出实例,给这些目光短浅的人敲响警钟。警告人类,亲近自然、尊敬自然、爱护自然,对于自然保有敬仰、学习的态度,以植物的珍贵品质要求自身,不断提高自己,进而劝诫人类珍惜保护自然环境,不要目光短浅,只顾眼下的利益。

(于悦)

菲律宾卷

莎 士

莎士,本名杨美琼,1928年生于福建龙溪。1938年随家人移居菲律宾,毕业于圣道多玛士大学数理系。长期投入菲华文艺与教育工作。现任亚洲华文作家协会菲分会名誉副会长,菲华文艺协会常务理事,亚洲华文作家基金会董事长。菲律宾侨中学院名誉董事长及该校教育基金会总理。作品《归舟》及《菲律宾之一日》,被收入20世纪50年代菲华作家集体创作之《钩梦集》与《菲律宾之一日》。1987年,短篇小说《小女孩与洋娃娃》被收入《世界华文小说选》,出版《四海情缘》《莎士文集》。2011年推出小说集《雨夜》与散文集《岁月烟云》。

垃 圾 场 边 絮 语

菲律宾巴雅沓示垃圾山坍塌,压毁了居住周围的穷苦人家住屋,也压毙了无数生命。报上登出报道文章及现场照片。其中有一帧从垃圾堆里挖掘出来小生命的图片,令人触目惊心,心怀恻隐,故有感而作此篇以志之。

孩子,你何其不幸!小小的年纪,就遭逢到家破人亡的灾变。垃圾山的坍塌,不但压毁你一家人寄身的简陋棚屋,更把他们活生生地掩埋在恶臭的垃圾下。在这场令人惨不忍睹的劫难中,你虽然幸存,却已注定了孤苦伶仃的命运!

唉!苦命的孩子,你大概不到三岁吧?你当然不懂得所遭遇的灾祸是世上闻所未闻的垃圾山滑坡惨案,受害的人群不只你的家人,几百人或死或伤,两千多人无家可归。这些无辜的受害人都是与你们一家同样卑微地生活在垃圾山旁的贫苦人家。而你,当被救灾人员从崩塌的垃圾堆里挖掘出来的时候,却奇迹般地一息尚存。虽然,能活着是幸运,可是没爹没娘的孩子,走在人生的道路上,该是多么寂寞与悲凉。

可怜的孩子,你已经哭得声嘶力竭了。你小小的心灵中必定充满了惊惶与困惑。或许你在想,你的哭声,为什么没有引来妈妈的关注?往常,不管妈妈在烧菜做饭,或洗衣扫地,从来不离你左右。可是,现在她到哪儿去了?还有,常伴你嬉笑玩乐的哥姊们也不见了。天快黑了,爸爸为什么还不回来?你等着他抱你亲你,给你糖吃,逗你笑呵呵。啊!这到底是怎么一回事?为什么你不在屋里?为什么你前后左右都是一堆堆发出难闻气味的垃圾?你好饿、好冷又好累,你渴望依偎着妈妈,让她一口一口地喂给你甜甜的稀粥,然后,抱着你在她温暖的怀中安稳地睡去。

唉!苦命的孩子,现在是连哭出声的力气都没有了,你只是断断续续地抽噎着。身旁几只苍蝇绕着你飞来飞去,有的停留在你头发上,有的叮着你的脸孔。你惊惶地挥着手臂,试着赶开它们。你用手臂揩去从哭肿眼皮下淌出来的泪水,用那只没被小手遮住的眼睛偷窥着那位向你走过来的陌生人。她离你很近,双手捧着一个黑色的、很精致的小盒子,对着你按下。你看到亮光一闪,咔嚓一声。吓得你又大声哭起来了。

别怕啊!孩子,这是给你拍张照片。明天,这照片将刊登在各报章,甚至可能电传到世界各地,图片及附带说明的文字,是此次惨案的见证。它将代表贫穷的大众,向人权主义者发出呼声,请求支持援助,向有关当局提出疏忽职责的控诉,也呼吁执政人员正视贫民的困境。曾几何时,我们的最高元首曾经在竞选期间及宣誓就职后,在多次的演讲中,强调以改善贫民的生活为主要施政方针之一,不是吗?如今这垃圾场的惨案是否应提醒当局积极地履行诺言?

唉!失去怙恃的苦命孩子,在今后的岁月中,你将寄身孤儿院里。但愿主持慈善机构的人士,个个面慈心善,以人间的爱和关怀抚育你们这一批失去父母的小生命。更愿社会上善心人士,慷慨解囊,以"幼吾幼以及人之幼"的情怀,让你们能在安定的环境中茁壮成长。

时光如流水。孩子,不久的将来,总有那么一天,你懂事了,长大成人了。当你获知自己的身世时,你将以何等的心情接受它?你的内心是否充满了哀伤与悲痛,抑或是不平与愤怒?你踏着沉重的步伐,迫不及待地赶赴当年发生惨案的垃圾场凭吊。可是,那么多年以后,也许,垃圾场已不复存在。也许,那儿已被开辟为工厂林立的工业区。但是,富有历史性的新闻报道是不受湮灭的。在图书馆、在市政府有关部门档案室、在报社资料室，你应该能找到保存着这发生在多年前，世上绝无仅有、骇人听闻的惨案纪录。说不定这些报道中还夹有惨案发生后，你被救灾人员从垃圾堆下挖掘出来后所拍的新闻照片。

唉！受苦受难的孩子，但愿你无风无雨地长大成人。更祈望有一天，当你揭开自己身世之谜后，在悲痛愤慨之余，奋发图强，不颓丧、不消沉、不失志，充实自己的学识，发挥自己的智能，怀抱着为贫苦人民服务的理想与抱负，在我们所属的贫富极度不均的国度里，为贫苦人民争取人权，争取合理的生存空间！

🌴 评 论

这篇文章是在作者看到报纸上登出了菲律宾巴雅沓示垃圾山坍塌从垃圾堆里挖出的小生命的照片后有感而发而作的文章。这个幼小的生命便是垃圾山倒塌的最大受害者，在这次灾难中他失去了父母和家园，对于承受如此突如其来变故的幼小生命，他自己似乎也感知到了周围环境的变化，感知到父母已不在他身边的现实，他哭得声嘶力竭，然而这个苦命的孩子却只能默默地注视周围环境的变化。当这张照片刊登在各大报纸杂志上时，它将代表贫穷的大众，向人权主义者发出呼声，请求支持援助，向有关当局提出疏忽职责的控诉，也呼吁执政人员正视贫民的困境。

作者在诉说幼小的生命的遭遇时，作者运用了大段的问句，这些问句不仅是对这个幼小的生命的同情，也是呼吁当局正视贫民的困境的急迫的心情。作者对这个幼小的生命的遭遇感到非常的悲痛，既感慨于闻所未闻的垃圾山滑坡，又对当局疏忽职责表示强烈的谴责。对于这个苦命的孩子，作者是这样写的："在今后的岁月中，你将寄身孤儿院里。但愿主持慈善机构的人士，个个面慈心善，以人间的爱和关怀抚育你们这一批失去父母的小生命。更愿社会上善心人士，慷慨解囊，以"幼吾幼以及人之幼"的情怀，让你们能在安定的环境中茁壮成长。"虽然失去了至亲和家园，但是希望孩子们依然可以在有爱的环境中长大。垃圾山的倒塌实际上是很多原因导致的，但是究其根源还是当局疏忽职责而造成的。作者本篇文章其实也是在对当局的谴责，同时又呼吁政府要重视贫民的困境。

作者的选题关注社会现实,本篇文章是在看到报纸上登出的在坍塌的垃圾堆中挖出的幼小的生命时,有感而发写出的文章,作者用真挚的略带责问的语言犀利地表达了自己的观点和立场,在文中发出了自己的声音。感情真挚,引发读者思考,呼吁有关机构关注社会现实,具有一定的现实意义!

(李翠翠)

谢 馨

谢馨,1938 年出生于上海,十岁移居中国台湾,1964 年移居菲律宾,1985 年千岛诗社发起人之一。出版著作《变——丽芙乌曼自传》(英译中)、《谢馨散文集》等,诗集《波斯猫》《说给花听》《石林静坐》,以及两本节录诗集《脱衣舞》和中、英、菲三种语言《哈露·哈露——菲岛诗情》,新诗朗诵(CD 磁碟)。

大红袍

大红袍是一种茶的名称,它是茶的极品,茶中之王。

全世界只有六棵大红袍茶树,它们生长在武夷山九龙窠半山的岩壁上。九龙窠是一个幽深的峡谷,由九座嶙峋的岩峰,九条游龙般围绕而成。由第一窠到第九窠只有一条路径,在两侧如屏障的山峦间穿行,人在其中,让我想到陶渊明笔下别有洞天的桃花源。

听说以前九龙窠内是有老百姓居住的,但现已被政府收归国有,专门种茶,而且大事整顿装修美化,成了武夷山一个著名的观光景点。

九龙窠峡谷入口处树立着一块大石碑,上面刻着"九龙茗丛园"几个字,旁边一块小石碑,上面刻着二十种茶的名称:乌龙、晚甘侯、肉桂、北斗一号、老君眉等。当然最具号召力的就是大红袍了,多数人前来九龙窠主要的目的也就是看大红袍,但其实九龙窠本身也是一个非常值得观赏的胜地。

大红袍不是人工栽的,九龙窠入口左侧岩壁上刻着的宋朝范仲淹七绝就明示它是神仙种的:

年年春日东南来，

建溪先暖水微开，

溪边奇茗冠天下，

武夷仙人从古栽。

　　大红袍茶树生长在峡谷最末的第九窠，这样隐秘深邃的位置更增加了它的神奇与庄严，游人们必须像朝香客或觐见王室贵族般一窠一窠地走到底，才能一睹圣颜。这样也好，因为可以趁机先游览景色怡人的峡谷风光，看绿树、红花、鸟飞、蝶舞，偶尔一片碧翠的草坪上，还有成群白鸽啄食，嬉戏；间或流水、小桥，抬头更是巨石错落，细泉净淙，而在如此旖旎的环境里，到处都布满了茶树，路边、山脚甚至山坡、岩趾、峭壁，凡有土壤之处皆辟为茶圃、茗园，那些茶树由于规划齐整，在城市长大的游客，或许会以为是特别设计在园艺中的树丛呢。反而是名震遐迩的大红袍，却完全不是先前想象的茶王气派，如果不是岩壁上刻着醒目的三个斗大红字，如果不是周围筑了一道砖砌的矮墙，那一丛凌乱的茶树就和一般杂草矮树没什么两样。不过，大红袍坐落的地势还真威严，高高在上，下面是一片光滑的岩壁，我抬头望着它，奇怪为什么见不到一条石阶、山路或小径可通上去，忍不住向身边的一位当地人问道："采茶时节怎么去呢？""搭梯子啊！"山脚下有个凉亭，里面坐着些人，好像在聊天、喝茶、卖茶似的，但当地人说，他们都是政府派来照管大红袍的，他接着还告诉我："大红袍茶树每年最多只产七八两，普通人是喝不到的。大红袍是国宝、贡品，香港回归那年，听说江泽民送给董建华的礼物里就有一小包。""既然那么珍贵，为什么不移植呢？""有啊！岩壁下栽的那些茶树都是移植过来的，它们被称为二代大红袍，还有三代、四代的呢，但是质量可不一样啰。""大红袍这个名字很特别，是谁给起的啊？"我以为这位当地人会嫌我啰嗦，问得太多，没想到他却兴致勃勃地给我讲了一个故事："九龙窠附近有一座永乐禅院，里面住着一位老方丈铁华禅师。有一天他坐禅时，突然看见天边有一片红光，循迹而至，原来是来自九龙窠岩壁上的一丛茶树。他觉得非常好奇，就从袈裟袖口中取出一只拇指大的猴子王孙，叫他攀上悬崖，摘下一片茶叶。返回寺院后，刚好有位赴京赶考的秀才，倒在寺外，奄奄一息，禅师心想这片茶叶也许有点儿神效，赶忙冲泡，灌入秀才口中，果然使他起死回生。秀才携着这片茶叶，进京赶考，不只考上状元，而且正巧听说皇后卧病，群医束手，便呈上这片茶叶（大红袍可泡九次），果然治好了皇后的病。皇帝大喜,于是赐大红袍一件,令新科状元前赴九龙窠"赐封"给这几棵茶树。虽然这只是一个故事,一个传说,但却流传极广,不仅在国内,连国外也有多人知,一位美国人威廉·乌克斯的《茶叶全集》就记载了这件事,还附有一张猴子采茶图呢!"

在一本导游手册上,我又看到了一段记载:"大红袍"名字的由来是由于茶树本身展现的奇异现象——大红袍在春天萌发的芽稍有宝石般的紫红光,新长出的幼叶在山雾里会闪耀出一片红艳,幼叶长大后,又转成绿色,而且绿得极浓。普通茶树结绿果,大红袍结的是红果。同时,大红袍质厚叶大,冲泡之后,绿叶镶红边,就像给绿叶批上一件大红袍。

传说也好,神话也罢,我想大红袍及所有武夷茶优良的质量,主要来自武夷特殊的地质条件及优美的地理环境,武夷不是光秃、坚硬的花岗岩,而是润湿、柔软的沙砾岩,自称"尝尽溪茶与山茗"的苏东坡有句诗"建溪新饼截云腴"也正是说茶要长在云雾水气丰腴的地方,同时他最喜欢闽北的茶,也就是产于武夷山一带的茶。武夷茶被称作岩茶,或山水茶,在一个个茶叶罐头上,我曾读到两句句子:

> 千载儒释道
> 万古山水茶

这真是不落俗套,极有学问的广告词了。

🌴 评论

《大红袍》这篇散文主要向我们介绍了有"茶中极品""茶中之王"美誉的茶叶——大红袍。作者从大红袍的产地武夷山九龙窠开始写起,分别介绍了大红袍树的地理位置、大红袍树的样子以及大红袍名字的来源,为我们细致展现了大红袍树的神奇与庄严、低调与珍贵的品质。

作者在描述大红袍树的地理位置时,先是详细描述了其产地武夷山九龙窠的自然生态景观,赞誉了九龙窠优美的自然风光,称其如陶渊明笔下的桃花源。大红袍生长在这一仙境般的"桃花源"中,自然带有了神秘色彩,作者还引用了范仲淹七绝诗句,"证实"其不是人工栽种的,而是神仙所种植。而且大红袍位于九龙窠峡谷最末的第九窠,这样隐秘深邃的位置更增加了它的神奇与庄严。但是大红袍却不似人们想象的"茶王"气派,"那一丛凌乱的茶树就和一般杂草矮树没什么两样"。但是这位于岩壁之巅的大红袍却十分珍贵,"每年最多只产七八两"并且是无法被移植"复制"的。大红袍如此珍贵的品种,作为中国的国宝,它却又低调得令人心生敬意。而作者围绕大红袍树名字的来源,介绍了关于其名字的两种说法,一是当地人口述的传说故事,二是导游手册上的记载,究竟哪个是真哪个是假,现在追究已没有太大的意义,大红袍早已名扬中外。而大红袍优良的品质与武夷山特殊的地质条件及优美的地理环境密不可分,因为只有云雾水气丰腴的地方才能产出高质量的山水茶。

　　谢馨的这篇散文采用了"总一分"的结构,内容紧扣题目"大红袍"展开论述,第一句开门见山,为文章的主旨句,点明了作者对于大红袍的高度赞誉。此外,文章的一大特色在于引用——多次引用了范仲淹的七绝诗句、当地人口述的神话传说、美国人威廉•乌克斯的《茶叶全集》、导游手册上的记载、苏东坡的诗句以及茶叶罐上的广告词,不仅增加了大红袍的历史感和文化内蕴,更是突出了对于大红袍神秘、珍贵、名扬海外特色的赞誉。作者结尾处以"千载儒释道,万古山水茶"收束全文,更显其高度的称赞。

(刘世琴)

张子灵

本名张琪。笔名张灵。山东临沂人，1956年出生于中国台湾，移居菲律宾。历任中正学院中学部中文主任、大学部中文方案主任、语言中心代主任，菲律宾华文学校联合会办公室主任。现为菲律宾顶石建筑公司总裁、总经理、设计总监，文心社菲律宾分社社长、千岛诗社主编副社长，菲律宾华文作家协会副秘书长、亚华作协菲分会秘书长，华青文艺社工作委员、菲律宾世界日报专栏作家。出版诗集《想的故事》及散文集《惑与不惑之间：一种坚持的美丽》。

不落地的资源回收

回到台湾住一阵子，有一件事必须力行于日常生活中，且不能稍有差错，自己也乐意配合地做到"天衣无缝"的地步，免得蒙上"神人共愤"的阴影。什么事需要如此"耳提面命"地实行呢？

先谈一下"习惯成自然"。习惯是养成的，好习惯带来一个人生活的幸福，进而是小区的福祉。况且一旦习惯成自然，自然就舒坦了，一点儿不嫌麻烦。最先要做一下功课，譬如记住分类项目、时间、地点。当《少女的祈祷》乐声响起，就是验收"好习惯"的时刻。

吃饭是每天的事，纵使"孤家寡人"也得解决三餐问题。吃剩的饭菜、果皮等统称为厨余，沥干水分，用有盖的桶盛装。就以台北市为例，星期一、二、四、五、六，听见《少女的祈祷》乐声响起，就到规定地点倾倒在垃圾车的厨余回收桶内。一般垃圾如纸屑、卫生纸等，必须购买使用国家标准垃圾袋盛装。超商购物最好自备购物袋，一只塑料袋一或两块钱，原则为少用塑料袋。星期一、五回收纸类、旧衣服、干净塑料袋。星期二、四、六回收干净的保丽龙、瓶罐、容器、小家电等。

　　台湾各地区，均有依规定的时间、地点与分类方式来回收废弃物，譬如垃圾有污水、臭味渗出，或提前在规定地点排出，或随地丢弃，违规者须罚款1200至6000台币。当地环保局与清洁队，均可联络处理其他的废弃物。顾及清洁队员的安全，危险的物品须在塑料袋上注明或告之。

　　废弃物回收成为资源，人人有责。在台湾地区养成的习惯，到了菲律宾或中国大陆总有一股冲动，想在居住的小区发起资源回收的分类。先做好分类的项目，才能善加利用。

　　看过一篇报道，全球范围内一分钟就要用掉100万只塑料袋，一年至少有5000亿个塑料袋被人拎回家。塑料袋已成为环境的污染物，且是"海洋生物杀手"。塑料袋随垃圾填埋，土地被大量占用，而且那土地长期得不到恢复，就影响土地的可持续利用。一些国家和城市已经禁用塑料袋。

　　塑料袋被欧洲环保组织评为"20世纪人类最糟糕的发明"。当今，善用资源、并回收资源是地球人的一己之责。

我 们 的 地 球 和 生 命

　　大陆人常说的一句话："民以食为天。"中国台湾流行的俚语："吃饭皇帝大。"吃饭如同皇帝般权威，得摆在第一位。两者的说辞有着异曲同工的微妙。吃饭这档子事形同天，而号称天子的帝王如天，说得更贴切些，天是为着地，地是为着人，"天、地、人"的三才，以人为主、为大。吃饭是关乎救命的事，人靠吃饭才得以生存，那就是要保命就得吃喝。

　　"滋养地球，为生命加油"（Feeding the Planet, Energy for Life）是2015年5月至10月意大利米兰举办世界博览会的主题，关注点主要放在全世界居民获得健康、安全和足够的食品上，这是生存在地球上的每一个人的权利。

　　这是世博会史上首次以食物为主题，展出来自不同国家的美食，并谋求关注2050年全球将多达90亿人口的粮食问题。这次世博会的吉祥物为Foody，由十一种水果蔬菜聚集而成的组合体。

　　其建议性的主题包括食品安全、保障与质量的科学，农产品供应链的创新,农业与生物多样性技术,饮食教育,食品方面的团结与合作,满足更佳生活方式的食品,世界各文化与种族群体的食品。世博会请专人设计了 life 的水壶,由天然棉花和可回收的纸制成,使参观的游客可不使用塑料水瓶。

我们知道,每次世博会都有其时代性的意义,今年以食物与生命的关联性为主体,显见了当今人类该面对的课题。社会上富有者浪费食物,贫穷者没有食物吃,这是最大的悲哀。

当报道菲律宾经济进步的同时,多少儿童活在饥饿的边缘;当中国大陆外汇存款居高位及中国台湾美食扬名海外的同时,却常暴露出食品安全问题,更多的"黑心食品"潜藏在不为人知的阴暗角落。不达标准的食品已是两岸最直接危害自家人缺德的事,谋利的贪念竟是败坏人心、残害人命的根源。

为了后代,该是行动的时候了,首先不暴殄天物,要珍惜食物,爱护我们赖以生存的地球,节省能源,不用一次性的筷子与塑料物品。

🌴 评 论

《我们的地球和生命》这篇生态散文以"民以食为天"开篇,第一段先为我们强调了自古以来,吃饭都是关乎救命的大事,然后自然而然地引出我们要关注世界食品的健康与安全。作者描述了 2015 年意大利米兰举办的世界博览会首次以食物为主题,展示了不同国家的美食,以食品与生命的关联性为主体,提到了"黑心食品"等负面问题,为了我们的后代,我们要爱护我们赖以生存的地球。

本文的主题很鲜明,作者一层层递进,揭露目前存在的一些食品问题,开头用了两个俗语强调其重要性,又举例论述其主题的探讨意义,指出其时代性意义。

该散文是一篇典型的生态环保散文,用最简单的语言,揭露最深刻的时代问题,层层递进,层层深入,呼吁我们要保护食品的安全,节约能源,爱护我们的地球。

（张瑞坤）

苏荣超

苏荣超,祖籍福建省晋江市人,1962年出生于香港,十三岁移民菲律宾。菲律宾圣道汤玛斯大学工业工程系毕业。20世纪80年代中期加入菲华文艺界,作品散见于菲华及海内外报章杂志。现任东南亚华文诗人笔会理事、菲华作协理事、菲律宾千岛诗社副社长、亚华作协菲分会理事、菲律宾《世界日报》文艺专栏作家。着有诗文集《都市情缘》一书,收进《菲华截句选》的作品共有二十首,数量居冠,可以说是截句诗运动的积极参与者。

审　判

这是一场世纪官司,吸引了举世的目光,大家等待着审判结果。

原告:地球。

被告:人类。

陪审团九席:三个人类、一头东北虎、两棵五人合抱的大树、一只飞禽、一头海洋哺乳动物及一只猫。

控方律师开始传呼第一位证人,是一只飞鸟。

原本我们有美丽的天空,蓝天白云,我们自由飞翔,越过高山、跨过海洋,希望在心中燃烧。曾几何时,天空不再美丽,空气污染的情况严重破坏生态环境。汽车废气、工厂乌烟,这些无形杀手令我们呼吸不到大自然的清新空气,如今我们不再快乐。飞鸟郁闷地诉说着。

第二位证人是一尾鱼。

如果大家懂得潜水就知道我们海洋世界的奇妙,海草、碎石,还有数不清的鱼类,我们生活在一个快乐的家园,不知道什么叫悲伤。但是自从人类制造的污染,以及无情的捕杀,促使许多海洋生物濒临死亡,大伙在伤感之余,不禁要问人类,你们可有补救的良方?

鱼儿娓娓道来,声调不疾不徐。

最后一位证人是一根木头。

我本来是一棵参天的大树,枝叶繁茂、树干挺拔,但是有一天来了一群人自称是伐木的商人,他们无情地将我摧毁及肢解。如今我伤痕累累、奄奄一息。木头哭泣着说。

辩方律师也传呼被告,希望能为人类挽回一些颜面。

人类甲说,我们也知道做环保的好处,也知道资源回收的奇妙。

人类乙说,垃圾要分类嘛!可以分为可燃烧跟不可燃烧的。尽量不用塑料袋包装啦,处处节约用水啦,还有随手关灯,不浪费资源,我们都知晓。

人类丙说,不破坏生态环境,不捕杀濒临绝种的动物。

忽然间,法院寂静了下来。天地间在这一刻已不再喧哗。

出乎意料的是,没有辩争、没有火药味,连双方律师都呆立当场,不知道要补充些什么。双方保持缄默。

一次别开生面的审判,没有结案陈词。法院里只剩下陪审团一片窃窃私语。

仿佛过了一个世纪的等待,法官终于宣判:由于人类的愚昧、自私及贪婪,造成地球不可挽救的破坏及伤害。人类其实并非无知,却是明知故犯,为的只是贪图个人利益、方便及喜好,如此愚不可及的行为,破坏的却是自己的家园,在一切生物里面,唯有人类才会做出这等莫名其妙的事情。

海啸、山崩、泥石流,事实上人类已身受其害、自食恶果。

他们是罪——有——应——得!

🌴 评论

文章以一场举世瞩目的官司开头,在这场官司中,原告是地球;被告是人类;陪审团由九席组成,其中三个人类、一头东北虎、两棵五人合抱的大树、一只飞禽、一头海洋哺乳动物及一只猫;证人有三个,分别是飞鸟、鱼和木头。而这场官司的原因就是人类不合理地利用资源导致破坏生态平衡。最终人类得到了应有的惩罚。法官最后也做出了相应的裁决。

这篇文章关注的是环境问题，但是作者并没有直接写环境问题，呼吁人们保护环境，而是以一场审判的方式来描写环境问题，这样写的好处就是能够引起人们的注意，把保护环境这一人类要共同面对的问题呈现在读者面前，引起大家的广泛关注。本篇文章的主旨在于揭露人们在改造自然的过程中破坏了自然生态的平衡。如证人一飞鸟的证词："空气污染的情况严重破坏生态环境。汽车废气、工厂乌烟，这些无形杀手令我们呼吸不到大自然的清新空气，如今我们不再快乐。"证人二鱼的证词："人类制造的污染，以及无情的捕杀，促使许多海洋生物濒临死亡。"以及证人三木头的证词："我本来是一棵参天的大树，枝叶繁茂、树干挺拔，但是有一天来了一群自称是伐木的商人，他们无情地将我摧毁及肢解。如今我伤痕累累、奄奄一息。"这些都是我们目前环境所面临的问题也是亟待解决的问题。在这次审判中出乎意料的是没有辩争、没有火药味，连双方律师都呆立当场，不知道要补充些什么。双方保持缄默。人类意识到环境问题的严峻性，所以对于地球的状告并未辩解什么。这场审判就这样结束了，但是它带给我们的震撼却没有结束，一篇文章之所以能一直被铭记，是因为除却华丽的辞藻还有一层深刻的意义，这篇文章对我而言就是能一直铭记的优秀的文学作品。它所关注的现实意义是值得我们深思的，环境问题不仅仅是政府等公共部门的责任，而是全人类所共同面对的问题，环境问题的最主要的解决方式是从我做起，从身边的小事做起，我相信这也是作者写这篇文章的意义所在。

　　本篇文章立意新颖，构思巧妙。以一则寓言故事的形式，巧妙地引起读者的注意，也达到了呼吁大家一起保护环境的目的。形成了属于作者的独特的创作风格。

（李翠翠）

翁淑理

翁淑理，笔名石子，1968 年生于金门，来菲律宾与华侨许长安结婚后，长居吕宋，逾自己年龄的三分之二，自觉已成了百分之六十的菲律宾人。写作之于我，只是久久地偶然开机动键，虽是如此，但就像"母亲不嫌自己的孩子丑"，偶然打开旧时文档，照见那一年那一时自己的心地容颜，自己的无知过错，还是会忍不住动容微笑。希望借由我的知错反思，与大家共勉，共创一个资源永续、有爱有感恩、和谐纯朴的地球村。现为千岛诗社理事、亚华菲分会副秘书长、华青文艺社工作委员。

木瓜船

在家，这闭目也可——回想的熟悉范围内，还能有意外的惊喜？

然而，桌上那粒原本青绿的木瓜，现在黄熟了。顺手拾来，执刀对剖，瞬间成就一对玲珑金黄的小船，相随泊停在桌上！

金黄的果肉，邀唤我心底未泯的童心，如居高临下的巨人，目视小巧的木瓜船，找来一只特薄的金属汤匙，置瓜船于白盘上。

几十年来为妻为母，我这"一家之煮"，此时，免动锅铲，好似放假得闲，从容就座，俨然是天宠地养，深受眷顾的女儿。

开始仔细地享受香甜多汁、无烟油的木瓜果。

食余的瓜皮，依然如小船只，放在窗边，黄澄澄的果皮，不一会，就唤来飞羽访客。

一对白头翁，斜斜地低飞，穿过园中的水梅花，分栖在枝上。

飞鸟警觉地转着头，用左右两边乌亮的眼睛，仔细打量着周遭的环境。

再雀跃地张展着尾羽,打量着木瓜船,啾叫着:"你先,你先!"

胆大的那只,先飞近小船,惯性地先转头察看,才开始啄食。枝上的另一半,也没放松,左观右察,继续把着风!

伸喙啄取,抬头吞食,停看,一会儿,树上那只飞来加入。

玲珑的鸟儿,最爱翱翔,不贪食,啄几口,又回天空去了。

不多时,小园又鸟语婉转,另一对飞客来享受早餐。

这般碳足迹少、物美价廉又熟软的在地果实,食余后,顺手置放在窗边,不只减少厨余,又可供养多只鸟雀。有些成了常客,到访时,发现没得吃后,会啾吵不休地要我们喂食。

有些清晨,户长坐屋内,边看报纸边用早餐,听见小鸟吵闹着,就会传达,提醒我:"鸟儿在叫你喂食!"我便在桌上或冰箱里找出如香蕉等食物来喂它们。长久以来的一叫,一给,机灵的它们也对我们生出信任,常常我刚放下食物,才走几步,它们已"跃跃欲食"。

有个清晨,我在前院,听见后院有只鸟喳喳地叫着,它清了一清喉,圆润的嗓音从喉间流转出来。

屋后的这位歌唱家尽情地独唱着,歌声婉转高亮而饱满。我猜想该是只羽翼缤纷的异禽,走近印证,原是只羽毛深黑常见的白头翁。

它,正心无旁骛地倾心高歌,被我一惊,仓皇扑翅而去。

海阔,天空,自飞去的禽鸟,有食余的木瓜皮船的召唤,还是常常清晨飞来,习惯地在屋后的柱梁上,忘情地引喉久唱,俨然是只驻家鸟。

🌴 评论

《木瓜船》这篇散文以木瓜船为线索,通过对于木瓜船的叙述、梳理,主要向我们描述了作者一家和飞鸟之间和睦相处的场景,揭示了人与自然和谐相处的精神。作者巧妙地借用了"木瓜"这一生动形象且充满童趣的比喻,将食余的木瓜比作小船。在这对金黄灵巧的小船上,承载着作者的友善,而小船又把这份友善传递给了鸟雀,吸引了白头翁的来访,作者和白头翁之间逐渐建立了深厚的信任和感情。

这篇文章结构多采用短小的分段,第一句话即文章的第一段,使用了疑问句的形式,设置了悬念,让人想要一探这在家里的意外惊喜究竟是什么。

接下来,作者通过形象的比喻,体现了作者日常生活中对待事物的看法以及作者对于生活的小情调,从中看出作者积极乐观的人生态度,这也为文章后续作者和白头翁的和睦相处做了铺垫,使得后续情节的发展一切都显得那么合情合理。作者花了较多的笔墨在描述白头翁身上,不仅通过一系列形象的动作描写,如"转着头""张展着尾羽""打量着木瓜船""啾叫着""啾吵不休""倾心高歌"等,展现了白头翁的可爱和灵动,像一群可爱的小朋友在一起愉快地玩耍着。此外,作者还通过外貌刻画,如"乌亮的眼睛""羽毛深黑"等表达了白头翁的美丽和生机,表现了作者对于它们的喜爱之情。

翁淑理的这篇散文语言轻动、灵活,语句简短却富有弹力,使人读来只觉心生欢喜之感,整个基调带有轻松、愉悦感。作者借"木瓜船"传递了对于飞鸟,对于自然的热爱,以及人与自然和谐相处的理念。"海阔,天空,自飞去的禽鸟",这正是作者对于自然和生态的美好祝愿,也传递了人与自然和谐共处的美好理念。

(刘世琴)

椰　子

椰子,本名陈嘉奖。1969 年 7 月 7 日出生,籍贯福建晋江。大学新闻系毕业,曾任省报记者。20 世纪 90 年代移居菲律宾,经营建筑材料业。喜爱现代诗和散文写作。现任菲律宾千岛诗社副社长、菲律宾华文作家协会副会长,菲律宾文心社副社长。

仙 人 的 棋 局

当飞机降落时,从舷窗往下看,薄荷岛的青山绿水、白沙清浪,就已清晰地展现着无穷的魅力,让我顿时有了不虚此行的感觉和按捺不住的喜悦。

从 Tagbilaran 机场驱车到举世闻名的巧克力山,沿途经过一片片金黄而平坦的稻田,农民悠闲地劳作,牛在水田中默默地犁地。时而经过排列整齐的人造红木林,树枝茂密得连阳光也渗透不进来,只有山风挟带着微凉的雾气,直扑我闻惯了大都市汽油味的鼻孔,消洗了舟车劳顿的疲惫。我竟产生了时光倒流的错觉,仿佛回到童年纯朴的土地上。

在淅淅沥沥的细雨中,我接近了仰慕已久的巧克力山,随着逐渐升高的盘山公路,我的视线渐渐开阔,一颗颗毛茸茸的小山丘先后浮现,直到我攀爬至最高点,极目之处,好像万物都在下沉,唯有那些乳状的山头凸显,分布排列,错落有序,那种鬼斧神工,就像是一对弈棋的神仙,厮杀到一半而遗弃的棋局,暗藏玄机,无从破解。

但据说,这样不可复制的山丘原先有 1776 颗,只因当地人误信山里头藏着金银财宝,而剖挖了其中六颗,真是暴殄天物。也许是这一天大的教训,他们才开始学会保护环境。如今,在这个神奇的地方,大地的葱茏,海水的清澈,河道的碧绿,不单单是老天的恩赐,也包含着人力的维护。大自然与人类的关系,的确是因果报应的循环关系。

岛上的罗博教堂外观斑驳,历史悠久,是菲律宾现今保存最完整最古老的珊瑚石教堂。这个巴洛克建筑风格的基督教堂在几年前的一场地震中损坏了。修复期间,当地人在临时搭起的棚子下做礼拜,闻名四海的罗博儿童唱诗班在这里唱诗,古老的沧桑油然升起,天籁之音迎风传来。

有人说,薄荷岛是菲律宾最为自然美的景点。其理由是,除了巧克力山和独一无二的眼镜猴外,还有 Panglao 漫长的环岛沙滩,该岛面积为长滩岛四倍大,沙滩的长度可想而知。在一处海边,沙滩绵长,沙质白净,海天澄明,椰风轻拂,我随便靠在椅背,时光仿佛凝固,只有海水慢慢流淌,与一些过度商业化、嘈杂的海滩胜地相比,内心的寂静、心灵的收获是别样的。

在短暂的旅途中,我忘情地感叹那里的一切都是不加修饰、原汁原味的。在著名的 Loboc 观光河道,当地人在潺潺的水边搭建了 Visayas 民族歌舞台,几十个表演者中,不乏掉了牙的老妪,咿咿呀呀地唱着,而身手不凡的舞者,竟是一位手脚麻利的老翁,那样的真实展现,让观光者能够直达他们民族性格的内心。

别了,这片淳朴而多情的山海,当我走进候机室时,听到迎面一支多人的乐队演唱的歌声。那个年老的满脸沧桑,没有一丝的动作与情感变化,而一个年轻的则浑身上下摇滚着热情,绽放着笑容,原来是几个盲人在卖艺。我沉浸在忧郁的乐曲中,往捐款箱里塞进一张小票,走向飞机,脑海中却依旧浮现他们各异的表情,那是一幅浓缩的悲悲喜喜的人生图像。

评论

作者开头就用寥寥数语,向我们描述了一番从舷窗往下看到的 Tagbilaran 机场美丽风光,进而是从机场到巧克力山的沿途美丽自然之景以及人文情怀,因而引发了作者的回忆,仿佛回到了儿时的土地上。紧接着以"据说"一词开头,为本文奠定了一定的神话色彩,同时又写到了岛上的罗博教堂,为本文再添一笔浓厚的历史的气息。

作者融情于景,用薄荷岛的青山绿水、白沙清浪这些美景,来抒发此次旅行,作者从一开始就是带着喜悦的心情。沿途的风景,淳朴的劳动人民让作者仿佛回到了童年淳朴的土地上,这既是对辛勤劳作的农民们的赞美之情,同时也表达了作者对于童年时期,对淳朴的土地的怀念之情。作者用对比的手法,对比前后的心情,一开始作者看到薄荷岛的景色时,他的心情是喜悦的,但结尾,作者写到当他走进候机室时,看到了盲人卖艺,他沉浸在他们忧郁的歌声中,这时在作者因要离开这淳朴多情的山海而不舍的情绪中增添了淡淡的忧伤之情。同时作者又引用具有神话色彩的故事,既为文章和巧克力山增添了神秘感,又从侧面暗示人们要保护环境,人与自然应和谐相处,大自然和人类的关系存在着因果报应的循环,你伤害自然最终会被自然伤害。

简单的勾勒,生动形象的刻画描写,在读者眼中展现着一幅幅美景美图,仿佛身临其境。让读者沉浸在具有童话色彩与历史厚重感的美景中,久久不忍离去⋯⋯

（张瑞坤）

王仲煌

王仲煌,1973 年出生,祖籍福建晋江,童年移居马尼拉,1990 起于菲律宾各华文报副刊发表现代诗及散文,2002 年起于《世界日报》广场参与时评政论,也于《潮流》杂志、《菲律宾商报》与《菲律宾华报》撰写过《葵花夜话》《拈花微言》《无糖咖啡》等专栏。现任菲律宾千岛诗社社长,著有诗集《渐变了脸色的梦》、文选《拈花微言》。

这是台时光机器吗?

朋友是位爱车人士,一边努力赚钱,一边关注市场又出了哪款新车。想永获心头好的确难,各大名牌车厂几乎年年推陈出新,致力于令人喜新厌旧。

不知什么时候起,我的梦想也是车,一辆优雅精致的自行车,这样说,好像我穷得很,其实却是奢华得多。我梦想的可是一个能自由自在骑乘自行车的环境,清新的空气,幽静的小径,还有那些千金难买的童年往事。

我记得离开故乡的前几天,正是在学习骑乘脚踏车,兴致勃发,但年龄尚小,大人型号的自行车不好控制,于是那几天都没有学会,倒成了留在故乡的一点小遗憾。十几岁时,有次到 Valenzuela 市一位经营自行车的同学店铺小坐,潜伏心底的遗憾涌起,于是记账七千比索,牵走了那店里最贵的一辆。

至于那时应该不会骑乘单车的我,如何突破那条噪音四起、交通紊乱、近一个小时的车程,把它带回马尼拉的家呢?真像某些如烟往事,我竟记不起来了。只记得,没过几天,那辆昂贵的单车就被偷了。如何被偷的呢?不堪提了,也好像某些伤心以往。

PICC 曾经有处场地租乘自行车,有几次我和一位好友约在那里,比赛看谁先骑乘到海边,年纪小的我接连几次都输了。那时外边那一大片填海地还没怎么发展,我记得有一次,弯腰仰首向着前面朋友奋起猛追的我,一直骑乘到海岸边才在朋友的身旁停下来,那时正当闻名于世的马尼拉落日带着它的晚霞万丈潜入大海,我们牵着单车久久立着看傻了,回首来时路时,已是一片昏暗,竟记不起路途风景,又是如何到此。想起来,又多像后来的某些人生时段。

我个性不喜舟车劳累,因此离马尼拉家比较近的度假村 Island Cove 成了常去休假的地方,而一圈一圈地骑乘自行车是我们一家四口在那里的例行运动,一圈一圈往前踩的时候,我发现人生的前方却尽是往事了,陌生的大千倒已没有多大吸引力,更希望的是能够遇见旧时朋亲,坐下来聊一聊往日的沧桑,谈一谈今天的幸福,一边踩着,一边想象是他们变了,或是我变了,或是时空换了?

踩着踩着我突然想:这是台时光机器吗?

城 市 的 鸟 兽

一

有一夜,在门口的走廊散步,发觉一只麻雀栖在窗口,我站着看一会儿,然后轻轻走近,料想它会受惊飞去,哪知走到它面前时,那麻雀只半眯着眼,向我瞧一下,小脑袋安详地缩进双翅里去。于是我想,这只麻雀也许受了伤,又想到城市的灰墙、玻璃、铁,可怜的麻雀,也许是饿得没气力了,我转回厨房拿了一把米,轻轻放在它前面,那麻雀似醒过来,又瞅了我一下,轻巧运动了一下颈子,又将脑袋缩进双翅,看也没看那些米一眼,我更肯定这是只受伤的麻雀,但仍不敢大意碰它,想起童年往事,据我的经验,一只鸟若开始被没有养鸟常识的人抓住,无论是出于善心或恶意,结果常一样。想到这里,我呆呆站着。这时"砰"的一声,菲佣回来了,我小心回看麻雀的反应,只见它睁开眼,看了我一下又一下,霍然飞起向外掠去,那轻巧的翔态看得我目瞪口呆,它停在电线缆上,回头望一眼,掠进夜里去了。很久以来,我当这是一则传奇,虽然我曾想到那麻雀是倦睡,那时我却不以为睡意会胜过鸟对人类的防卫心。城市的鸟真是太疲倦了。

二

经过闹市,见到有人在卖鸟,笼子里,似乎是紫红色和金黄色的鸟。我好奇地上前观看,发觉都是麻雀染成的,当然这又是种赚钱的花样,但这样的色彩并不能为麻雀添饰神采,一瞬间,就好像将涂死人的膏彩涂在活泼泼的人身上的恐怖。卖鸟的人只迷信色彩的高贵与价值,或是想用这样一幅景象,来广告自然的绝望。

而笼子里,麻雀们乱扑着,除了一个竹笼之外,还有一重紧身挣扎不出的颜色,它们用乱扑来证明它们的野性……

我想,谁会来买鸟呢?买一笼子的不安回去欣赏?

而无论卖不卖得出去,落进人类的笼子,这些鸟注定逃不出悲惨的结局。

三

黄昏时,人潮疏落的菜市场,常有三两只迷途的鸽子,停在屋盖或搭成摊位的帆盖上,无精打采。有些街童随便用竹竿或木棒,上面扎一个尼龙线的圈套,去套那些鸽子,但显然做得并不认真,鸽子通常不会一触就飞走,而是被弄烦了,便换一处近处的地方栖息。

一天,一只鸽子停息在我家窗口,我轻轻抓住,它竟然只微微挣扎,这时听到楼下的街童在喊:"鸽子是我们的,还给我们。"我为难了,鸽子停在这为什么是你们的呢?但眼看街童聚集,显然是跟踪那鸽子来的,也不能忽视。但难道要我巴巴地下楼去,将鸽子捧给他们吗?想到这儿,我的骨头就懒了,总之我把鸽子放回原处,想:让我们一起看它飞走好了。哪知道那鸟茫然回顾,却不飞走。楼下的街童又在抗议了。

当你知道自己在做一件没用的事,会觉得烦,也不用脑筋了,尤其那下午我心情本平静,于是我做了一件傻事,我又抓了鸽子,向下面轻轻地扔出去。那时认为,既然放手它却不飞走,那么我这样把它扔下去,它应该理所当然轻轻掉到地上然后被街童拿走,结果,那鸽子半途折了一个弯向我看不到的角度飞走了。我愣了一下,意会到这不能算一件意外,想到刚才傻瓜式的玩笑感到好笑,那些街童瞪着大眼睛看着我,然后漫天骂起来,我向他们摊开手,表示奇怪,你们怎么还生气!难道不觉今天发生一件好笑的事吗?我无可奈何地转过身,楼下又骂了一会便散了。

四

校园里,一只黄色的鸟出现了,接连几天,嘎嘎地叫,啼声清响而带几分野性,马上引起学生们的注意。校园的尽头是一堵围墙,被青绿的藤蔓攀满,墙前是几盆花木和两棵树,墙后一片空地,容许风的流通,那鸟就在墙的前后出没,且不停地叫。有位学生拿着他的玩具枪,瞄准射去,子弹很轻,但把鸟吓跑了,第二天,总算它仍然在那儿,但慢慢地只是偶尔地叫几声,却不再有野性的清音了。不久后,偶然去注意它,惊见那一身鲜丽的黄羽灰沉起来,我当这是种幻觉。

有时我想着这样的鸟自哪里来的,朝许多方向幻想,我的想象总逃不开高楼、人潮、烈日,想不出附近哪一座树林能与那黄羽配成自然。它又为何要来呢?

看那鸟,在城市中独自守住这样一个小天地,像是自然的,我想起"异乡客"三个字。

五

晚间,没有交际应酬的菲人小贩便闲坐在菜市场的路旁,或坐在空的摊上,或打开一张帆布椅子,就像中国乡村的农人,夏夜坐在庭院前纳凉,然后,不知何时开始,他们玩起了打蝙蝠,在十字街口,高高地翻飞,又低低地朝你眼眸飞来,一瞬间,不知怎的竟没有被撞着。

我想起小时候在乡野,曾凭着记忆在白天用竹棒去捅屋顶的一个小洞,把一只蝙蝠从里面逼出来,自我眼前掠过飞没,打破了蝙蝠不在阳光中出现的传说,那时,迷信蝙蝠一到阳光中就会化为乌有。在乡野传说中蝙蝠是老鼠长出翅膀来的,却不知在城市蝙蝠怎么开始出现的?

这么敏感的蝙蝠,却不识危险,就朝着一定的路线翻飞,大人们已拿着木棒或竹扫,孩童们在旁边助阵,就像我们摊着双手,出神地等待拍打一只蚊子的时候,不顾本身姿态的可笑。这样扑打了一阵子,蝙蝠闪避再快,也一只只被打落了,孩童们把它们集在一起,一小半害怕一大半兴奋地观看。

后来,大人四顾望望说没有了,又顾自闲谈去,只一两个小孩还不死心地张望着,一会儿,一个女孩喊着:"KUYA,好大的蝙蝠噢!原来还有许多。"但她的哥哥躺在贩摊上,懒懒地睁一下眼,翻过身去了。这场游戏就算暂时结束。

第二天,又有蝙蝠继续地飞,几个小孩拿起木棒在备战。这片空间就像在乡村。这场游戏要流行几天。

🌴 评论

《城市的鸟兽》有麻雀、鸽子和蝙蝠,作者为我们描述了城市的鸟与蝙蝠,无论是麻雀还是鸽子或是其他,它们都已经失去了本身的野性。面对着闹市中一只只被装在笼子里的鸟,作者忍不住发问:谁会来买一笼子的不安呢?

生活在城市中的鸟,没有山岚的苍翠,也没有原野的空旷,暗淡的目光早已失去了伶俐的敏锐。作者笔下城市中的鸟,已经失去了原本该有的样子,作者通过描述自己看到的几个鸟和蝙蝠的故事,让我们看到了这些倦怠的,病态的,早已无法自由飞翔的城中鸟兽。

城市里的鸟也会飞翔,但是缺少了飞翔中划过的美丽曲线;城市里的鸟也会啼叫,只是啼叫声中有着忧愁和哀怨;城市里的鸟也会凝望,只是凝望的瞳孔中没有一丝丝的希望。

(张瑞坤)

越南卷

赵　明

赵明，原名姚伟民，1961年生于湄公河畔，祖籍福建永春。越南财政会计专业学校毕业，中国厦门大学海外教育学院中文专科毕业。28岁开始写作，作品发表于越南，北美，中国香港、台湾，以及东南亚地区的华文刊物、华文文艺网站。《越南华文文学季刊》副主编。曾获越南华文《西贡解放日报》1990年征文第一奖，香港2006年度网络诗奖优异奖。2012年出版新诗、散文、小说、译作集《守望寒冬》。

永熙走笔

如果说，世上会有很多人知道金兰湾在哪里，有什么样的地位，并非言过其实，那么，越南本国就有不少人尚不知道永熙湾的存在，也不为过。

默默地生存在别人光环下，默默与日月为伍、与沧海为邻，默默待在潘朗市与举世闻名的金兰湾之间的一个小渔村，随着公路的逐渐开通而走进人们视野，日益被喜爱清幽的游人所乐道，小小一处海湾让永熙村从此不再寂寞。

主山国家公园本身就是一个吸引探幽族的景点，永熙村就像一条龙的眼睛。在这里可以饱览青翠的山姿，那绿，让人心旷神怡；还有湛蓝的海水，那蓝，让人直接理解她的深邃；还有，海底那斑斓夺目的珊瑚，让人眼前一亮，痴迷忘返。当然，感受最深的，莫过于堪称国家第一咸的海水，咸得发呛，咸得载得起人，令人难忘，而宁顺省国道两旁广袤无垠的盐田就是明证。

永熙人很少大声说话，不温不火，至少我在的三天三夜是如此。买卖不欺人，待人真诚平易是永熙人的特征。把平日在庞大都市里灌满耳朵的吵嚷叫骂呐喊、急促的汽车喇叭还有歇斯底里的机车声，带到永熙，会变成一种难言的尴尬。

虽是一个弹丸之地，这小村却有两个集市，一个是早晨六点到九点的早市，有鱼肉、蔬菜、水果、服装、日用品，九点半之后，一片空旷，没有鱼鳞菜头，没有纸屑果皮，什么都没有。对面不远处还有一个夜市，专卖吃的，十九点开始，二十二点打烊。翌日清早五点钟起来晨运，经过一看，没有残羹剩饭，没有空瓶空罐，没有那些坐过吃过的痕迹，什么都没有。想想那些号称全国第几大第几大的都市，垃圾呀，路旁一袋挤着一袋，桥上一袋叠上一袋，巷口一袋挨着一袋，电线杆下一袋压着一袋，还有人行道上满地食物的痕迹，比起来，永熙真是"寒酸"极了。

永熙人出现最多的是清早，海上归来，儿童上学，主妇上街，露天咖啡。往后就稀稀疏疏了，晚上十点钟，码头一片黑，夜市一片黑，到处一片黑，海上闪闪灯火，是捕鱼人在谋生。

如果说那些大都市像一个中年贵妇，衣着光鲜，满身珠光宝气，雍容华丽，满怀信心在高谈阔论，不小心时偶尔让口沫飞溅，永熙村就是一个十足的村姑模样，布衣长发，默默伫立在黄昏里，迎风飘散她的朴实，让暮霭将来客融化在她的纯真里。而得天独厚的金兰湾，因为特殊的地位，不得不经常同国际话题扯在一处，长年显山露水，头角峥嵘，永熙村这小小的海湾还是不慌不忙地过着近乎原始的生活，静静地与日出为伴，与日落为伍，地久天长，宠辱不惊，即使是最吝惜情感的硬汉，也禁不住为她的淡定而动容，对她倾注自己的爱。爱她的憨厚，爱她的与世无争。

不一定要很高才是山，不一定要很深才是海，不一定要很大才是湾，不一定要很繁华才受人仰慕，只要自己喜欢，情之所系，那就是爱。

🌴 评论

《永熙走笔》是一篇生态散文，也是作者自发地想为永熙人、永熙湾发声。作者描述了永熙人在永熙湾的平淡简单的生活，也描绘了永熙湾的特色景点，描绘了永熙人的特点。表达了作者自己对永熙湾的独特情感——只要自己喜欢，情之所系，那就是爱。

《永熙走笔》中的走笔是"用笔很快地写"的意思。上文说《永熙走笔》是一篇生态散文，其实它也是一篇说明性散文。用平淡的基调叙述着永熙的人、事、景，看似平淡地表达着对永熙的喜爱，实则每一个字、词、句的运用都感情深切。文章大体可以分为三个部分，对永熙不为人知的惋惜，向读者介绍永熙，深情地向永熙表达爱慕之情。第一个部分，将永熙湾与金兰湾进行对比，讲述在公路开通之前，永熙就默默地在世界上存在着，体现出永熙的鲜为人知。第二个部分则分别举了主山国家公园、永熙人不温不火等例子，体现出永熙这个地方的平凡无奇。动静结合，以声衬静，表现出永熙的静谧、永熙生活的朴实简单。永熙人的生活更是规规矩矩，非常按部就班的来。种种迹象都表明了永熙的神秘，引人入胜。第三部分则运用比喻、拟人的修辞手法，将永熙比作小姑娘，将大都市比作中年贵妇，两者进行对比，衬托出永熙的憨厚、与世无争。更是表达了作者对永熙的热爱之情，并且解释了作者深爱她的缘由。作者在最后一段的描写叙述，更是满富深情、诗意，就像一个深情的情人向他最爱慕的姑娘写的情诗一般——只要自己喜欢，情之所系，那就是爱。文中还运用了"默默""稀稀疏疏"等大量叠词，使文章读起来朗朗上口，富有音韵美。

《永熙走笔》的作者赵明，是一个生活经历非常丰富的人，并且极其富有生活情趣，懂得享受生活中美好、浪漫之事。赵明的文笔简单朴实，用情却极其深刻。用着生活化的语言向读者叙述着故事，感慨着世事万千，感谢着生活所带来的小美好。

（王思佳）

缅甸卷

林郁文

林郁文,原籍福建南安。1944 年 12 月生于缅甸达柳飘。1964 回国,现居昆明。笔名林枫,博名枫林晚、云游子。1986 年 7 月毕业于北京自修大学汉语言文学专业。少年时代曾在仰光《人民报》副刊以夏雨、杨岸为笔名发表过多篇散文、诗歌。近年所写的诗文散见于网络、报纸、杂志。著有《枫林晚·林郁文诗文选》(2012 年初版;2016 年再版)、《芸窗夜吟·林郁文诗文选》(2018 年出版)。

一个可以让灵魂和大自然私奔的地方——呈贡捞鱼河湿地公园

久居闹市,难免厌倦城市的喧嚣,想"逃"到城外找一处山清水秀的幽静之处,让灵魂和大自然私奔一回。

正好,重阳节那天,我有幸和一群头顶着白发的老头老太,应邀结伴到昆明东郊呈贡捞鱼河湿地公园一游。

报上说,呈贡捞鱼河湿地公园位丁昆明环湖东路接呈贡方向,占地近 700 亩,湿地内部的水域覆盖面积达到 500 亩以上。景色别致,环境清幽、植被丰厚,是全部环滇池湿地当中景色最美的。

果然,当你进入湿地公园,迎面扑来的便是那一大片绿得令人心旷神怡、长在湿地水中的 3.5 万株苍翠的中山杉。

这便是公园的主题景点——水上森林。

这 3.5 万株树干挺拔,树形优美的中山杉,像 3.5 万个卫士,肩负着保养、净化滇池水质的任务,守护在这里。

他告诉人们:他们一生会在这里坚守。守住了自己,也就守住了滇池——这颗高原明珠。

水上森林入口处，一排设计独特的石墩，依次蜿蜒伸向林中，供游人通过。

顺着石墩，徐徐漫步进入林中，听着、看着脚下绿得令人心醉的流水，潺潺流过石头铺就的河道，在每一个地势低凹处，你会看见水流形成一个小瀑布。

当绿水滤去你从闹市带来的一股烦躁虚荣之气时，你内心是否会油然生出一个哲学和人生的命题：是水融入了石头，还是石头瓦解了水？

人生如水，雁过无痕。

走在林中那一座座蜿蜒曲折的木质栈道上，当你品味着小桥、流水、人家的古典韵味时，你是否会觉得时光在倒流，看见马致远骑着一匹瘦马在桥那头？

然后，你穿过这片水上森林，林中小桥，来到滇池之畔时，你眼前豁然开朗，八百里水天一色，浩瀚无际的滇池此刻就展现在你面前。

今天，恰逢滇池"开海之日"。在碧水蓝天深处，你极目隐约可见渔舟千帆竞发的难得景象。

天地相容。云水相亲。灵魂私奔。原来只需要这一池涂满绿色的湿地和湖水。

且 行 且 吟 滇 南 游

西盟 · 勐梭龙潭

一边是汪汪清潭，一边是葱郁密林。

在这个阳光明媚的春日，我拄着外孙女姣姣为我在林间小道古树成行的路边捡拾的一根树枝做的拐杖，走在西盟县勐梭龙潭的环湖道上，仿佛走进了一个美丽的童话世界。

你绝对想不到，这潭清澈如镜的龙潭湖水，就在离西盟县城不远——约三公里的脚下。我们沿着龙潭迤逦蜿蜒的环湖小径，姣姣一路扶着我慢行，尽情享受着这一幅"城在林中，林在水中，水在城中"，被誉为"中国生态第一城"的绝美风景。

茂密的热带雨林,孪根倒挂的千年古树,把清澈文静的勐梭龙潭拥入怀中。几只水鸟掠过湖面,湖面没有树叶——传说是多情的姑娘变成了小鸟,守在湖边,衔走了落入水中的每一片树叶,以保持情人清洁的面目不受破坏。

于是,你的眼睛会不由自主地在湖面上搜寻是否真有"在水一方"的多情"伊人"……

而更为美丽的佤族传说还有:勐梭龙潭与缅甸境内秀球龙潭互为夫妻,每年水浑三天就是夫妻相会所致。

"我能想到最浪漫的事,就是和你一起慢慢变浑",这对甘居凡尘的潭之神,把362天的清幽赠予人间,而一年一度雷打不动的相会,则要付出浑浊三天的代价。

这就是勐梭龙潭的传说,和秦观笔下的"纤云弄巧,飞星传恨,银汉迢迢暗度。金风玉露一相逢,便胜却人间无数"的牛郎织女,七夕相会,一样美丽幽怨。

龙摩爷

一脚踏入勐梭龙潭的龙摩爷,一丝寒气扑面而来。

3600个牛头,千姿百态,气势磅礴,一路两旁排开,极具视觉冲击力和心灵震撼力。

龙摩爷——众神灵的聚集的地方！今天,我们一家人冒着阴森的寒气,到这里参拜您来了。

我和姣姣特意寻了一副"牛"而朝天,气势非凡的牛头桩,挂上一绺麻线,虔诚地向神灵许上保佑我们全家平安无事的心愿。

饮一捧勐梭龙潭圣水,我们在一处千面吉祥牛头前留影,求逢凶化吉保平安。

西盟篝火晚会

华灯初上,我们漫步在霓虹闪烁、热闹无比的西盟新县城的大道上,去一个叫江三木洛剧院的大广场上参加了一场佤族的篝火晚会。

这是一场由佤族同胞表演的由最朴素、优美,最激情、粗犷奔放的舞蹈组成的篝火晚会。在场的各民族兄弟客人围着广场中央的篝火尽情狂欢。

我仿佛穿越时光隧道,在远古高山密林中,和佤族兄弟姐妹围着原始的篝火,男的唱着、跳着粗犷欢快的木鼓舞,女的唱着、跳着热情奔放的甩发舞,回到莽莽丛林的人类童年!

水煮的时光,就这样在欢快优美的《阿佤人民唱新歌》的歌谣中,永不消逝!

🌴 评论

本文是一篇记述"我"和外孙女姣姣一起游览西盟县时的见闻与感受的散文。文章主要讲述了三个游览项目——西盟·勐梭龙潭、龙摩爷和西盟篝火晚会。"西盟·勐梭龙潭"部分主要描绘了龙潭密林的绝美风景并讲述了龙潭美丽幽怨的爱情传说。"龙摩爷"部分主要记述了"众神灵的聚集的""龙摩爷"给人带的心灵震撼,以及"我"对于平安吉祥的虔诚祈求。"西盟篝火晚会"部分则主要记述了"我"对于朴素、优美、激情、粗犷、奔放的篝火晚会的陶醉以及对人类原始欢愉的渴慕与期求。

文章既有壮美景物的描写,也有游览见闻的记述,还有作者情感的抒发,这种多重表达方式的综合运用,使得作品内容更加丰富多样,避免了单一和单薄。

同样地,本文也将第一人称和第二人称综合运用,比如"你绝对想不到,这潭清澈如镜的龙潭湖水,就在离西盟县城不远——约三公里的脚下。我们沿着龙潭迤逦蜿蜒的环湖小径……"一句,就使得作品的语言更具有亲和力,也能兼顾作者真实情感的抒发。

文章的思想比较内隐和多元,既有对壮美之景的赞美与惊叹,也有对平安吉祥的祈求与期待,更有对美好事物的拥抱和追慕;并且文章的语言也较为优美,常能引经据典而富有诗意。所以综合地说,本文是一篇兼具情感抒发与思想表达的诗化散文。

(李仁叁)

苏懋华

苏懋华,1949 年出生于缅甸北部格沙镇,是年母亲带入云南腾冲探望外祖母,从此父母各居一方,一直跟随母亲成长。于腾冲一中初中毕业后,"文化大革命"期间回农村接受再教育。1974 年移居缅甸与父亲相聚,在缅甸打工,挖玉矿,后从事经商,现已退休。有作品在东南亚华文报刊上发表,被收入《缅华文学作品选》。

像 花 儿 一 样 的 绽 放

每年的这个季节,家前的五色茉莉如期绽放,在这之前,我仔细观察花树的细节变化,树下每天有扫不完的落叶,然后发现在光秃的枝儿上冒出无数新芽,细看,这不就是花蕾吗? 我期待已久的新生命即将诞生,这时我都会加倍地浇灌施肥。在我心中,她就如同孕期的妇人,需要更多的养分。

古人对花的赞叹,多与人格品性相关联,梅兰竹菊四君子家喻户晓。陆游把自己比作梅,陶渊明独爱菊,周敦颐爱莲。而我最喜爱的是伟人毛泽东的《咏梅》词,用梅花比喻人积极向上、不辞寒苦,催人奋进;而陆游的《咏梅》词虽忠贞坚强,却有些无奈和消沉。

门前的五色茉莉绽放着笑颜,她的颜色在不断变化,想起人生,也不过是如同眼前花儿的开放过程,开放意味着凋谢,然而花的灵性令我感佩! 她始终如一地完成自我的使命!

"落红不是无情物,化作春泥更护花。""待到山花烂漫时,她在丛中笑。"这些诗词句子都是赞叹花的高尚情操。

人到晚年,如夕阳吐艳,如落红花朵,即将化作春泥,化作沃土,可是,应当笑容可掬地过好每一天,当凋谢不期而至,也应把最后的价值肥沃万物生灵!

看 海

浪涛拍打岸沙的声音生生不息,我伫立瞭望,辽阔的大海茫茫无垠,浪无声无息地自远而近,到了岸边,发出低沉的轰鸣,显露出它的威力,一拨接一拨,很有节奏,岸沙洁净而柔软,任随浪头冲刷,却依然处之泰然。浪冲击岸沙抛掷出的雪白浪花洒满一片,瞬间在眼皮下消失。

我再也按捺不住了,试探着走入水中,由浅至深,泛蓝的海水暖而柔和,溅到嘴里咸咸的,比平时烹饪的汤味还咸,柔柔的细沙在脚下飘移。啊!我终于在大海里击浪了,我整个身心沉浮于海水中,浪冲刷着我尘世的繁杂,让我有如脱胎换骨般的感觉。

古人有智者乐水的说法,我非智者,但我乐水。记得小时候在家乡的沟河里戏水,打水仗,捉鱼,玩泥巴。在浑浊的荷塘里学会了游泳,稍长经常到闫家塘一显身手。后来到了缅甸,才看到大江大河。

在克钦邦昔董五台山上,瞭望灰蒙蒙的密支那平原,伊洛瓦底江宛如一条白玉带系在其间,如薄纱中的美女令人遐思,伊江是完美无瑕的,它贯穿崇山峻岭,盘旋于广袤大地,滋润着一方子民,然后滔滔不绝地归入大海。

站在若开邦的额不里(NgaPaLi)海滩,领略大海的风光,暖风带着淡淡的腥味迎面扑来,感觉到大海沁人心扉的柔情。它的无边无际,它的深不可测,忽感到人是那么缈小,小得如一粒细沙。

海的深藏不露,让人类不断开发自身的"脑矿",不断向深海探索。海给人类造成太多的悬案,不知何年何月才能公诸于世,马航的不了情,哭干了多少世人的泪水;轰轰烈烈的泰坦尼克号的沉没,多少人惋惜一对情人的凄美故事;百慕大的诡异令人百思莫解。海的深邃,海的襟怀,海的威力,海的蕴藏,给了人类无限的启发,让人类敬畏于未知的探索中。

花 开 花 落

家边围墙脚下有一株昙花,记得是多年以前我亲手栽的,开了一季后,听人说住宅栽昙花不好,大概是忌讳"昙花一现"的短暂吧。我虽不屑这样的世俗观念,可是不好听的说法在耳畔老是挥之不去,这株昙花无辜地被我冷落了。

多年来她并不因为我冷落了她而消失,她安然地过她的生活,不怕水淹,不怕背阴,不怕杂草侵扰,她依然长势良好,显现出她的坚贞不屈!

到了花开的季节,她在黑暗中默默绽放,散发着清香,沁人心脾,我知道她又开放了,持灯观看,好美的姿容,美得如出浴的少女,高贵得令人不忍碰触。

我仿佛觉得我们做人远不如昙花,何必处处要在阳光下炫耀!

人生,即便如同昙花一现,明天面临的是凋亡,依然处之泰然,展现出生命的价值,释放出生命中具有的能量,活出精彩,从容绽放,香味传遍人间。

🌴 评论

《花开花落》是一篇描写歌颂昙花的生态散文。人们因忌讳"昙花一现"的不吉利,很少有在家里栽昙花的,而作者却亲手在家边围墙下栽种了昙花。但是昙花依旧被作者冷落了,而昙花依然自己默默绽放,散发着不为人知的光芒。

作者这篇散文,短小精悍,寥寥数语,句句经典。昙花无视人们的怨言,它知道自己是为了什么而灿烂,它清楚在这个缤纷的世界里,哪怕孤独,哪怕无人知晓,哪怕明天就会凋亡,它也毫无畏惧。

作者赞美昙花,赞美它不急功近利,赞美它顽强的精神,其他植物乞求多少水和肥,而她随处可以生存。类比人生,应该也如昙花一般,无论明天发生什么,都要处之泰然,从容绽放。

（张瑞坤）

许钧铨

许均铨,澳门居民,1952 年 12 月出生于缅甸仰光市,祖籍广东台山。著有小说集《一份公证书》《西蒙的故事》等 4 本,编著《归侨在澳门》等 2 本、主编《缅华文学作品选》等 78 本,参加编辑《缅甸华文文学作品选》等文学作品 3 本,发表各类论文十余篇。得过澳门文学奖等十几个奖项。

湿地素描(三章)

湿地上的唐人村

如一张巨型地毯般的翠绿的蕹菜田覆盖仰光郊外的湿地,散落在湿地上的是一座座门口贴有红色春联的南洋高脚木屋。主人光明正大地向人们表明炎黄子孙的身份,热带慷慨的阳光让湿地的菜蔬有更多的机会去发挥光合作用。在这片并非单一种植蕹菜的水塘中,还生长着慈姑、茭瓜。偶见黄莺衔草飞入茭瓜田的深处筑建爱巢,时有成群白鹤从天而降,飞入蕹菜田这绿色地毯上表演优雅的鹤舞。之后在这里追逐、觅食,脆嫩的蕹菜在它们的长脚下啪啪地折断。鹤舞谢幕似乎向湿地的农人表示,到此献舞理应大快朵颐而不是白吃午餐,可换来的是菜农用水牛角制成的弹弓射出的弹珠。白鹤无奈地纷纷飞起,仰天长叹世上知音难觅。接着白鹤群更是被蕹菜田中突然出现的华夏型稻草人吓得惶惶不可终日。可聪明的白鹤对稻草人日复一日立在水中不走不动习以为常,之后视若无睹,又回到它们祖辈留下的乐园自舞自乐。华夏菜农与鹤群在这沼泽上演绎人鹤间的持久大战。

谈不上是沧海桑田之变,湿地依旧是湿地。珠玑后裔的先驱者在 19 世纪中叶到此筑堤蓄水、清除野草,在仰光市郊这片人烟稀少,不毛的沼泽地上建立成一个有经济效益的特殊的唐人村,一户户广府人接二连三地落户到异国的不毛之地。数十年的耕耘,广府人后裔把手中的镰、锄、铲化为笔,汗水化为彩色、化为墨汁,在这片沼泽地上描绘出一幅巨大的华夏田园图。当地华人取名为唐人村、蕹菜塘。

正是,玲珑木屋立塘中,华夏草人手舞风。蕹菜田园如画美,珠玑后裔绘图鸿。

唐人村的小木桥

一座高出水面约一米宽一米长百余米的小木桥是"唐人村"的主要路径,也是村子与外界相连的唯一路径。各家各户木屋又由自家的小桥连到小木桥上,木桥把村子连成一片。

站在蓝天白云下的小木桥上,映入眼帘的是一片翠绿的空心菜田,红色、橙色、黑色的蜻蜓在菜面上做特技飞翔、追逐、点水,斑纹多彩的蝴蝶也不甘示弱,在池面更优雅地飞舞,高歌情曲。不甘寂寞的池鱼跃出水面,一个翻身,扰动平静的池水,瞬间又沉入池塘深处,鱼想告诉水面的生灵,精彩的世界在湿地深处,唯有蕹菜丛中的青蛙知道这世界各有各自的精彩。

小木桥的早晨,菜农运送菜蔬到市场交易,学生上学,家庭主妇去市场购物,不算熙来攘往,也算热闹。广府语的相互招呼、问候,会让人们忘记身在异国,那感觉如在祖居国的某个水乡,某个村落。

骑单车的报童每天在小木桥上做特技表演,他带来的华文日报是村中为数不多的文化人之精神食粮,村民们在欢迎他大驾光临之际也都在为他在水面的单车杂技表演捏一把汗。曾有表演者因骑车技术水准欠佳坠入池中而狼狈不堪。

小木桥是傍晚放风筝的最佳地点,只有高手才能保证风筝顺利上天,因为桥下的水塘会非常慷慨地给风筝准备一个免费澡堂。

入夜的小木桥沐浴在清凉的微风中,天上星光点点,在萤火虫飞舞的夜晚,巨大的空间同时出现无数条微光闪闪的弧线,荧光忽起忽落,忽明忽暗,加上此起彼落的青蛙、蟾蜍、田鸡的鸣叫声等,天然交响乐团演奏的唐人村小夜曲天天在上演,而小木桥是最理想的欣赏位置。当地广府人称这小木桥为角仔路。

正是,独立桥头沐晚风,茭瓜叶面闪萤虫。夜间曲起知何处？惊悟诗词在画中。

小木桥上的诗画

唐人村、蕹菜塘、角仔路,在我的记忆中永远占有一个重要的位置。在小木桥上钓鱼,钓黄鳝,放风筝,用弹弓打鸟雀,见过在池中游走的水蛇。在夜间,看见在天空上飘过无数的孔明灯。俗称"小人书"的连环画是当时生活中的最爱之一,假期或无事可做的日子,会躲在木屋的阁楼半懂不懂地翻看祖父去世后留下的一大箱藏书,在这片沼泽地的一间木屋,我度过了童年和少年。

一家有事百家帮,婚丧喜庆是村民的另类社交,华夏守望相助的美德在唐人村得到完整的保留和发扬。生活在唐人村的木匠们会无私地修换朽坏的桥墩和桥面,那纯朴自然的动作,是唐人村最美的诗篇之一。当穿着白色婚纱走在小木桥上的出嫁女,嫁入唐人村的新媳妇,那是最美的图画。

蕹菜的雪白小花天天吟诵华人移居异国的创业艰辛,遵纪守法。这如诗如梦的乐曲,需要你静静地用心去聆听。

"枯藤老树昏鸦,小桥流水人家,古道西风瘦马。夕阳西下,断肠人在天涯。"离开唐人村的数年后,第一次读到马致远的《天净沙·秋思》一曲,感到"小桥流水人家"一句似曾相识,终于想起小学老师上语文课时说过:"说到风景,我们唐人村就很美,有小桥有流水可以钓鱼……"没等老师说完,同学们哄堂大笑,我也参与同学们的不认同的大笑。那是 20 世纪 60 年代中的事。

唐人村,小木桥,是广府人在异国不是刻意塑造而成的"小桥流水人家",犹如一个没有桃花的世外桃源,常见村民在小桥上、阳台上垂钓,还有的村民从窗口中伸出钓竿,当时生活在"小桥流水人家"环境中的村民,没几个感到这生活在诗中、在画中,"小桥流水人家"的美,深深刻在我的记忆中,像酒,时间越长越醇美。

正是,小桥流水家园中,垂钓阳台乐老翁。木匠无私移朽木,新娘莲步映千瞳。

无 莲 不 成 湖

"无莲不成湖。"我在缅甸上小学时,听到缅文老师说这一句缅甸谚语时觉得通俗易懂,又半懂不懂,感到自己学到了新的知识。

缅文教科书中有神话故事:在森林深处,有一个美丽的湖泊。湖水清澈见底,彩鱼游动,湖面五莲盛开(五莲指白莲、红莲、紫莲、铃莲、荷花等,缅文词语中,莲与荷同用一字),湖中有七位美丽的仙女在戏水……这一戏水美景,刚好被一位因打猎迷路的王子遇见……

20世纪80年代初,我离开仰光市跟朋友到泰国达府做生意。在克伦邦(Kayin state)的某地,见到一个还没被开发的湖泊。当时是早晨,宁静而美丽的湖面上,相间生长着一大片红莲、白莲、紫莲,在蒙眬的晨雾中,或高或低、或近或远、或大或小,各自摆出优美的姿态。我感到此湖此景很符合缅文教科书上对湖泊的描述——带有仙气。此时朝阳照到湖面上,晨雾似乎在向湖水、树木、大地做依依不舍的告别,慢慢退去,无声无息地逐渐消失,如梦如幻。

我们几位商人跟向导上了一条舢板,船夫很快将船划入湖中,我们在莲花丛中穿越,时而穿过一大片芦苇,有鸟类因我们闯入受惊吓而惶恐飞离。这湖泊人类活动较少,受人类破坏的痕迹也少,约两小时穿越湖泊,我们到了丹伦江(也叫萨尔温江)边。向导说,这湖还是缅甸政府控制区,再往前走,就进入克伦邦(Kayin state)中的国都勒(Guoduli):游击队与政府军的拉锯战区。虽然感到害怕,但是为了生意,我们还是过江了! 我回首看看如梦如幻的湖泊,真的有点依依不舍。

从泰国回仰光市的时候,另外一个向导带我们走了其他路线,我没有再见到湖泊。因为当时是做生意,不是去旅游,那地区也不是旅游区,而是战区的边缘。

我爱上了这个原始的无名湖!

说到缅甸的湖泊,最著名又是最多游客观光的莫过于坐落在掸邦良瑞平原上的茵莱湖(Inle Lake)。此湖是缅甸境内的第二大湖。20世纪80年代的一个冬天,妈妈与我们夫妻从仰光市经达西市(Thagi)到了良瑞镇

（Nyanugshwe）。

茵莱湖坐落在缅甸掸邦海拔 900 多米的崇山峻岭之中，因独特的地理条件而名扬世界，也是缅甸境内旅游景点中的一颗璀璨明珠。此湖南北长14.5 公里，东西宽约 6.5 公里，面积约为 94.25 平方公里。妈妈与我们夫妻从良瑞码头坐一条装有马达的木船，顺着水道，进入湖心，船夫说夏天的水位比冬天深 60 厘米。此湖面有数十个村庄，房子都是建在水面上的。

湖中心有一座寺庙，供有五尊大佛，五尊大佛外形像西瓜般的圆石，圆石表面贴满金箔，金光闪闪。寺庙周围有饮食店、商店和不少民宅，一个独特的水上村落。

这湖面还有不少的浮岛，也就是水面生长的植物长年累月变成一块块浮在水上的结实草垫，当地人铺上一层泥，在上面种植蔬菜，确切一点称为水面上的"田"更合适。这种原始的水上种植法，还没有在其他国家见过，这是特色一。茵莱湖的男子是"金鸡独立"的高手，单脚站在木船尾，用另一只脚划桨，这种划船方式也没有在其他国家出现，这是特色二。这个高原湖泊的水产很丰富，有鳅鱼、鲤鱼等。而鲤鱼更是独特的鱼类，因为缅甸境内除茵莱湖，都没有产鲤鱼，这是特色三。有传说是滇籍人士从云南省带回鲤鱼苗在茵莱湖放养，但此传说没有文字上的记载录入。此湖因面积大，莲花、荷花的数量也相对多。茵莱湖是一个传奇，是一本深奥的书。

我喜欢茵莱湖，因为太太是出生于茵莱湖畔的良瑞镇，我有多篇作品以茵莱湖为背景。

出生于仰光的我，印象最深刻的当然是仰光市郊的茵雅湖，华人称为燕子湖，听长辈们说，从飞机上看茵雅湖，湖形像一只飞翔的燕子。有关这一传说，这么多年我没有找到更多的依据。

我的童年和少年是在离燕子湖不远的唐人村渡过的。唐人村是建在一片湿地上的村落，以广府人为多。各家各户在房前屋后占一片湿地，也就是一片池塘，种各类蔬菜，以空心菜为多。

当时的长辈也叫燕子湖为"大塘"，大塘是当时的普遍叫法，不知是不是每一家有一个小塘才叫燕子湖为大塘。唐人村的华人会去燕子湖游泳，或到湖畔野餐，垂钓，当时仰先市郊区人口少，湖水很清，可以见到水底的游鱼，湖边长着袖珍小莲。湖水就是湖边居民的饮用水。我在仰光生活的岁月里，数十次到过茵雅湖。

记得 10 岁那年的春节,爸爸和舅舅带我一起去茵雅湖,我们在湖边玩了一阵后,我在长辈的陪同下,在湖边玩了一阵水,当时不会游泳,之后换了衣服坐在岸边,吃年糕。我听到爸爸和舅舅说比赛潜水,他俩同时潜入水中,湖面一下子变得很平静,十几秒后,爸爸和舅舅在离岸边二十几米的湖面上先后冒出,他俩的潜水比赛,观众只有我一个。这场半个世纪前的非正式比赛,在我脑中还历历在目。当时的湖心有草木茂盛的碧绿小岛,湖面还有帆船爱好者扬起一片片风帆,在湖面漂游,成长后我感到那湖面是一幅美丽的风景画。

2015 年 3 月第八届东南亚华文诗人代表大会在仰光市召开,主办单位安排出席大会的诗人们游览茵雅湖,并对大家说此湖是仰光的情人湖。数十位诗人坐在湖畔的小店,边喝饮料边欣赏湖光山色。在我童少年时代,湖畔的大树底下会坐着一对对衣着整齐的青年男女,他们在人少安静的地方谈恋爱。现在的湖边到处是人,原来湖畔的一对对情侣是茵雅湖的一道亮丽的风景线,往日情人约会的湖畔,已成了脑海中的一幅古典画,因为现在是人满为患,热闹非凡,而现代的青年人谈情说爱,也不找湖畔的大树底了。

我看到当年爸爸和舅舅比赛潜水的地方,湖水从原来的清澈变成青绿,几乎成了青苔水!当年很多人游泳的茵雅湖,已见不到游泳人士,此湖污染比较严重。

虽然湖水变成青绿,我相信只要引入新的水源,从另一边排出部分湖水,茵雅湖水得到更换,便会恢复水质。我爱茵雅湖,这里有我太多太多的回忆……

说到湖泊就不能不谈仰光市的甘多基(皇家大湖,通译为皇家湖,因为仰光市还有一个甘多勒,即皇家小湖),皇家大湖(甘多基)在市区内,著名的翁山公园就在湖畔。我在 20 世纪 60 年代读小学时,学校老师有几次组织学生到此湖畔的翁山公园旅游、野餐,这湖畔有宾馆及其他政府建筑物。

皇家大湖因建了一座格拉威(妙声鸟)餐厅而成了地标,远看这座豪华餐厅,像一只浮在水面的金色双头鸟。夜晚的湖面更妙不可言,黑暗中有一只吉祥的神鸟在发光。我曾多次到此餐厅参观游玩,整座餐厅都是缅甸的古雅浮雕,风格古香古色,印象深刻的是不准游人在餐厅内摄影。这水上餐厅是国宴的一个地点,平时也开放给市民用餐、饮茶。我有一个弟弟的订婚仪式就选择在这水上餐厅举行。

我爱皇家大湖,我的生活及家族的活动,都与这湖有牵连。

我少年时代曾在仰光市莱区的一个莲花盛开的无名湖畔,见到印度裔的青年男女在湖边举行婚礼,仪式很简单,有神职人员用器皿从湖里汲水,口中念念有词,举起盛有水的器皿,慢慢地从他们的头上开始浇到他们身上。

我也到过离仰光市约30千米的达都(善哉)湖,是跟长辈去旅游的,那湖是仰光市民食用水的来源地之一。

缅甸谚语中有:湖中之最敏铁拉。在一次旅行时,曾在敏铁拉市停留片刻,我独自一人站在敏铁拉湖畔看风景,观赏十几分钟,的确风景优美,可惜没机会认真欣赏。

说到湖泊,我认为缅甸中部彬鸟伦(眉苗)市植物园中的湖泊也是优美,在那里可以感觉到优美环境、鲜花盛开、小桥流水、湖光山色尽收眼底。2014年我牵着太太的手散步在这湖畔,回味无穷。

缅甸最大的湖泊是北部克钦邦的茵多基湖,我没机会去看看,有点遗憾。我不能一一列举缅甸所有的湖泊,缅甸的湖泊有一个共同的特点,一定有莲花生长,因为缅甸谚语中有:无莲不成湖。

佛国缅甸,山明水秀,民风淳朴,处处佛光塔影,可以说是一步一莲花,一湖一莲花。缅甸,也是一个值得一去再去的国家。

🌴 评论

《无莲不成湖》这篇散文属于生态类散文。作者首先通过回忆自己的上学时的经历引出自己对这句话似懂非懂的理解。作者紧接着叙述自己在做生意期间的经历,那也许是他第一次见到伴随各种色彩的莲花的湖泊,这片湖泊给作者留下了极深的印象,他也自此爱上了这片美丽宁静的地方。其次,作者谈到缅甸的著名湖泊——茵莱湖,并且细致描写了与家人同游的经历,同时对这篇湖泊进行了补充说明与解释,介绍了湖泊的三大特色。经过简单的过渡,作者将话题引入到另一片湖泊——茵雅湖。在这一段,作者使用了大量的篇幅细致描写自己与爸爸和舅舅同游茵雅湖的经历,这些回忆仍旧历历在目。随后,作者又提到了皇家湖并通过自己的游玩经历对其进行描写,让读者们体会得更身临其境。文章结尾处,作者又提及了两片湖泊，都拥有自己的回忆。最后得出的结论与文章标题呼应。

　　作者在本文的笔锋运用十分简单质朴，没有华丽的辞藻，但句句都是自己的亲身经历与感受。文章统计下来前前后后，作者总共提到了八片湖泊。这些湖泊都拥有一个特点，即一定有莲花生长。除此之外，也都拥有作者对它们深沉的回忆与特殊的感情。在文章中间部分，作者提到了生态环境的污染问题，拥有童年美好回忆的茵雅湖曾经的清澈已经不复存在，但作者也简单给出了修复建议，因为他始终相信水质终会得到改善，从而恢复到他那片诸多回忆的湖域。

　　作者通过十分简朴真挚的语句，细致描写了自己与缅甸诸多湖泊的美好回忆，他不忍心看到美好的事物与生态环境遭到破坏，也始终相信在不久的将来，美丽而宁静的湖泊都能回到原来承载难忘回忆的生态场景，一切终能回到童年时如梦如幻的原生态样貌。

（王思佳）

纪晓红

本名李静,缅籍华人。1965 年 10 月 6 日出生于武夷山下,长于信江河畔。曾用风顺、欲试、浮萍、随聊、蒲公英、纪晓红、心如止水、萨江水暖和伊水浑浊等笔名,在缅甸《金凤凰报》和泰国《世界日报》及网络发表过诗作、散文。历任《缅华文学作品选》第三、四、五期编委。

龙栋湖畔

人生运数无常,世事变幻万千,情迁星移,生死有命,白云苍狗,非人力所能左右。不擅于同行、同事之间的嫉妒、排斥、纷争、谩骂、诋毁及微妙关系的把握。欲觅凤鸟不栖俗禽之枝,以致流落于龙栋湖畔,苟全性命于此地,隐忍于他人阶下。一个不堪命运捉弄的人四处飘荡,好像蒲公英,落在哪里,哪里就是家……可又不是真正的家。

在我的暂栖之处,用不着走远,就能与龙栋湖亲密接触。站在楼房上,就能够驰骋视线,将龙栋湖尽收眼帘。我常常会站在楼廊上老半天,沉醉在龙栋湖诱人的风光里。它像一幅图画在我面前尽情铺展开来:湖水汤汤,碧波荡漾。雨季时,龙栋湖满满盈盈,丰润温婉。这个时节,在朝阳或夕阳的映照下,像一片片盛开的水仙花,让湖面更显娇美艳丽,充满了诗情画意。湖面尽处,透过房屋和树梢,往远处看,青黛秀丽的群山连成一片,隐隐约约,含蓄隽永。然而,对我来说,像是不可预知的未来,且有一种说不出的滋味。

我与龙栋湖,算是有了一种宿命上的情缘。

龙栋湖,位于缅北东部景栋城之中,堪称景栋一颗闪亮的明珠,是人们休闲和散步的好去处。湖岸环绕着不知名的景树,绿色红花可人。花随着早晚湖风的吹拂,四溢飘香;树随风飘摇,婀娜多姿,优美自然。有一棵枝繁叶茂的大椿树,有几枝长的,垂在湖水中,画着粼粼波纹。湖里明亮的波光,远眺烟波闪耀,优雅静谧;近观碧空倒映,水波粼粼。湖水和着渔歌荡漾于湖中,悦耳动人⋯⋯

夜幕垂下来时,太阳慵慵地向西天滑去,隐去行踪。清风徐来,将那些轻盈的晚烟揉碎,于是湖面上薄雾层层铺开,在彩霞的映照下淡蓝淡蓝,又泛着些灰白。这时,湖边上的饮食店、烧烤店、咖啡店飘来傣家风味和地方特色的香之味。环湖公路的一边,是高低不齐的民居,房屋与竹树掺杂其间,不时传出鸡犬之声与不和谐的无名音乐之声。

黄昏晨时,悠闲漫游,湖水送来阵阵清风,更添湖光柔情。

漫步湖畔,让心静下来,享受一个人的孤独,好像天地是我的,自己是我的,像是到了神的世界。我不喜欢热闹,喜欢安静,更爱独处。此时,一个人什么都可以想,什么都可以不想,便觉得是个自由的人。什么事,什么话,什么忧愁烦恼,什么不幸伤感⋯⋯都把他们置之不理,唯特享这湖上吹来的微微凉风和湖面上明亮的滟滟波光。此刻,会有一种天高地广的感觉,无形中会将悲哀愁绪一股脑儿地抛却,只剩下一颗自由自在的心,尽情地漫游在一个虚幻空灵世界——似乎那里是忘忧的乐土;那里是解愁的天堂。此刻,会觉得人生更替之无穷,愈发体味心旷神怡的美妙。

停下来,坐在湖边,与湖水对话,有一种舒畅的亲切感;看鱼儿们碎碎交谈,感到很满足。这时候,真想弃陆登上湖中竹筏,随打鱼人摇桨撒网于湖中。真想抛开这凡俗尘嚣,到山野里去过那种与世无争、亲近自然、清静身心的陶渊明的日子;去到一处世外桃源,结庐而居,眠风枕月⋯⋯

笑看人生天地宽。红尘看破了不过是浮沉,生命看破了不过是无常。人生最美是淡然。我虽不完美,但我却够真。什么都不是什么,没必要去计较什么。当你紧握双手,里面什么也没有,当你打开双手,世界就在你手中。放弃是一种选择,但需要勇气。只有懂得放弃,才能在有限的生命中活出经历、活出感受、活出体悟;活得充实、活得闲适、活得轻松。得之坦然,失之淡然。

人生乃自己诠释。不在乎他人怎样欣赏,不在乎时代的眼光,不在乎什么成绩。不要被世间景象所迷惑、污浊、感染,不拿他人的话语当回事,不为他人而活——无须活给他人看。保持自己的个性,保持自己的率真,保持自己落魄时的安然自处。传道者说:"虚空的虚空,虚空的虚空,凡事都是虚空。"(《圣经·旧约》《传道书》第一章第2节。)

这不是飞花绝想。

这是一种心态,这是一种释然,这是一种情怀,这是一种排斥郁闷心境的方式。而龙栋湖畔就是我们放飞思想自由的领域和放松自己的理想境地。

从现在开始

宇宙中那数不清的星球,闪耀璀璨,亮丽诱人。但人类可以居住的星球,唯有地球,它才是最为珍贵的人类居住的家园。家园是我们生活的空间,是我们繁衍生息的场所。然而,就是这样一个从头顶望上去天空湛蓝如镜,低头看下去脚下大地绿草如茵,身边山光水色清丽,眼前阳光灿烂如金的地方,在城市乡村建设的迅猛发展中,绿色空间越来越少。映入眼帘的是高楼大厦建筑群,土地遭受严重破坏。喧嚣的吵闹声包围着我们,弄得我们十分狼狈,心情尤为烦躁。工厂排放废气、废水、废物,大量生活垃圾,使空气污染、水质污染、土壤污染日益严重。乱砍滥伐树木,森林面积日益减少,造成水土流失。此外,还有太空垃圾、臭氧层破坏、酸雨、土地沙漠化和洪旱灾害的侵袭……生态环境的日益破坏,使我们居住生活的家园遭到了严重的威胁。茫茫宇宙间的这艘载有人类生命的轮船——地球,已破烂不堪,满身伤痕,四处漏水。

环境卫生是我们赖以生存的源泉,一旦我们对它造成了伤害、破坏,我们就难以生存。它就如我们的生命一样宝贵。作为这艘轮船乘客的我们,为了这艘地球之船能够平安不颠覆,唯有保护环境,才能保护我们自己。

故此,我们要从现在开始,从自己做起,从身边的小事做起。积极参加环保活动,增强环保意识。做到随手关闭水龙头,随手关灯,节约用水用电;不乱丢弃废电池、废塑料等垃圾、废物;尽量少使用一次性用品;不虐待、猎杀动物;讲究卫生,保护环境,不随地吐痰,不乱扔垃圾,不在公共场所和工作场所吸烟,不制造噪音;多栽花种草,多植树造林;不乱砍滥伐,保护水土资源;坚持绿化、美化生活环境。

只要大家共同行动起来,大力宣传环保知识,提高民众保护环境、爱护地球的意识,人人呵护家园,人人保护生态环境,我们的家园一定会变漂亮。只要伸出你充满爱心的手,去呵护生态环境,明天的世界一定充满绿意,我们的家园就会富有生机,变得更加绚丽,更加温馨。这些举手之劳,力所能及的事情,可以造福自己和我们的子孙后代;可以整洁我们周围的卫生,优化生活环境,舒适生活空间,提升生活质量,增添生活情趣。

人类需要用服饰打扮自己,大地同样需要用漂亮的花草去装点、美化。这对于我们的日常生活十分重要,因为环境决定了生活质量,决定了精神状态,决定了身心健康。地球是人类共同生存的家园,不是人类的奴隶。保护地球生态环境,珍惜这个家园,维护它的安全、健康、美丽是我们人类共同的义务与责任。希望在我们的不懈努力下,我们的地球能够山更青,水更秀,天更蓝,空气更清新,环境更优美!

略 谈 生 态 环 境

我国的夏都——彬伍伦(俗称眉苗),称为美丽的花城。

听一位在彬伍伦居住的老华侨说:“五六十年前的彬伍伦,阴沟里的水舀起来就可以喝。沟中流水潺潺,清澈明净,鱼虾成群,经常有人捞鱼捕虾于沟中。城中花红树绿,空气清新,环境优雅。”

而现在,走近沟边就会有一股刺鼻的气味扑面而来,沟水呈暗褐色,有许多淤泥,水面上漂浮着很多垃圾,尤其是那白色的塑料食品袋布满沟的边沿草丛间,既排不出去,又腐烂不了,成了一道特别的景象。是什么造成彬伍伦的阴沟变成今天这个样子呢?是因为人口的增多,许多人把生活污水排进了沟里,游人随手把垃圾、塑料食品袋扔进沟里,不少落叶沉积在沟里。空气的污染,河流的污染,水源处的森林被乱砍滥伐,植被遭破坏,饮食结构的改变,不科学的发展建设,人为地破坏了自然的、平衡的生态系统,失调了的生态、生活环境,使彬伍伦这个美丽花城,与五六十年前相比,形成了强烈的反差。如此下去,彬伍伦的居住环境只会越来越糟。

彬伍伦居住环境的变化,给了我们一个清醒的警示:环境是我们赖以生存的源泉,一旦我们对它造成伤害,它就会进行报复,使我们难以生存。它就如我们的生命一样珍贵,因此,只有保护环境,才能保护我们自己;只有保护生态文明,才能保护我们生活居住的场所。

不仅是水,我们还要关注植物,有植物才会有动物,在动物们濒临灭绝的同时,花草树木们也在不停地减少着。森林是鸟儿、昆虫及其他很多动物生存的家园,但现在,世界森林面积在不断减少,我国的森林覆盖面同样在一年年递减,如果再不加以制止,森林就快要消失了。由于乱砍滥伐等人为因素,我国的森林覆盖率35年中减少了14%。1975年测量的缅甸森林覆盖率是61%,至2010年测量的数据是41%(2010年4月9日中国商务部网站)。数年后的今天,又减少了多少呢?还有我国热带雨林,它的盛衰消长不仅是地表自然环境变迁的反映,而且直接影响全球环境和人类生存空间。

同样,在我们身边无处不在的空气也受到了污染。而大气污染的主要来源除工业排放污染物外,生活炉灶与采暖锅炉释放出的有害物质,交通运输工具尾部排放出的大量有害气体,对空气的污染一样不能等闲视之。空气质量对人身体健康至关重要,因为人每时每刻都需要呼吸,吸进有害气体会使人身体染上许多疾病,后果不堪设想。如果连空气都被污染了,人类还怎样生活在地球上?所以,为了我们赖以生存的地球,为了我们自己生活的环境,也为了我们头顶上那片蓝色的天空,好好珍惜大气资源,爱护生态环境吧。

大自然是有情有义的,它给予了我们茂密的森林,美丽的花朵,肥沃的土地,纯净的空气,涓涓的溪流,奔流不息的江河,还有那些我们人类生活离不开的各种各样的生态资源。这些资源不是都可以再生循环的,有些不可再生循环的资源遭到破坏,有些不可再生循环的资源就要被用尽了,那时人类该怎么办?

故此,我们应该下定决心,从自我做起,从身边做起,从点滴做起,看到不文明的现象要制止、要呼吁;看到不文明的人要提醒、要劝告。杜绝不文明现象的发生,增强环保意识,宣传绿色环保,保护生态环境,爱护自然资源,还地球这颗美丽的星球一个清爽、健康、光明的未来。

🌴 评论

《略谈生态环境》是一篇生态散文,作者以小见大,从彬伍伦的生态环境推及全社会,对比生态环境数十年间的面貌变化,剖析其中缘由,继而阐述对大自然及人类生存环境施以保护的期望。

当人们的物质需求和精神需要得到一定程度满足时,对生态环境的关注及生态文明的重视逐渐成为社会的主流声音。数百年间,人类文明进程中的重点事业在于发展工业、科技产业等,高速发展的经济社会为人们带来了富裕优渥的物质生活、历久弥新的精神食粮,与此欣欣向荣事业相对照的,却是日渐混沌的生态环境。作者在《略谈生态环境》中以人本思想为主导,对生态环境现状、遭破坏原因及个人期望等一一做了分析。其一,生态环境的变化很大程度在于人为因素的破坏。经济社会的发展,工业社会的迅速扩张,都对大自然、生态环境进行了索取,树木砍伐、废气废水排放给自然和空气带来了超重负荷;人们贪图生活便利,环保意识淡薄,制造出的生活垃圾,也为环境打出了负分项;城市迅速扩张,人类的生存活动不断向大自然侵袭,抢占了植物和动物的生存空间,破坏了生态平衡。这般的生态环境如今正赤裸裸地展现在人们面前,控诉着人类的不理智行为。其二,人类社会和自然生态是相辅相成,同生共长的。作者说:"大自然是有情有义的。"自人类社会出现起,其便与自然是一体的,共同在地球上成长、相伴。自然为人类提供空气、水源、食物及一切可延续生命的生产要素,人类社会的发展和延续得益于自然的补给。如今的生态环境已不如从前清澈干净,人们对自然的破坏同样作用于自身,空气污染、极端天气、疾病感染等时常出现,引起人们的恐慌。作者痛心于这一现象的出现,发出了"人类还怎样生活在地球上"的质问。其三,保护生态环境的期望。人类社会的可持续发展注定离不开自然,人类社会必然是要与自然和谐共生的。作者在文章的最后表达保护自然的热切期望,这是每一个人都应有所作为的事,这是对自然、对社会,以及对人本身最重要也最具善意的事情。

作者的生态散文立意颇高,视角中的生态不仅限于生活的一方天地,还关注到了全人类的命运。这是对读者寄予的期望,也是为人们敲响的警钟。

(孔舒仪)

阎　远

阎盛芳,笔名阎远,祖籍云南腾冲,缅甸密支那华人,1980
年生。作品散见于中国和东南亚多国报刊。《诗梦香港》获第
二届中国香港紫荆花杯世界华文诗歌大赛优秀奖。诗歌《人
间遗爱》,获"阳明文化杯"世界华文诗歌大赛征文优秀奖。诗
歌《瓦城》,获"胞波情深"中缅文学作品征文优秀奖。

开加博山夜话

这晚,玉精、金魂、木魅、琥魄,又在缅北最高峰开加博峰,举行他们常年
的欢会。

正当酒酣耳热,歌呼呜呜之际,各个不自觉间,竞相夸耀起他们各自的
优长和尊荣来。

玉精首先昂扬起他高贵的头颅,以一副帝王般的、神圣凛然的气象说
道:"若说到尊贵和用处,你们百千个加起来,也不如我一小块晶莹的翡翠。
玉比君子品德,载在典籍,语出《淇奥》,其价值连城,和氏之璧,天下无双。"

金魂不以为然,带着几分鄙夷不屑的神态反驳道:"话虽然这么说,但是
如果论起普遍性和实用性,假设没有以黄金为基础的流通媒介和货币体系,
哪来的经济繁荣,谁又会把你毫无实际用途的翡翠,抬到那么高的地位? 何
况,金子是人世间最常见、最辉灿的装饰物,彰显人的雍容和华贵。"

木魅淡然一笑,以浑朴厚实的声音接口说道:"你俩都别争了。讲到重
要性,谁能比得上我? 我是地球的肺腑,调节风雨气候,制造大气,养护星
球。假使没有我,这个行星的生物必然灭绝净尽,哪轮得到你们来登场卖
弄。并且,我的果实枝叶可以用来滋养庇护万物,木材可以用来加工成形形
色色的建筑、器物以及精美的工艺品。你俩倒说说看,谁更重要,谁更优越

而不可或缺呀？"

此时，琥魄也不甘示弱，拼命摇晃着他那精巧溢彩的脑袋，念念有词地说道："我是时间的终结者，进入我的物体，虽历经亿万年，依然能保持原样不变。我是华美吉祥的物品，闪耀护佑着佩戴我的人。我也可以用来入药，调理疗治人类。"

当他们四位，为强调自己的长处和不可替代性，正呶呶吵得不可开交、互不相让的时候，山神开加博被他们絮聒不休的争辩激恼了，不耐烦地开言说道："你们这些无谓的争执有什么意义呢？你们还是先忧虑一下目前迫切的处境和命运吧！你们倒是看一眼，恰是你们的用处，为缅北地区带来了怎样的祸害！"

听到这话，都黯然不语了，目光投向远方破碎的山河，疮痍的大地。山风呼啸，雪花纷扬，西斜的冰轮拉长了四条孤寂而细弱的身影。

密 松 之 歌

两条欢快的银蛟，历经皑皑雪岭、万壑千山，百回千转，摩挲着大地坚实的胸膛，那便是奔泻千里的巨龙——伊洛瓦底江。

亘古积雪，云封雾锁，绝顶之巅，你婀娜娉婷胜似白衣仙子，泛波微步。晶莹澄澈不沾染纤毫尘俗，飘飘然以临阎浮。乳汁腻白，血液殷红，哺育输养苍生，胸渐隆，臀滋肥，万物之母，非你谁何？

密松，你在此合体为一，不唯是壮阔了你粼粼生辉的波澜，丰盈了你百媚千娇的姣颜。铭镌于你灵魂深处，冰雪的严洁，山川的灵秀，自然的野犷，以及你出身不同邦国的天合渊源，令在你翼护下悠闲自得的子弟，如受花香熏染，浑然与之俱芬，冥冥中亦象征着你所抽芽萌发的国度，对你怀抱中爱子藤牵蔓扯、剪理不断的水乳瓜葛与润濡。

天地鸿蒙，混沌初判，密松甩动着两根碧绿清清的长辫，旋舞翻扭着窈窕款款的腰肢，周身缀饰倏生瞬灭的白色泡沫。万古之下，月朗风清夕夜，山魈木精悄然隐至，哀怨低徊娓诉柔情衷肠。欣欣然张开玉臂，笑吟吟迎接鹿虎鹰鹭，灌沃源自远山沁人心脾的透心凉甘露。河汉星辰，东升金乌，捣药玉兔，相与揉调出不同的底色和光影，使你清丽绝俗、素朴美净的丰姿绰态,倍添百花般的情致和绮华。

甲车隆隆,铁炮轰轰,火枪嗒嗒。炽热的太阳旗烧红了半边天空。青天白日旗,星条旗,米字旗,奋力迎风飘扬,阻遏烈日滚灼虐炎的骄暴。军靴橐橐,兵号呜呜,杀声汹汹,尸横狼藉积如丘,血浸四野涌狂流。

惊心动魄的咚咚鼙鼓已息,烽火连天的滚滚硝烟已散。犹如一群骚乱呼嚷的过客,在时间长河的静谧中,勾起你怅然一瞥,不曾损减旖旎风光,无限风流。

黄灿灿金沙,散发摄人心魄邪魅淫光,诱惑驱使贪婪人心,八方来客蜂拥蚁聚。两岸苍翠青山,是你蹙结眉额,忧伤地惨然凸立。汤汤流水,青一块,黄一块,黑一块,仿佛千疮百孔补衲鹑衣。无情淘金流毒,无孔不入,侵摧妳夭娆皓质,憔悴你如画娇靥。令人欲呕刺鼻难当的恶臭,萎靡不振遍体毒素的秽水,宛如身患遭嫌恶厌弃的麻风,人惶惶避之唯恐不及。昔日辉煌的尊荣丰采,飘逸灵动,一朝消亡殆尽。多情缱绻的你,只能孤独无助地幽幽呜咽怆凄,低低呻吟悲泣,凝目失魄叹戚。

密松,穿山越岭两江汇合之枢地,磅礴浩大伊洛瓦底江之龙首。近年人言沸沸,物议哓哓,或意高兴昂说建坝,或切齿拊心主废止。可是,可是,母亲,母亲,任何玷污混浊你芝兰蕙质,妨害毁坏你丰盈容姿,都将使深爱眷恋你的人锥心疾首,魂梦不安。即便对你施加开天辟地未有之深掘广凿,忧心祈盼你依旧婉约迷人,奔放涌流,持续快乐地庇佑泽被,万古不变你所爱宠的两岸生灵。

密松是缅语江河汇拢合流的音译,即指恩梅开和迈立开两江的交汇处,形成缅甸的母亲河——伊洛瓦底江。

🌴 评论

从题目便可窥见全文的核心意象——密松,实际上密松是缅语江河汇拢合流的音译,指的是恩梅开和迈立开两江的交汇处,形成缅甸的母亲河——伊洛瓦底江。开篇,作者以大开大合的气势,将密松比作银蛟,比作孩子,比作处子,鲜明形象地点出了密松的特点:欢快又矜婉。紧接着从密松的地理位置、颜色、声音、现状等几个方面出发描写密松的情况,情绪的宣泄在最后陡然收势,以一“母亲河”与开头呼应,同时结束全文。

全篇多处运用了比喻、拟人等修辞手法，生动形象地给人以思想启迪、美的感受、情操的陶冶，使人开阔视野，丰富知识，心旷神怡。杨朔曾说："好的散文就是一首诗。"在本文中，作者也以一种"总是拿着当诗一样写"的创作态度，将面对密松时使人激昂、使人欢乐、使人忧愁、使人深思的情感忠实地记录下来。这种情感的流淌往往容易形成文章里的思想意境。

作者将对密松的感受以直接抒情的方式抒发胸臆，不仅使读者知其理、晓其事，而且悟其心、感其情。真情是散文的生命，而在众多修辞手法的背后，支撑全文的是作者的炽热的情感。尽管辞藻堆砌略显繁复，然而真实的情感才是打动读者之心的密钥。

（张清媛）

柬埔寨卷

钟瑞云

钟瑞云,广东梅州人,1947 年 12 月 2 日出生于柬埔寨贡不市,1964 年柬埔寨金边市端华中学专修(高中)毕业后到广州华侨补校就读,后转入南京上学。1970 年赴香港,在裕华国货公司工作,1976 年移居巴黎至今。

甘再河故忆

甘再河入海,卜哥山云绕。落叶人何处?空巢露几声!

五十年前离开柬埔寨贡不老家回国升学,眼前景象如诗如画。清风拂面,甘再河流淌着,河两岸树林间鸟儿鸣唱,啼声悠扬远长,时有晨露珠袅袅飘飞。小河清澈见底,鱼儿畅游。远处卜哥山云雾绕顶,山下山上不少瓜果蔬菜,清甜可口。

这小小地方清秀含蓄,若有若无香气空灵委婉,美得袅袅娜娜,漫过我的心扉,并让我为之震撼。

每大傍晚三三两两闲人游荡河旁,追寻落日彩霞,夕阳倒影,晃动山影,树影倒映河中,让人如痴如醉凝望。不问时光几何,依依不舍,眷恋在其中……

我曾与伙伴们在此小河泛舟,引吭高歌。曾记得儿时几个哥哥经常在十五月圆晚上跑去小河入海处抓螃蟹,我这小跟班因潮涨差点丢了小命。很多个假日,顽皮之两位兄长河边钓鱼,妈妈拿着藤条追打哥哥,邻家大叔发现,提醒说:"快跑!你妈来啦!"吓得哥哥亡命奔逃!更有趣的是,一架单车,我那大个子哥哥竟然能载包括我在内四个小孩一同上学去。一首首无言小诗心中流淌,莫名幸福感填满心胸。

曾几何时,那干净舒适早已面目全非。当重返故里,小河源头响水已筑起高坝，发电机声轰轰四起，小河流过处，杂物沉淀，臭味刺鼻。两岸光秃秃，大树早已绝迹，所到处破墙断壁，风把垃圾抓起，东奔西闯伴随尘土飞扬，一地狼藉。毒日当道，阳光洒满重重怨气，苦闷烦忧夹杂，风缓云淡，大白天却寂静无声，夜晚更是魑魅魍魉，一切如同尖刀直插心间，心灵不断被掏空！感叹那儿时绿水青山何年能重现？美丽快乐之小城令人无限回味！

虽然将来是未知数，不可预测不可知，却有着致命之诱惑，促使我用一颗足够坚定之心去迎接缥缈的命运。

🌴 评论

作者前半部分为我们描绘了五十年前的甘再河美景与趣事，字句间满含着对故土童趣的无法掩去的欣喜与眷恋之情，而后半部分则紧接着为我们描绘了作者重返故里后所见到的面目全非之景，字句间充满着作者对深受污染、满处狼藉的故地的厌恶与感叹之意。

本文的语言较为简练精美，寥寥数笔就能描山画水，给人以较强的画面感，再加上作者能综合运用视觉、听觉、嗅觉、味觉等多重感官，使得文章又颇具带入感。如文中的"风把垃圾抓起"一句，一个"抓"字便将风拟人化，形象生动地绘出了垃圾漫天飞的脏乱情境，令人印象深刻。

本文主要通过对比的表现手法，将一美一丑两相对照，更突出了曾经的美好和当下的糟糕；将一喜一恶两相品觉，更显出作者对美好曾经的怀恋之情和对糟糕当下的痛恨之意。这种对比手法的有效运用使得作品更具表现力，给人以较强的冲击感，使人读后不得不反思生态保护的重要性和紧迫性。

总体而言，这是一篇可以使人心生波澜的文章，前半部分的美好回忆令人迷醉和沉静，后半部分的不堪现实给人以情感的激荡并催人反思。作者将描写、记叙、抒情、议论等多种表达方式灵活运用，使得作品的内容呈现较为丰富多彩，总体上呈现出一定的艺术性和思想性。

（李仁耄）